王开岭散文随笔自选集

精神明亮的人
Simple Bright Man

王开岭/著

书海出版社

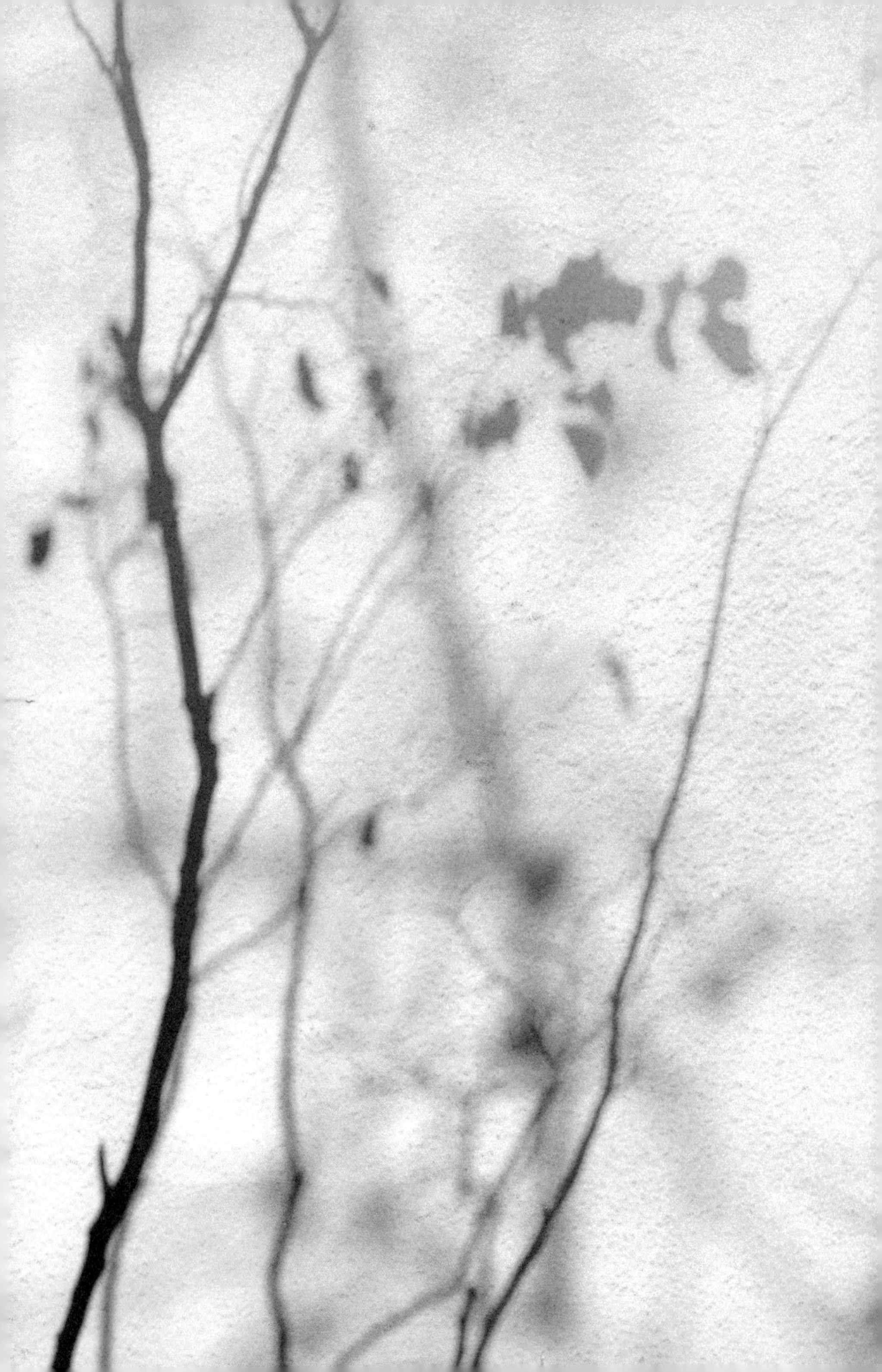

王开岭

作家、媒体人。

历任央视《社会记录》《24小时》《看见》等节目指导。著有散文和思想随笔集《精神明亮的人》《古典之殇》《跟随勇敢的心》《精神自治》《激动的舌头》等，曾获"百花文学奖""在场主义散文奖"等奖项，作品被收入国内外数百种文选和年鉴，入录苏教版高中语文教材和多省市中高考试题。

其著作因"清洁的思想、诗性的文字、纯美的灵魂"而在青年一代中拥有广泛影响，被誉为中国校园的"精神启蒙书"和"美文鉴赏书"。

序

阅读的盛宴

吴散人

我是一个嘴馋和挑食的读者。曾对一个朋友说：一部 20 万字的书，若有 1 万字吸引我，我会买下来，若有 100 字让我记住，就是一本值得眷恋和留存的书了。而眼前这本书，它在一周的阅读里赋予我的快感，让我在感动之余，甚至涌出一股感激。一股极度亢奋和深深满足后的感激。

题材之丰浩、细节之精准、纹理之细密、精神发现之独特、关怀视野之阔大、言说的锐度和思路的延展性……盖超乎我的想象。经年来，我很少看到在一册书中，由一个人的笔下竟洞开出那么大面积的精神风光：郁郁葱葱的故事森林，幽邃致远的理性深潭，峻峭挺拔的良知峰峦……在王开岭身上，我惊讶地看到了一个体悟型作家的全面性：文学的、美学的、理性的、情怀的、史思的、宗教的……一本书竟能汹涌、汇合那么多元素而又从容不迫！在这个浮躁的速记写作时代，你不得不承认，它有一种鲜见的"世外"品质。

准确地说，它给了我一个周期很长的阅读节日。就像一份丰盛大餐，它的丰饶和美味，几乎照顾到了我肠胃的每一层褶纹。

"20世纪，神被杀害，童话被杀害。最醒目的标志即人对大自然不再虔诚，不再怀有敬畏和感激之心……一切都在显示，20世纪是一个财富和权力的世纪，一个仅供成年人生存与游戏的世纪。'现代化'，更是一个旨在表现成人属性和规则的概念，它本质上忽视儿童。"（《森林被杀害，童话被杀害》）

这样美学化的理性文字，在以喧嚣、怯懦和虚伪著称的当代文坛，在以争夺语词和与概念调情为能的思想界，其含氧量是立即可判的，那种寂静独立的气息，使我在呼吸间就把它与它们区别开来。

毋庸讳言，我们正面临一个越来越商标化膨食化的阅读时代。文学界的先天不足和苍白自不必说，时代所能挤出的一点点脑汁，也多陷入学理的臃肿系统中不能自拔，一粒有用的药丸，往往须数以千倍的糖衣包裹和累赘体系为之服务，多少洋洋万言的繁文，一旦脱去了泡沫，甩干了那些语焉不详和思维混乱的瘫痪性词语，真实有用的信息大概仅几十字或一句话。如此庞大的结构，对阅读来说，实为一种巨大的时间消耗和体力开支，简言之：累！或者说：表达的无能！而一些相对非学理性的民间书写，虽不乏自由和闪光的东西，但由于言说的任性姿态和散漫气质，又多在声音的分贝值上下功夫，一些有用的思想原材料，也多流于一种粗糙的机器生产，滥而殇，浮而佻，经不住检验和淘洗。

王开岭的文本显然属于一种手工，属于一种慢活。这使他的笔调又多了一种罕见的诚实和耐性。更要命的是，除了要求理性的精准，他还唯美。比如有一篇《向儿童学习》，在批判了成人社会对童年的粗野塑造之后，他这样说："一个人的童心宛如一粒花粉，常常会在无意的'塑造'中，被世俗经验这匹蟑螂悄悄拖走……然后，花粉消失，人变成了蟑螂。""所谓的成熟，表面上是一种增值……实为一场减法……就像一个懵懂的天使，不断地掏出衣兜里的宝石，去换取巫婆手中的玻璃球。""从什么时候起，一个少年开始学着嘲笑天真了，开始为自己的'幼稚'而鬼鬼祟祟地脸红了？"读这样的句子，你只有赞叹的份。它不仅贡献了智慧，还贡献了智慧最好的形式。

王开岭的文字，有一种温润的金属感，有一种磁性的光芒，它敏感、深邃，明澈又干净……如果用形象表达的话，我想说，王开岭的文本散发着一种鲜见的紫檀气质。这样一册书，摆放在书架上，俨然现代家居中蓦现出一件"檀品"，你会觉得眼前一闪，心神被什么东西给紧紧摄住了，它会带给你一种与平时迥异的阅读景象：不仅工艺精美，更多是其质地、其优雅的心灵和纹理的高贵，一种丛林里的高贵，一种靠沉淀、浓缩和结晶凝成的高贵，天然而非刻意，古老却又年轻，沉实且生气蓬勃……这样的资质于当代实在太难得。完全可以想象，其生成会多么缓慢，包含了多少苦寒和耐性。

无论是廓清历史、还是批判当代生态和权力之弊，他截取的往往是那些最不引人瞩目、最易被喧嚣的学界和民间忽略而又极具人文品质的片段和细节，用他自己的话说，叫"精神事件"（这是他常用的一个概念）和"心灵事件"。这几乎成了他选题的一个标准。也正是这样一个标准，保证了该书的纯度和精粹性。其实，这不是个运气问题，一切有赖于作者的提升之功，仰仗作者的心灵锐度和精神发现力。

"一个人，当他提着裤子时，其杀人的职业色彩已完全褪去了。他从军事符号——一枚供射击的靶子，还原成了普普通通的血肉之躯，一具生理的人，一个正在生活的人。""假如有一天人类真的不再遭遇战争和杀戮，你会发现，那值得感激的——最早制止它的力量，竟源于这样一组细节和情景：比如，决不向一个提着裤子的人开枪……"

这样的文字，会让一个心灵敏细的人感到欢愉，也使一个思想习练者倍觉满足。这种文思兼容的品质，既替浅薄、贫血的散文界挽回了思想和良知的面子，又为鲁莽兼粗糙的思想界赢得了艺术与审美的声誉。或许正是因了这原因，近些年的各式"最佳""年选""精品""排行榜"等选本大战中，均可见对王开岭名字的争夺。《请想一想华盛顿……》《决不向一个提着裤子的人开枪》《精神明亮的人》《向儿童学习》《古典之殇》《一个房奴的精神大字报》《大地伦理》《人类如何消费星空》等已成为这类作品的名篇。

在王开岭理性精神的背后,我感受强烈的还有一股挥之不去的浪漫:性情的浪漫,心灵的浪漫,目光的浪漫。这浪漫就像菌种,极大地生动了他的体悟和才华。看得出,王开岭是一个理想主义者,即使在他最具现实性和批判性的文本中,也影影绰绰闪动着朦胧的审美色彩,正是这色彩,让我瞥见了一个浪漫主义者的挺拔背影,一个自由高蹈者的倔强。该书中即有一篇叫《精神明亮的人》的文章,若换了别人,是无论如何也走不出那么远的。文中,他提取了现代人生态中常常忽略的"看日出"这一细节,把生理惰性提升为精神遗憾:"迎接晨曦,不仅是感官愉悦,更是精神体验……'按时看日出',乃生命健康和性情积极的一个标志。""它意味着一次洗礼,一记被照耀和沐浴的仪式,赋予生命以新的索引、新的知觉、新的闪念、启示与发现……"

有谁表达过这样的细节?有谁曾对这样简单的自然情景进行过精神提纯?或许是天然性情,或许是后天定力,王开岭对"流行"似乎有一种特殊的免疫,在其作品中,你找不到流行话语的痕迹,对每一题材,他似乎都不满足从一个流行的入口进入正题,他表达的入口真正属于自己,而非租来的或盗来的。王开岭使得你很难重复他。你可以重复其材料,重复其观点,但你无法模仿其纹理和气质。他的文字不是说教性文字,而是体验性文字,不是霸权式话语，而是共享性话语。他对读者有一种含蓄的谦让和尊重。而这种尊重，恰恰是我们很多——甚至包括被评价为"优秀"的作者所不具备的。他使用最多的是心灵，而不是嗓子。

透过这册书，作为读者，我游历了一个人的精神地理，被那些从未见过的神奇风光吸引。那风光在日常的旅游地图上是见不到的。我不敢断言这样的地理绝无仅有，但我确定的是，这是当代为数不多的身兼多种文质的作家和作品。

一本书，让我看到了一个智者、一位诗人、一颗良心、一个浪漫而冷峻的同时代人。这样一个夜晚，携上这样一本书，与之同行。我感到了雪的融化、心的欢愉和春天的临近。

目 录

第一辑　/　灵魂的萤火　　001

精神明亮的人　　002
当她18岁的时候　　009
向儿童学习　　012
从生命到罐头　　017
远行笔记（四章）　　020
两千年前的闪击　　028
雪　白　　032
残　片　　035
被占领的人　　037
向死而生　　041
永远的邓丽君　　045

048　女子如雪

052　《罗马假日》：对无精打采生活的精彩背叛

057　俄罗斯课本

065　谈谈墓地，谈谈生命

077　第二辑　/　大地的忧伤

078　我们无处安放的哀伤

090　人类如何消费星空

098　古典之殇

105　一个房奴的精神大字报

119　仰望：一种精神姿势

122　白衣人：当一个痛苦的人来见你

134　大地伦理（四章）

144　鹿的穷途

148　森林被杀害，童话被杀害

152　为什么不让她们活下去

打捞悲剧中的"个" 159

对"异想天开"的隆重表彰 168

第三辑 / 精神路标 177

决不向一个提着裤子的人开枪 178

女性气质 181

请想一想华盛顿…… 187

战俘的荣誉 198

是"国家"错了 206

我们能发出那个声音吗 215

"我比你们中任何一个更爱自己的国家" 227

"你有权保持沉默" 234

"坐着"的雕像 238

权利的傲慢 243

英雄的最后 246

影子的道路 248

252　　独裁者的性命之忧

262　　为何我们没有自己的"大师级"

271　　第四辑　/　深夜翻书

272　　"当你老了，头白了……"

278　　爬满心墙的蔷薇

282　　有毒的情人

300　　《鼠疫》：保卫生活的故事

305　　亲爱的灯光——怀念别林斯基文学小组札记

311　　关于语言可以杀人

318　　一本真正的书让人"害怕"

333　　杀人的世界观与方法论

344　　等待黑暗，等待光明

355　　"然而我认识他，这多么好啊"

365　　后记　/　我在，我们很近

第一辑 灵魂的萤火

精神明亮的人

1

19世纪的一个黎明,在巴黎乡下一栋亮灯的木屋里,居斯塔夫·福楼拜在给最亲密的女友写信:"我拼命工作,天天洗澡,不接待来访,不看报纸,按时看日出(像现在这样)。我工作到深夜,窗户敞开,不穿外衣,在寂静的书房里……"

"按时看日出",我被这句话猝然绊倒了。

一位以"面壁写作"为誓志的世界文豪,一个如此吝惜时间的人,却每天惦记着"日出",把再寻常不过的晨曦之降视若一件盛事,当作一门必修课来迎对……为什么?

它像一盆水泼醒了我,浑身打个激灵。

我竭力去想象、去模拟那情景,并久久地揣摩、体味着它……

陪伴你的,有刚苏醒的树木,略含咸味的风,玻璃般的草叶,潮湿的土腥味,清脆的雀啼,充满果汁的空气,仍在饶舌的蟋蟀……还有远处闪光的河带,岸边的薄雾,红或蓝的牵牛花,隐隐战栗的棘条,一两滴被蛐声惊落的露珠,月挂树梢的氤氲,那蛋壳般薄薄的静……

从词的意义上说，黑夜意味着偃息和孕育；而日出，则象征着一种诞生，一种升跃和伊始，乃富有动感、饱含汁液和青春性的一个词。它意味着你的生命画册又添置了新的页码，你的体能电池又注入了新的热力。

正像分娩决不重复，"日出"也从不重复。它拒绝抄袭和雷同，因为它是艺术，是大自然最宠爱的一幅杰作。

黎明，拥有一天中最纯澈、最鲜泽、最让人激动的光线，那是灵魂最易受孕、最受鼓舞的时刻，也是最让青春荡漾、幻念勃发的时刻。像含有神性的水晶球，它唤醒了我们对生命的原初印象，唤醒了体内沉睡的某群细胞，使我们看清了远方的事物，看清了险些忘却的东西，看清了梦想、光阴、生机和道路……

迎接晨曦，不仅是感官愉悦，更是精神体验；不仅是人对自然的阅读，更是大自然以其神奇作用于生命的一轮撞击。它意味着一场相遇，让我们有机会和生命完成一次对视，有机会深情地打量自己，获得对个体更细腻、清新的感受。它意味着一次洗礼，一记被照耀和沐浴的仪式，赋予生命以新的索引、新的知觉、新的闪念、启示与发现……

"按时看日出"，乃生命健康与性情积极的一个标志，更是精神明亮的标志。它不仅代表了一记生存姿态，更昭示着一种热爱生活的理念，一种生命哲学和精神美学。

透过那橘色晨曦，我触摸到了一幅优美剪影：一个人在给自己的生命举行升旗！

2

与福楼拜相比，我们对自然又是怎样的态度呢？

在一个普通人的生涯中，有过多少次沐浴晨曦的体验？我们创造过多少这样的机会？

仔细想想，或许确有过那么一两回吧。可那又是怎样的情景呢？比如某个刚下火车的凌晨——

睡眼惺忪、满脸疲态的你，不情愿地背着包，拖着灌铅的腿，被人流推搡着，在昏黄的路灯陪衬下，涌向出站口。踩上站前广场的那一刹，一束极细的猩红的浮光突然鱼鳍般游来，吹在你脸上——你倏地意识到：日出了！但这个闪念并没有打动你，你丝毫不关心它，你早已被沉重的身体击垮了，眼皮浮肿，头疼欲裂，除了赶紧找地儿睡一觉，你啥也不想，一秒也不愿多待……

或许还有其他的机会，比如登黄山、游五岳什么的：蹲在人山人海中，蜷在租来的军大衣里，无聊而焦急地看着夜光表，熬上一宿。终于，当人群开始骚动，在巨大的欢呼声中，大幕拉开，期待已久的演出来了……然而，这一切都是在混乱、嘈杂、拥挤不堪中进行的，越过无数的后脑勺和下巴，你终于看见了，和预期的一模一样——像升国旗一样准时、规定时分、规定地点、规定程序。你会突然惊醒：这是早就被设计好了的，早就被导游、门票和游览图计算好了的。美则美，但就是感觉不对劲儿：有点失真，有人工痕迹，且谋划太久，准备得太充分，有"主题先行"的味道，像租来的、买来的、机器复制的VCD……

而更多的人，或许连一次都没有！

一生中的那个时刻，他们无不蜷缩在被子里。他们在昏迷，在蒙头大睡，在冷漠地打着呼噜——第一万次、几万次地打着呼噜。

那光线永远轮不到他们，照不见那身体和灵魂。

3

放弃早晨，意味着什么呢？

意味着你已先被遗弃了。意味着你所看到的世界是旧的，和昨天一模一样的"陈"。仿佛一个人老是吃经年发霉的粮食，永远轮不上新的，永远只会把新的变成旧的。

意味着不等你开始，不等你站在起点上，就已被抛至中场，就像一个人未谙童趣即已步入中年。

多少年，我都没有因光线而激动的生命清晨了。

上班的路上，挤车的当口，迎来的已是煮熟的光线，中年的光线。

在此之前，一些重要的东西已悄悄流逝了。或许，是被别人领走了，被那"按时看日出"的神秘之人（你周围一定有这样的人）。一切都是剩下的，生活还是昨天的生活，日子还是以往的日子。早在天亮之前，我们已下定决心重复昨天了。

这无疑令人沮丧。

可，即使你偶尔起个大早，忽萌看日出的念头，又能怎样呢？

都市的晨曦，不知从何时起，早已变了质——

高楼大厦夺走了地平线，灰蒙蒙的尘霾，空气中老有油乎乎的腻感，挥之不散的汽油味，即使你捂起了耳朵，也挡不住车流的喇叭。没有合格的黑夜，也就无所谓真正的黎明……没有纯洁的泥土，没有旷野远山，没有庄稼地，只有牛角一样粗硬的黑水泥和钢化砖。所有的景色，所有的目击物，皆无施洗过的那种鲜艳与亮泽、那抹蔬菜般的翠绿与寂静……你意识不到一种"新"，察觉不到婴儿醒时的那种清新与好奇，即使你大睁着眼，仍觉像在昏沉的睡雾中。

4

千禧年之际，不知谁发明了"新世纪第一缕曙光"这个诗化概念，再经权威气象人士的加盟，竟铸造出了一个富含高科技的旅游品牌。据说，浙江的临海和温岭还发生了"曙光节"之争（紫金山天文台将曙光赐予了临海的括苍山主峰，北京天文台则咬定在温岭。最后各方妥协，将"福照"大奖正式颁给了吉林珲春）。一时间，媒体纷至沓来，电视现场直播，庙门披红，山票陡涨，那峦顶更成了寸土寸金的摇钱树，其火爆俨然当年大气功师的显灵堂……

其实，大自然从无等级之别，世纪与钟表也只是人类制造，对大自然来说，并无厚此薄彼的所谓"第一缕"……看日出，本是一件私人性极强、朴素而平静的生命美学行为，一旦搞成热闹的集市，也就失去了其本色和底蕴。想想我们平日里的冷漠与昏迷，想想那些灵魂的呼噜声，这种对光阴的超强重视实为一种讽刺。

对一个习惯了漠视自然、又素无美学心理的人来说，即使你花大钱购下了山的制高点，又能领略到什么呢？

爱默生在《论自然》中写道："实际上，很少有成年人能真正看到自然，多数人不会仔细地观察太阳，至多他们只是一掠而过。太阳只会照亮成年人的眼睛，但会通过眼睛照进孩子的心灵。一个真正热爱自然的人，是那种内外感觉都协调一致的人，是那种直至成年依然童心未泯的人。"

像福楼拜，即这种童心未泯的人。还有梭罗、史蒂文森、普里什文、蒲宁、爱德华兹、巴勒斯……我敢断言，假如他们活到今天，在那"第一缕曙光"扫描的地方，一定找不着他们的身影。

无论何时何地，我们只有恢复孩子般的好奇与纯真，只有像儿童一样精神明亮、目光清澈，才能对这世界有所发现，才能比平日里看到更多，才能从最平凡的事物中注视到神奇与美丽……

在成人世界里，几乎已没有真正生动的自然，只剩下了桌子和墙壁，只剩下了人的游戏规则，只剩下了同人打交道的经验和逻辑……

值得尊敬的成年人，一定是那种"直至成年依然童心未泯的人"。

5

在对自然的体验上，除了福楼拜的日出，感动我的还有一个细节——

苏联作家巴乌斯托夫斯基在《金蔷薇》中引述过一位画家朋友的话："冬天,我就上列宁格勒那边的芬兰湾去,您知道吗,那儿有全俄国最好看的霜……"

"最好看的霜",最初读到它时,我惊呆了。因为在我的生命印象里,从未留意过霜的差别,更无所谓"最好看的"了。但我立即意识到:这霜存在,连同那投奔它的生命行为,无不包藏着一种巨大的美!一种人类童年的美、灵魂的美、艺术的美。那透过万千世相凝视它、认出它的人,应是可敬和值得信赖的。

和那位画家相比,自己的日常感受原是多么粗糙和鲁钝。我们竟漏掉了那么多珍贵的、值得惊喜和答谢的元素。

它是那样地感动着我。对我来说,它就像一份爱的提示,一种画外音式的心灵陪护。尽管这世界有着无数缺陷与霉晦,生活有着无数的懊恼和沮丧,但只要一闪过"最好看的霜"这个念头,心头即明亮了许多。

许多年过去了,我一直收藏它,憧憬它。有好多次,我忍不住向友人提及它,我问:"你可曾遇见过最好看的霜?"

虽然自己同无数人一样,至今没见过它,也许一生都不会相遇。但我知道,它是存在的,无论过去、现在或未来……

那片神奇的生命风光,它一定静静地躺在某个遥远的地方。

它也在注视我们呢。

(2001年12月)

当她 18 岁的时候

巴乌斯托夫斯基在《一篮枞果》中讲了这样一个故事：

挪威少女达格妮是一位守林员的女儿，美丽的西部森林使她出落得像水仙一样清纯，像花朵一样感人。18 岁那年，她中学毕业了，为了迎接新生活，她告别父母，投亲来到了首都奥斯陆。

六月的挪威，已进入"白夜"季节，阳光格外眷恋这个童话般的海湾，每天都赖着不走。

傍晚，达格妮和姑母一家在公园边散步。当港口边那尊古老的"日落炮"响起时，突然飘来了恢宏的交响乐声。

原来公园在举行盛大的露天音乐会。

她挤在人群中，使劲地朝舞台眺望，此前，她还从未听过交响乐。

猛然，她一阵颤动，报幕员在说什么？她揪住姑母的衣服，几乎不敢相信自己的耳朵——

"下面，将演奏我们的大师爱德华·格里格的新作……这首曲子的献辞是：献给守林人哈格勒普·彼得逊的女儿达格妮·彼得逊——当她年满 18 岁的时候。"

达格妮惊呆了。这是给自己的？为什么？

音乐响起，如梦如幻的旋律似遥远的松涛在蔚蓝的月夜中汹涌,渐渐,少女的心被震撼了,她虽从未接触过音乐,但这支曲子所倾诉的感觉、所描述的景象、所传递的语言……她一下子就懂了它!那里有西部大森林的幽静、清脆的鸟啼、黎明的雾、露珠的颤动、溪水的流唱、松软的草地、牧童和羊群、云雀疾掠树叶的声音,还有一个拾枞果的小女孩颤颤的身影……她被深深感动了,隐约想起了什么。

10年前,她还只是个满头金发的小丫头。

深秋的一天,小女孩挎着一只小篮子,在树林里捡拾枞果。一条幽静的小路上,她突然看见一个穿风衣的陌生人在散步,看样子是从城里来的,他望见她便笑了……他们成了好朋友,陌生人非常喜欢她,帮她摘枞果,采野花,做游戏……最后,陌生人一直把她送回家。就要分手了,她恋恋不舍地望着他:我还能再见到您吗?陌生人也有些惆怅,似乎在想心事,末了,他突然神秘一笑:"谢谢你,美丽的孩子,谢谢你给了我快乐和灵感,我也要送你一件礼物——不,不是现在,大约要10年以后……记住,10年以后!"

小女孩迷惘着用力点点头。

时光飞逝,森林里的枞果熟了一季又一季,那位陌生人没有再来……她想,或许大人早就把这事给忘了吧。

小女孩也几乎把这事给忘了。

此刻,达格妮什么都明白了。那曾与自己共度一个美好秋日的,就是眼前曲子的主人:尊敬的大师爱德华·格里格先生。

音乐降落时,少女泪流满面,她竭力克制住哽咽,弯下身子,把脸颊埋在双手里。那一刻,她觉得自己成了世上最幸福的人!

演出结束了,达格妮再也抑制不住激动,她像一只羞红的小鸟,朝着海滩拼命跑去,似乎只有大海的胸怀,才能接纳内心的澎湃。

在海边,在六月的白夜,她大声地笑了……

巴乌斯托夫斯基如此评价道:"有过这样笑声的人是不会丢失生命的!"

最初读到这个故事,我立即被它的美强烈地摄住了。被大自然的美,童年的美,少女的美,尤其被它通体洋溢的那股幸福感,旋涡一样的幸福……(后来我才知,大师赋予这首曲子的主题,恰恰就是"女孩子的幸福")

这样的经历,对一个孩子的灵魂将产生多么高贵的影响啊!少女明亮的笑声中包含了多么巨大的憧憬,多少对生命的信心、感激和热爱……谁也不会怀疑,这个幸运的少女会一生勇敢、善良、诚实……她会努力报答这份礼物,她要对得起它,不辜负它!她决不会堕落,决不会庸俗,决不会随波逐流……她会用一生来追求美,她会在很久以后的某个夜晚,深情地将这个故事讲给子孙听。她会在弥留之际,在同世界告别的时候,要求再听一遍那支曲子……

后代也将像她一样热爱这支曲子。和她一样,他们是不会丢失生命的。

一切美好得不可思议!

这是我所知道的、由音乐送出的最烂漫的花篮,最贵重的成年礼。而达格妮,也是世上最幸福和幸运的少女。

(2001年)

向儿童学习

每个人的身世中,都有一段称得上"伟大"的时光,那就是他的童年。泰戈尔有言:"诗人把他最伟大的童年时代,献给了世界。"或许亦可说:孩子把他最美好的童贞,献给了成人社会。

孩提的伟大在于:那是个怎么做梦都不过分的季节,那是个深信梦想可以成真的年代……人在一生里,所能给父母留下的最美好的馈赠,莫过于其童年了。

德国作家凯斯特纳在《开学致词》的演讲中,对家长和孩子们说——

"这个忠告你们要像记住古老纪念碑上的格言那样,印入脑海,嵌入心坎:那就是不要忘怀你们的童年!只有长大成人并保持童心的人,才是真正的人……假若老师装作知晓一切的人,你们要宽恕他,但不要相信他。假如他承认自己的缺陷,那你们要爱戴他……不要完全相信你们的教科书,这些书是从旧的书里抄来的,旧的又是从老的那里抄来的,老的又是从更老的那里抄来的……"

作家的最后一句话让我激动得几乎颤抖了。他这样说——

"现在想回家了吧,亲爱的小朋友?那就回家去吧!假如你们还有一些东西不明白，请问问你们的父母。亲爱的家长们，如果你们有什么不明白的，请问问你们的孩子们。"

请问问你们的孩子们！多么意外的忠告，多么精彩的逆行啊。

公正的上帝，曾送给每个生命一件了不起的礼物：嫩绿的童年！可惜，这嫩绿在很多人眼里似乎并没什么价值，结果丢得比来得还快，褪得比生得还快。

儿童的美德和智慧，常被成人粗糙的双目所忽视，常被不以为然地当废电池扔进岁月的纸篓。很多时候，孩提时代在教育者那儿，只被视作一个"待超越"的初始阶段，一个尚不够"文明"的低级状态……父母、老师、长辈都眼巴巴焦急地盼着，盼他们尽早摆脱这种幼稚和单薄，"从生命之树进入文明社会的罐头厂"（凯斯特纳语），尽早地变作和自己一样"散发着罐头味的人"——继而成为具有呵斥下一代资格的"正式人"和"成品人"。

也就是说，儿童在成人眼里，一直是被当作"不及格、非正式、未成型、待加工"的生命类型来关爱与呵护的。

这实在是天大的误会！天大的错觉！天大的自不量力！

1982年，美国纽约大学教授尼尔·波茨曼出版了《童年的消逝》一书。书中一重要观点即：捍卫童年！作者呼吁，童年概念是与成人概念同时存在的，儿童应充分享受大自然赋予的童年生活，教育不应为儿童未来而牺牲儿童现在，不能从未来的角度提早设计儿童的当下生活……美国教育家杜威也指出："生活就是'生长'，一个人在某一阶段的生活，和另一阶段的生活同样真实、同样积极,其内容同样丰富,地位同样重要。因此,教育就是无论年龄大小,都要为其充分生长而供应条件的事业……教育者要尊重未成年状态。"目前,国际社会普遍信奉的童年诉求包括:首先,须将儿童当"人"看,承认其独立人格;其次,须将儿童当"儿童"看,不能视为成人的预备;再者,儿童在成长期,应提供与之身心相适应的生活。

对儿童的成人化塑造,乃这个时代最丑最蠢的表演之一。而儿童真正的乐园——大自然的被杀害,是成人世界对童年犯下的最大罪过。就像鱼缸对鱼的罪过,马戏团对动物的罪过。我们还有什么可向儿童许诺的呢?

人要长高,要成熟,但成熟并非一定是成长。有时肉体扩张了,年轮添加了,反而灵魂萎缩、人格变矮,梦想溜走了。他丢了生命最初之目的和逻辑,他再也找不回那股极度纯真、天然和正常的感觉……

"回家问问孩子们!"并非一句戏言、一个玩笑。

在热爱动物、反对杀戮、保护环境方面,有几个成年人能比孩子理解得更本色、履践得更彻底和不折不扣呢?

当成年人忙于砍伐森林、猎杀珍禽、锯掉象牙、分割鲸肉……忙于往菜单上填写熊掌、蛇胆、鹿茸、猴脑的时候,难道不应回家问问自己的孩子吗?当成年人欺上瞒下、言不由衷,对罪恶熟视无睹、对丑行隔岸观火的时候,难道不应回家问问自己的孩子吗?

有一档电视节目，播放了记者暗访一家"特色菜馆"的影像，当一只套铁链的幼猴面对屠板——惊恐万状、拼命向后挣扎时，我注意到，演播室的现场观众中，最先动容的是孩子，表情最震荡的是孩子，失声啜泣的也是孩子。无疑，在很多良知判断上，成年人已变得失聪、迟钝了。一些由孩子脱口而出的常识，在大人们那儿，已变得喏嚅不清、模棱两可、含糊其词了。

应该说，在对善恶、正邪、美丑的区分，在对两极事物的判断、投票和立场抉择上，儿童比成人要清晰、利落和果决得多。儿童生活比成人要天然、简明、纯净，他还不懂得妥协、隐瞒、撒谎、虚与委蛇等"厚黑"术。在对弱者的态度上，他的爱意之浓、援手之慷慨、割舍之坦荡，尤其令人感动和着迷，堪与最纯洁的宗教行为相媲美。

"天真"——这是我心目中对生命的最高审美了。

那时候，我们以为天上的星星一定能数得清，于是便真的去数了……

那时候，我们以为所有的梦想明天都会成真，于是便真的去梦了……

可以说，童年赐予我们的幸福、勇气、快乐、鼓舞和信心，童年所教会我们的高尚、善良、温情、正直与诚实，比人生任何一个时期都要多、都要丰盛。

有一次，高尔基拜访列夫·托尔斯泰，一见面，老人就对他说："请不要先和我谈您正在写什么，我想，您能不能给我讲讲您的童年……比如，您可以想起童年时一件有趣的事儿？"显然，在这位历尽沧桑的老人眼里，再没有比童年更生动和优美的作品了。

凯斯特纳的《开学致词》固然是一篇捍卫童年的宣言，令人鼓舞，让人感动和感激。但更重要的是：后来呢？有过童贞岁月的他们后来怎样了呢？一个人的童心是如何从其生命流程中不幸消失的？即使有过天使般笑容和花朵般温情的他又能怎样呢？到头来仍免不了钻进父辈的躯壳里去，以致你根本无法辨别他们——像"克隆"的复制品一样：一样的臃肿，一样的浑浊，一样的功利，一样的俗不可耐，无聊透顶……

一个人的童心宛如一粒花粉，常常会在无意的"塑造"中，被世俗经验这匹蟑螂悄悄拖走……然后，花粉消失，人变成了蟑螂。这也就是巴乌斯托夫斯基所说的"生命丢失"罢。

所谓的"成熟"，表面上是一种增值，但从生命美学的角度看，却实为一场减法：不断地交出与生俱来的美好元素和纯洁品质，去交换成人世界的某种逻辑、某种生存策略和实用技巧。就像一个懵懂的天使，不断地掏出衣兜里的宝石，去换取巫婆手中的玻璃球……

从何时起，一个少年开始学着嘲笑天真了，开始为自己的"幼稚"而鬼鬼祟祟地脸红了？

(2001年)

从生命到罐头

很多时候,生命的"成长"表现为一条从简单到复杂、从明晰到混沌、从纤盈到臃肿、从摇篮到罐头的路径。

对少年心理有着诱惑和塑造功能的并非课本,而是成人世界的生活模型和价值面貌。不管少年的天性如何纯真,无论童年教育多么诗意和美好,一旦他离开童话和教室,面对实际的社会挑衅与竞争敌意——尤其生活的诸多不公、复杂人际和"潜规则",在经历了短暂的惊愕、迷惘、沮丧、失措后,他便开始了适应世侩秩序、遵守集体契约的人生实习。

在这场旷日持久的追逐"成年"的游戏中,一方面,他为自己的稚气惴惴不安、羞愧难当,陷入深深自卑——他狠狠撕毁童年的名片,宣布与之决裂;另一方面,他潜心观察那些成人榜样,仔细揣摩,暗暗效之,唯恐模仿得不像,唯恐不知深浅不合规矩不对路数……渐渐,他开始以"成熟""稳重"自居,以嘲笑同辈的"幼稚""单纯"为能事了。

至此,在其心目中,他才真正"长大"。他为自己终于换来的"老道"沾沾自喜,引为生命资本。其实,"老道"又何尝不是"势利""圆滑""乖巧""投机""见风使舵""趋炎附势"

的同义语？可惜，他已不觉有何异常了。即使他童心未泯，良知犹存，偶尔也会对某些阴暗和不公露出愤懑，但这并不改变什么，为了保全自己，他同样会向"复杂"妥协、对"臃肿"微笑、向"龌龊"献媚、与"潜规则"合作，甚至倚仗俗恶扩充自己的生存实力和地盘……

褪去了天真，生命也就失去了生动，剪掉了羽翼。当一个人的灵魂因饥饿而狼吞虎咽，因不节食而变得臃肿，他就真的衰弱了，生命亦变得可疑。就像煮熟的扇贝，你已听不到涛声，嗅不出海的气息了。

生命终于变成了"成品"。一个个儿童排着长队，由教父们领着，经过"学校"一级级甬道，走向"社会"这座热气腾腾的孵化器。终于，一队队的商人、官员、买办、得意者、落魄者、蹒跚者、受难者——手执各种证件、履历、薪袋、诉状、合同、标书、欲望计划……鱼贯而出。

凯斯特纳说："从前他们是孩子，后来长大成人，不过现在他们又是什么样的人呢？"

是啊，什么样的人呢？

冷漠、猜忌、等级、敌意，取代了爱、信任、平等和友谊，温柔变成了粗野，轻盈变成了浊重，慷慨变成了吝啬……生命变成了罐头。

生命就这样诗意地开始，又这样臃肿而可耻地结束。

孩子有了新的孩子，教子成了新的教父。公正的上帝，曾送给每人一件了不起的礼物——童年！可惜，多少人很快就将其丢掉了。

然而，这绝非我们的初衷，绝非我们生活的目的。

尼采悲愤地说："我要告诉他们，精神如何变成骆驼，骆驼如何变成狮子，最后，狮子又为何变成小孩……小孩是天真与遗忘，一个新的开始，一个自转的轮，一个原始的动作，一个神圣的肯定。"

在神性的眼里，儿童世界，是人类的天堂。而孩子，代表着未来的全新的生命类型。

（2000年）

远行笔记（四章）

为何远行

为何远行？有一次我问友人。

渴望颤栗。他漫不经心地答道。我被狠狠"电"了一下，直觉得这句话好极了。叫人沉默。

一个人，无论多么新鲜的生命，如果在一个生存点上搁置太久，就会褪色、发馊、变质。感情就会疲倦，思想和呼吸即遭到压迫，反应迟钝，目光呆滞，想象力如衰草般一天天矮下去……

法国诗人阿兰说："对于忧郁者，我只有一句话，向远处看。如果眼睛自由了，头脑便是自由的。"

"出走"——可理解为一种形而上的精神"私奔"，一种对现实生存秩序和栖居方式的反抗或突围。一股再忍下去即要发狂的激情炙烤着你，敦促和央求着你——冲出去！

从冒烟的牢房里冲出去。你是一吨炸药。否则就来不及了。

陈旧的生活总是令人厌恶和恐惧，只有陌生才会激起生命的亢奋与颤栗。所以，一个诗人首先是一个"在路上"的行者，他的梦想总是盲目而执拗地洒向远方……

重要的是去，而非去何处。

渴望换种新的活法。渴望地理的改变能唤醒内心死去的东西。渴望一场烂漫的邂逅。渴望抚摸一棵叫不上名字的树……

渴望渴了能遇见一条清洁的河。

在神话典籍里——

"远方"是一只妩媚的寂寞太久的狐。

她要有人去。特别是像山一样精纯的男子。在有月光的夜晚，走进她的林子。她睡了一千年，养足了温柔和血气，只待那个人来——那与她有过同样梦的旅者。

只待那高潮颤栗的一刻。

千年一刻！

刹那感觉

当列车启动，当城市峡谷和电视塔的阴影，当妖冶、眩迷的霓灯招牌……呼地像纸片儿向后窜去，渐渐，车窗前方浮出蝌蚪般谦卑而亲蔼的灯火——清爽、温润，一点不刺眼，那是村寨的标识。影影绰绰，月光下，你看见了黛青的山廓和果冻似的湖。

隔着玻璃，它们送来了干净的风和植物的气息。稻畦、草叶、芦苇、池塘、蛙鸣、狗吠……幻觉里甚至还出现了更远的事物：林莽、山鹬、草丛间野兔疾电般的一跃。

那一刹，随着野兔的闪耀——你浑身猛然一震。是颤栗！是被照亮！一股不可遏制的暖流奔泻而出……久盼的湿润和舒畅。自由了的感觉。体重减轻后的感觉。

像一个越狱成功的囚徒，证实甩掉了跟踪和监视的感觉。

冲过来了！啊！千真万确！

伟大的豁亮的一刹那。

从熟悉的生态圈闯出来，这意味着那些无形的"警戒线"和"纪律"——像狱卒一样被干掉了，被时间和速度，悄无声息，手法干净利落。

列车长嗥一声，像脱缰的野马，在月光的婚床上，幸福地撒开蹄……

陌生的车厢。安全的车厢。

人人恋爱自由的车厢。

啊！愈来愈快，身子愈来愈快，愈来愈轻，愈来愈像那只兔子，那只闪电一样喷射高潮的兔子……

上帝的兔子！

你长长吁出一口气，让肺里的淤泥彻底倒空——像一只旧抽屉来个底朝天。对，底朝天。

然后，你伸展躯肢，寻找最舒服的姿势，怎么舒服怎么做！

他们再也赶不上你了，你想。

他们正因失去管辖对象而气急败坏呢。

没有你，这些老爷们该怎么过啊！

想到这情景，你做坏事似的笑了。

让他们满世界找你去吧！

没有奴隶，他们就是奴隶了。

啊，生活……生活真好！

他们是谁？

他们是操纵程序的人。他们霸占某一城市、部门、单位……就像老鼠、蟑螂霸占一间旧屋和一只破麻袋。他们靠吮血为生，靠咬脏东西为生，靠窃取别人的劳动和撕碎别人的愿望为生……

他们是虐待狂，一见别人挣扎就兴奋。

现在他们见不到了，现在轮到我高兴了。

他们不一定是人。但和人一模一样。

列车上的瓢虫

一粒火似的瓢虫，当欲拉窗的时候，踩着了我的视线。

显然，是刚从临时停车的小站上来的。此刻，它仿佛睡着了，像一柄收拢的红油纸伞，古老、年轻、神采奕奕，与人类不相干的样子。

从其身上飘来一股草叶、露珠和泥土的清爽，一股神秘而濒临灭绝的农业气息……顿时，肺里像掉进了一丸薄荷，涟漪般迅速溶化，弥漫开来……

它小小的体温抚摸了我。将我罩住。

是什么样的诱惑，使之如此安然地伏在这儿，在冰凉的铁窗槽沟里？

它是一簇光焰，一颗童话里的糖，一粒诗歌记忆中失踪的字母，和我烂熟的现实生活无关。

背驮七盏星子。不多不少，一共七盏。为什么是"七"？这本身就是一件极神秘的事。幼小往往与神性、博大有关。

我肃然起敬，不忍心去惊扰它。它有尊严，任何生命都有尊严。

它更值得羡慕——

像一个小小的纯净的世界，花园一样甜，菜畦一样清洁，少女一样安静，儿童一样聪慧和富有美德……

它能飞翔，乘着风，乘着自己的生命飞来飞去。而人只能乘坐工具——且"越来越变成自己工具的工具了"（梭罗）。它不求助什么，更不勒索和欺压自己的同胞，仅凭天赋及本色生存，这是与人之最大区别。

它自由，因为不背任何包袱，生命乃其唯一行李。它快乐，因为没有复杂心计，对事物不含敌意和戒备。它的要求极其简单——有风和大自然就行。从躯体到灵魂，它比我们每个人都轻盈、优雅、健康而自足。

它一定来自某个非常遥远的地方，那儿生长着朴素、单纯和明亮的元素……

在心里，我向其鞠躬。我感激这只不知从哪儿来的精灵，它的降临，使这个炎燥的旅夜变得温润、清爽起来。

邻座顺着我的视线去搜索，啥也没发现。唉，不幸的好奇心。

长时间的激动，它终于让我累了。

闭上眼睛，我希望等自己醒来的时候——

它已像梦一样破窗飞走。

但我将记住那个梦，记住它振翅时那个欢愉的瞬间。

草芥者

为了抽支烟，我来到列车最拥挤和最孤独的地方——两节车厢的衔连处。

扎堆在这里的，除了一脸冷漠、显示出自命不凡和矜持的烟民，便是那些蓬头垢面的外省民工了。

他们或躺或倚或蹲，不肯轻易站着，仿佛那是件很费气力的活。其神情、衣束、行李皆十分相近，让人猜想这曾是一支连队，一支刚从战场撤下、且全是伤病号的队伍。

他们一个个表情黯淡，呵欠连天，像是连夜赶了很远的路才来到这儿，而上路前又恰好干完很累的活……他们对车厢里的一切都没兴趣，一上来便急急地铺下报纸卷、麻袋片，急急地撂倒身子，仿佛眼下唯一要做的就是节省体力，仿佛有更累更重的活在前方等着。

他们是这世上最珍爱气力的人。气力是其命根子，就像牛马驴骡是农家老小的命根子，他们舍得喂，舍得给，却不舍得鞭抽，不舍得挥霍滥用。

突然涌上一股惶恐。我缩了缩绷紧的脖子，直觉得这样悠闲且居高临下地看对方"太不像话"——这显然不对！

总之，这隐含了某种"不对"。

在这个世界上，有的人，要靠几个、几十个人来养活。而有的人，却要至少养活几个人……有人一上车就被引入包厢，领到鲜花茶几水果前。而有的人，却被苍蝇似的赶到这儿，且只准待这儿。

他们不是苍蝇，是人！

我一阵胸闷，心里低低吼着。像有一团擦过便池的布堵在里面。

我并非厌恶自己，我只是想到了某些令我厌恶的人，所以才有要对这世界呕吐的感觉。

我相信没有谁伺养我，我靠自己养活。说不定我还养活了谁！

我在心里向他们致敬。我想蹲下去，蹲到和其一样的高度，恭恭敬敬让一支烟……但终于没做，怕人家误会。

他们不习惯白拿人家的东西。我遇过这样的情景：长途汽车上，将几颗糖悄悄塞给邻座农妇的孩子，她害怕地往后躲，母亲发现了，竟捆了孩子一巴掌，嘴里骂"叫你馋，叫你馋！"

"人家"——一个多么客气又警觉的词。客气得叫人压抑，让人难受。

他们在睡觉。集体在睡觉。他们的梦仿佛同一个，连脸上的表情都那么一致，不时地张嘴，不时地皱眉，不时地淌下一丝涎水，仿佛要把更多的空气吞下去，仿佛嫌鼻孔不够大……

只有空气无偿地支援他们，供应他们。

他们在打鼾。就像在自家炕头老婆身边那样打鼾。偶尔翻一下身，喉咙里发出叽里咕噜、石块滚下山坡的响声……手趁机在行李上抓一把，担心对方还在不在。

他们的神情像是在森林里迷了路。有时突然睁开眼，警觉地瞅瞅四周，然后用焦急、粘连不清的方言问头顶上的烟圈：几……几点啦？

他们似乎连句流利的话都说不出，又似乎还急着想说啥，却一时给忘了。

你索性将时刻和一路上的大小站名全报给了对方。

他们满意了，眼神里噙含着感激，连连点头。倒身又睡了。

自始至终，你听不到一句多余的话。

他们把能省的全省下来了。

(1996年)

两千年前的闪击

去西安的路上,突然想起了他。

两千年前那位著名的剑客。

他还有一个身份:死士。

漉漉雨雪,秦世恍兮。

眺望函谷关外漫漶的黄川土壑,我竭力去模拟他当时该有的心情,结果除了彻骨的凉意和渐离渐远的筑声,什么也没有……

他是死士。他的生就是去死。

活着的人根本不配与之结兰。

咸阳宫的大殿,是你的刑场。而你成名的地方,则远在易水河畔。

我最深爱的,是你上路时的情景。

那一天,"荆轲"——这个青铜般的名字,作为一枚一去不返的箭镞镇定地踏上弓弦。白幡猎猎,千马齐暗,谁都清楚这意味着什么。寒风中那屏息待发的剑匣已紧固到结冰的程度,还有那淡淡的血腥味儿……连易水河畔的瞎子也预感到了什么。

你信心十足。可这是对死亡的信心，对诺言和友谊的信心。无人敢怀疑。连太子丹——这个只重胜负的家伙也不敢怀疑分毫。你只是希望早一点离去。

再没什么犹豫和留恋的了吗？

比如青春，比如江湖，比如故乡桃花和罗帐粉黛……

你摇摇头。你认准了那个比命更大的东西：义。人，一生只能干一件事。

士为知己者死。死士的含义就是死，这远比做一名剑客更重要。干了这杯吧！

为了那纸沉重的托付，为了那群随你前仆后继、放歌昂饮的兄弟。樊於期、田光先生、高渐离……

太子丹不配"知己"的称号。他是政客，早晚死在谁手里都一样。这是一个怕死的人。怕死的人也是濒死的人。

濒死的人却不一定怕死。

好吧，就让我——做给你们看！

你峭拔的嘴唇浮出一丝苍白的冷笑。

这不易察觉的笑突然幻化出惊心动魄的美，比任何一位女子的笑都要美，都要清澈和高贵——它足以招来世间所有的爱情，包括男人的爱情。

风萧萧兮易水寒，壮士一去兮不复还。

渐离的筑歌是你一生最大的安慰。

他的唱只给你一人听。其他人全是聋子。筑声里埋藏着你们的秘密，只有死士才敢问津的秘密。

遗嘱和友谊，这一刻他全部给了你。如果你折败，他将成为第一个用音乐去换死的人。

你怜然一笑，谢谢你，好兄弟，记住我们的相约！我在九泉下候你……

是时候了。是誓言启动的时候了。

你握紧剑柄，手掌结满霜花。

夕阳西下，缟绫飞卷，你修长的身影像一脉苇叶在风中远去……

朝那个预先埋伏好的结局逼近。

黄土、皑雪、白草……

从易水河到咸阳宫，每一寸都写满了乡愁和永诀。那股无人能代、横空出世的孤独，那缕"我不去，谁去？"的剑缨豪迈。

是啊，还有谁比你的剑更快？

你是一条比蛇还疾的闪电。

闪电正一步步逼近阴霾，逼近暗影里硕大的首级。

一声尖啸。一记撕帛裂空的凄厉。接着便是身躯重重仆地的沉闷。

那是个怎样漆黑的时刻，漆黑中的你后来什么也看不见了……

死士。他的荣誉就是死。

没有不死的死士。

除了死亡,还有千年的思念和仰望。

那折剑已变成一柄人格的尺子,喋血只会使青铜陡添一份英雄的光镍。

凭失败而成功的人,你是头一位。

因倒下而伟岸的人,你是第一株。

你让"荆轲"这两个普通的汉字——

成了一座千古祭奠的美学碑名。

成了乱世之夜里最亮最傲的一颗星。

那天,西安城飘起了雪,站在荒无一人的城梁上,我寂寞地走了几公里。

我寂寞地想,两千年前的那一天,是否也像这样飘着雪?那个叫荆轲的青年是否也从这个方向进了城?

想起诗人一句话:"我将穿越,但永远无法抵达。"

荆轲终没能抵达。

而我,和你们一样——

也永远到不了咸阳。

(1995年11月)

雪　白

1

叫人感念和思痛的东西愈来愈多了。比如雪。

在我印象里，雪是世界上最辽阔、最庄严、最有诗意和神性的覆盖。她使我隐约想到了"圣诞""人类福祉""博爱""命运"这些宗教意味很浓的词。

那神秘无限的洁白，庞大地包容一切的寂静，纯银般安谧、祥和的光芒；浑然天地、梦色绝尘的巍峨与澄明……

拿什么更美的形容她呢？她已被拿去形容世间最美的意境了。

童年时，我心里涨满了雪，比大地上的棉花还要多。那时候，大地依然贫穷，贫穷的孩子常常想：要是地里的雪全变成棉花该多好啊！如今，我们身上有的是厚厚的棉了，而大地，却失去了那相濡以沫的洁白。

那时候，一个冬天常常有好几场惊心动魄的雪。有时不舍昼夜地下，天凛地冽，银装素裹，夜晚白得耀眼，像火把节，像过年，令人亢奋。记得初中语文里有篇《夜走灵官峡》，开头即"纷纷扬扬的大雪又下了一整夜……"

那盛大的雪况，现在忆起来很有些隐隐动容和"俱往矣"的悲壮。不知今天的孩子会不会问：真有那么多雪么？

是真的，雪不仅多，而且美得痛心。

记得小学班里有个家境很穷的女生，又瘦又黑，像棵细细的老也长不大的豆芽儿。一次作文课上她灵机一动把雪比喻成了"雪花膏"，她说："那天夜里，我看见天上飘起了雪花膏……"她念的时候同学全笑了，老师也哧哧笑了，说她是异想天开。于是老师接着给我们讲"异想天开"什么意思。老师讲"异想天开"时，女生趴在水泥桌上（当时课桌是用水泥板搭的）呜呜哭了……不久，她因家贫辍了学。

许多年后，一个偶然的机会使我记起了这件事。我猛然发现那个"雪花膏"的比喻其实多么生动而富有诗意啊！

雪，雪花膏的雪，女孩子的雪。

在我见过的所有比喻中，这是最珍贵的一个。

要知道当时穷人家是买不起雪花膏的。美丽的如诉如泣的雪花膏。

2

不知从何时起，有个声音问：我们的雪呢？

从前的梦想，有的很快就兑现了，比如棉花，比如雪花膏和课桌……一些虽遥遥无期，但我们并不苟求，慢慢来，一切都会有的，没有的都会有的……

是的，我们相信，但另一个事实是：我们曾经有过的，现在却没有了。

比如雪。我们有了无数的雪花膏，比雪花膏还雪花膏的雪花膏，可我们的雪呢？那"千树万树梨花开"的雪呢？

偶尔碰上一回，可那是怎样的情景啊——

稀稀落落粉针或末状的碎屑，仿佛老人凋谢的白须，给风一击，给地面轻轻一震，即消殒了。

这哪里是雪？分明是雪的骸，死去的雪。

衰败的迹象即这时显露的。我留意到了冬日的憔悴、大地的烦躁、空气的郁闷、没有冰的河床、树的稀少和鸟的惊恐……眯起眼睛，我辨认出菜叶上的药斑、阳光中的尘埃和可疑的飞来飞去的阴影……

从前不是这样子的。

纯洁简美的东西愈来愈少。人类创造着一切也破坏着一切，许多优雅的本色和古典的秩序被打碎了、颠覆了，包括季节、生态、物象、秩序、操守……我们狂妄地征伐却失去了判断，拼命地拥有又背叛着初衷，我们消灭了贫穷还消灭了什么？

这是个欲望大得惊人的掘金年代，抒情的方式正在消失，只有物的欲望。欲望。

我感到了不安，感到了冬天背后那双忧郁的眼睛，那些威胁她的莫名危险……我开始了怀念，怀念那些流逝和几要流逝的东西，比如童年、雪、本色，比如村庄、野地、棉布的经纬、流动的水……

(1996年12月)

残　片

雪是哀的。

这句话不知怎的蓦然落在了纸上，像一记凌厉的杀棋。我隐隐动容。要知道，我本意是想说：雪是皑的。

这悲怆的念头究竟缘何而来？

清洁神性的东西正在被驱逐。大地，已很难挽留住雪了。

整一个冬天，我始终未见梦境中的白——那种少女和婴儿脸上常见的天然营养的白。满眼是粗粝的风和玻璃幕墙忧郁的光，刺得泪腺肿痛。心情也与天空一样，冷漠而怅远。

渴望呼吸到湿润的雪，渴望眼前闪出一大片冒热气的冰，渴望和友人颤颤地踩在上面，走出去很远，尔后，听见她美妙的蝉一般的尖叫："听见了么？你听见雪的寂静了么？"好一会儿，我点点头。是的，我听见了。那天籁之声，那白色脉跳，温暖的腐质、汹涌的蚯蚓、来年的森林……

寂静和虚无多么不同啊。寂静是饱满充盈、有冲动的，而虚无啥也没有。寂静是生命的内衣，给人以梦的温情；虚无如死气沉沉的蝉蜕，是没有动作的投降。

然而，在眼下空荡荡的水泥书房里，我什么也听不见了。

没有冲动，没有激情，只有模糊与虚无。感官又聋又瞎，像个领不到救济金的鳏夫。

没有雪的冬天，还有季节的尊严吗？

就像圆明园的石头被烧掉了，剩下的，只是石头的哭声。

雪亦被烧掉了么？心中一悚。

远远的，我听见了雪的哭声……

像流浪的盲女在哭。像花园的枝骸在哭。

遽然醒悟——

我站立的地方亦不是冬天。

而是冬之废墟，是雪之墓地。

我也算不上生命意义的诗人。

只不过是他的一具斗篷而已。

(1997年2月)

被占领的人

1

我们每一天究竟怎么过的呢？

萨特有过一段意味深长却颇为艰难的话："我们沉浸在其中……如果我说我们对它既是不能忍受的，同时又与它相处得不错，你会理解我的意思吗？"

1940年，战败的巴黎过着一种被占领下的生活：屈辱、苦闷、压抑、惶恐、迷惘、无所适从……对自身的失望超过了一切。"面对客客气气的敌人，更多的不是仇恨而是不自在。"

和恨不起来的敌人"斗争"简直像吃了只苍蝇——除非连自己一同杀死，否则，那东西是取不出来的。

人格分裂的生存尴尬，说不清的失败情绪，忍受与拒绝忍受都是忍受……使哲学家那颗硕大灵魂沉浸在焦虑的胆汁中。

那么，我们今天又是怎么过的呢？为什么仍快乐不起来？

今天的敌人早已不是人，而是物，是资本时代铺天盖地所向披靡、蝗虫般蜈蚣般蜘蛛般、花花绿绿娴娜妖冶——却又客客气气温情脉脉之商品。物之挤压使心灵感到窒息，感到焦渴，像被绞尽最后一滴水分的糙毛巾；然而肉体却被侵略得快活起来，幸福不迭地呻吟……

是的，我们像水蛭一样吸附在精神反对的东西上，甚至没勇气与对方翻脸。失落的精神如同泻了一地的水银，敛起它谈何容易。

我们紫涨着脸，不吭气。恰似偷情后被窥破的男人，心灵在呕吐，肉体却躲在布片内窃喜——"更多的不是仇恨而是不自在"。

你就是你要揭发的人。我们和萨特同病相怜。

2

这个让心灵屈从于感官的时代。

在体内，那股与艺术血缘相伴的尊严和清洁的精神——被围剿得快不剩了。肉体经不起物的挑逗，像河马一样欢呼着欲壑的涨潮：烫金名片、官位、职称、薪袋，舒适的居厅、软榻、厕所……我们丝毫不敢懈怠，哪怕比别人慢半拍，即使强打精神码字儿也要频频回望——生怕它们会拔脚溜走。我们原本轻盈的身子被一条毛茸茸的脂肪尾巴给拖住了，患得患失，挣脱不得。

生命就这样轻易被占领。

物对人的诱惑之大，远超出了任何一个古代和近代。英雄彻底缺席了，我们再也贡献不出一个苏格拉底，一个尼采或凡高那样清洁而神性的人物。

只有手捂金袋的犹大们，瑟瑟发抖。

3

鸟从天空落到树上,从树梢跌至地面,鸟沦为了鸡。

地面占领了鸡。(不是鸡占领了地面)

鸡体验的是胃,翅膀的梦已渐渐被胃酸给溶解掉了,虽然健硕丰满、羽毛油亮,虽然用爪刨食实惠多了,但鸡的悲剧在于:它再不能飞了,再也回不到天上。

不会飞的生命已毫无诗意可言。

现代人的遭遇其实和鸡差不多。

4

日子一天天膨胀、实用起来。想象力变成了刀叉,心灵变成了厨房,爱情变成了腊肠……精神空间正以惊人的速度萎缩、霉硬。再大再荣华的城市也只是一只盛鸡食的钵盆。

我们挤在群类中,手持年龄、学历、凭证和各种票券,忙着排队、抢购、对号入座……像狼扑向自己的影子。

一切就这样凝固了。

一只看不见的手安排了我们的生活?

我们愤怒不起来,更做不到义正词严。

我们底气不足。面临的困难如同"提着头发走路"一样沉重无望。当然,这并非谁之责任,或者说是每个人的责任。因为几乎人人都接受了那份看不见的贿赂，人人都到指定的暗处领走了自己的那份，且沾沾自喜……

人人。咱们。黑压压的头颅一望无际。

人群是人的坟墓。

没有人敢对周围说不。

5

是什么让我们生活得如此相似？

我们可曾真正地生活过？

真正——有力地生活过？

萨特的话变得一天天冷酷起来：

"如果我说它既是不能忍受的，又与它相处得不错……你会理解我的意思吗？"

耳光。我惊愕地望着镜子——

一张和我一模一样的脸。

噢，咱们的耳光。萨特还给萨特们的耳光。

(1996年12月)

> 死说不定在什么地方等我们，
> 那就让我们到处等它吧。
>
> ——蒙田

向死而生

"要是一个人学会了思想，不管他思考的对象是什么，他总是在想着自己的死。"

初读托尔斯泰这句话，我在灵魂上的颤动不亚于一场地震。它揭开了"理解死亡"与"醒悟人生"之间的通道秘密。是呵，许多大智慧的人正是站在死之界面上俯瞰生命全景和浮世万象的，从终极角度来检索、省察人生，以死为尺来测量各种价值和轻重得失，用直面死的勇气来填充生存意志的虚弱……譬如奥德留主张"像一个将死者那样去看待事物""把每一天都当作最后一天来度过"，又如海德格尔的《向死而生》，雅斯贝尔斯的《向死而在》，皆有相同的生命警示意义。

"向死"果是一盏智慧的灯，能为夜茫茫的人世旅途照明么？我们不妨试一试吧——

假若你是一个濒死者，从医生手中领过了诊断书，像预感的那样，时日已剩无几。

你心情沉重但平静地谢过医生。虽然家很远，但你决定用脚走回去。

路,突然很陌生,仿佛是去一个从未去过的地方。你走得很慢,很用力，这使你觉得累极了，双腿像灌了铅……真想，真想睡一会儿啊，于是你在临湖的一条石凳上坐下……又不知过了多久，你醒了，阳光微醺，波光粼粼，空气中有一股青草和树芽的甜味，多好呀，陪伴这一切多好呀，真想摇身一变，变成一只年轻的黄鹂或一只蝉，只要还能留在这世上……你微微合上眼，开始遐想风风雨雨磕磕绊绊的几十年，具体或抽象、清晰或模糊的一幕幕、一历历——

想起童年夏夜里的"数星星"（你以为一定能数得清于是便真的去数了，这多么令人鼓舞啊！）；想起作文本上的梦想，少年时的奖状；想起与你在课桌上"划三八线"的小姑娘；想起揭榜前的紧张和填志愿的激动；想起大学里的夜自习，绿茵场上的挥汗如雨，偷看"劳伦斯"的脸红和论文答辩的激昂；想起毕业前的篝火和《友谊地久天长》的手风琴，还有赠言簿上"拯救世界"的大言不惭……

你忍不住微微笑了，眼眶涌出一股湿热的黏液。继续往下想，你发现自己越来越不清晰，乃至面目全非了，像断线的风筝开始随波逐流，仿佛自愿又仿佛被劫持着，混入了更多的黑压压"断筝"的队伍。因瞻前顾后而背叛的初衷，因顾忌名声而割舍的情爱，因害怕落败而放弃的冲试，因圆滑世故而涂改的个性，因贪图庸惠而委屈的人格，因攀炎附势而轻视的友谊……忙于升迁，忙于察言观色、左右逢源，忙于职务级别待遇……一路就这么战战兢兢、如履薄冰地蒙混过来了。你发现竟把自己给弄丢了（就像小学生将作文写跑了题）——那个血气方刚、英气飞扬的追梦少年，再也找不回来了。你竟把生命和才华交给了他人或自己的虚荣来主宰，交给世俗的某种规则来管理，交给某个大权在握却劣质无能的上司来使唤……你只不过是旱地里的一条鱼，棋枰上被随意搁置的卒子，一个躲在地洞里瑟瑟发抖的鼹鼠。

总之，你不再是原来的你了。你成了一个赝品，一个替身，一个生命的冒牌货。唉，无端总被东风误，白了少年头，倘若还有来世——

倘若有来世，又会怎么样呢？

总之，总之你会换一种活法，你不会再伪饰再推诿再欺瞒，不会再把鲜活的生命交给任何模式或面具……你会奋然不顾地去追随梦想、爱情和自由，听从生命最本色最天然的召唤，你会做你以为最重要最不能错过的事儿……总之，你不会再委屈了生命，你要做回一个真实的不折不扣的自己，任何绳套都不能羁绊你，任何障碍都不能削弱你，任何诱饵都不能使你拐弯……

这时候，你仍坐在湖畔的石凳上，蝉声已歇，夕霞似一片火红的枫林漫天舒卷，你身体发烫，像是刚跑完很远很激烈的路。突然，空气中跃出一丝凉意，你蓦地一惊……

奇迹出现了，你确认刚才不过乃一假设，你不过是被死神象征性地吻了一下，你活着，活得好好的，健健康康，又不算老，还有无数未来的光阴，还有无数若隐若现、翩翩起舞的来日……这"复活"的感受真是无法形容，大梦初醒般的阵痛与庆幸！为此，你必须学会感激和珍惜，感激那虚惊一场的梦游，报答这唯有一次的生命，决不辜负和怠慢了它！

的确，"向死"给我们提供了一次难得的人生体悟：当"死"闪电般刺透灰蒙蒙的天窗向你招手，生存的暗房骤然被照亮，瞬间，你看清了许多隐瞒着的"核"和真相，生命的目的、本质、诉求和广阔的道路……"向死"还像一辆重型铲车，那些日常牢不可破的生活栅栏、貌似威严的俗规戒律、假惺惺的世故常道——竟是多么虚构！多么荒诞！积木般一触即瘫……权势、城府、争斗、盘算、谄媚、犬马声色、戚戚名利——与生命何干？与灵魂何干？在"向死"这样严肃磐重的大题目面前，全变渺小了、猥琐了、虚妄了，儿戏一般。

痛定思痛，有了这些思考的结果，当我们重返生活时，至少能变得从容一点、超脱一点，少一些势利，少一些俗套，少一些束缚和烦扰……

"向死"，确是一种大激励，大警策，大救赎。俗尘凡世，人生难免有疾，而思考死，恰是一味大澄明的苦药。关键有无那份灵魂体检的勇气和自医精神。

多少人都没有。多少人都忘记生命的真实身份了。

(1995年10月)

永远的邓丽君

人是奇怪的,有些对别人无所谓的事物,于之却珍贵无比且美好得不可思议。

大概这和一个人的特殊心路有关,与其天生的敏感体质、生命类型、某个岁季的精神气候有关。

邓丽君。

一个我深深喜爱的名字。我在任何时候都愿意充当她的报幕人:"小村之恋""在水一方""独上西楼""再见我的爱人""你在我梦里"……丝毫不会为公然赞美她而羞愧,更不惮被阳春白雪的音乐士大夫所嘲笑。

为爱而生,为爱而死。她的使命是在一个普遍淡漠爱的年代里出演爱情。她的事业是让一抹红粉青衣从男人的眼前姗姗飘过……

在单身的夜晚,在寂寥雨天,在合书小憩的午后,她的歌声从遥远的海岛踏波而来,像颤颤丝绸,像袅袅朦月,像天涯荡来的一叶扁舟……

不错,太甜了。但并非所有的甜都堪称"饴",并非任一种姿色都闪耀着泪光,含着颤抖之蕊。她是甘草和白露的甜,苦难之夜的甜,不加糖的甜,荡气回肠的甜。不错,她太烂漫,甚至称得上轻婀与摇曳,但在一个绝少红粉的枯槁年代,在一场裙裾被割掉的危襟岁月，这摇曳曾给人带来多大的惊喜和神荡。

其实，每一个懂她的人，都会从甜中品出那缕深藏的艾苦，从清冷和幽怨里读出那份善良与洁白，这正是最感动我的东西。一个妩媚的女人，一个易受伤的女人，一个欢颜示人的女人，却纤尘不染，一点不浑浊、不憔悴、不萎靡……

她适于离情、伤逝与怀旧，适于游子的望乡，适于无眠灯下的昏黄，适于雨滴石阶、人倚窗畔的孤独……她是疾病时代的健康，僵硬岁月里的柔曼，女人中的女人，你我中的我你。

"邓丽君"，她使自己的姓名听起来仿佛一记词牌。凭歌声，凭那如诉如泣的颤音，那深涧飞瀑的心律，我断定她星光般的美丽。

她纯洁得永远像春天，像蝴蝶。躲进她的歌，就像躲进姐妹的长发，躲进母亲的旗袍里。不必羞愧。不必。

有那么几年，逢深夜，我的功课即戴着耳塞，躲在被窝里捕捉各式电波——那些夜空中成群流浪的精灵（它们是我一年四季的萤火虫）。一个频率，或许是台湾吧，每逢子夜的某个时分，总会赠送她的歌。很多时候，她是用粤语唱的，不甚懂，但不重要，对我来说，她已成了一道和月光、缠绵、大海、思念有关的女性背景。她是我的夜晚——不，是我的世界里最重要的女客。

可，就在那个深夜，公元1995年5月9日，约凌晨1点，一磅霹雳蓦然炸响：一代歌后邓丽君猝然辞世，泰国清迈……那晚的电波，全被一股黑天鹅绒的气息罩住了。她的歌，她的笑，她的软，她的耳语，她的颤声……

邓丽君，邓丽君……

一部嵌进我身体里的柔软。一个我听了多年的女人。

她被上帝接走了。永远的在水一方。永远泊在了海的那边。

如今，我怀念她，就像怀念逝去的青春和发黄的日记，就像怀念前世生生死死的爱人。毫不羞愧。

我在无数场合听过有人唱邓丽君的歌，亦无数次听见一个声音："俗！"不错，俗。很奇怪，为什么同样的歌词，换个通道就变了味？仿佛不是从心室而是从胃里发出来的？但我想，若这"俗"是冲着邓丽君，我一定会怒不可遏，或者，我会把"俗"看成一个很高贵很美好的字……

有年冬天，北京，一间酒吧里，朋友向我淡淡地介绍一对朋友，他指着女子说："就是她，大陆唱邓丽君最好的，曾有人拿她的歌做盗版……"我一惊，很用心地凝视那女子。的确，她很像我记忆中邓丽君的模样——精神模样。自始至终，她几乎不开口，只有气息，风轻云淡的气息，冰薄荷的气息……后来，那女子应邀唱了一首，我震颤了，这是我第一次听到邓丽君的歌声由一个现实女子的体内汩涌而出。不，不是模仿，不是遗像的声音，不是磁带的声音。她源自一具鲜活的青春之身，自然地，就像月光从海面上升起。

那个阳光还算灿烂的下午，我却感受到了一股来自当年黑夜的潮涌，一股角落里的苦艾的沁凉。感谢她。我相信友人的话，邓丽君是一个密码，而她天生就理解这个密码，所以很本色就唱出了她。其实，她只需唱出自己就够了。

她们是生命的同类，精神的姐妹。

走出酒吧的那一刹，我被遽然刺来的阳光吓了一跳。闭上眼，我想起了我的收音机。它已很旧很老，退役多年了。

（2000 年）

女子如雪

我对朋友说：读川端康成要在冬天，在雪和月光的晚上。没有孤独、寒冷、明澈……怎会有感动呢？

感动是一股带电的凉意。是颤栗。是那种浑身透明、毛孔张开——非要爱上点什么不可的感觉。

读《雪国》便是这样。

有七八年了罢，正值大学放寒假，空寂的校园开始降第一场雪。天色暝暗，硕白的雪瓣像一朵朵耀眼的会哭的烛火，像含泪的樱花，呜呜被风托着，飞来，飞奔来……

昼间你仿佛一直在睡觉，不吃不喝，像匹懒在洞穴里的小动物。只在听，满怀感激和敬意地在听……眼睁开时，竟是白夜，竟然还有月亮。

你在电炉上烤煳了半块馒头，就着啤酒吃了。然后看书，看的正是黄旧的《雪国》。

直读得面酣耳赤，目光带着酒意怅怅地抚摸着窗户，发呆，有一种疼痛的往事的感觉……玻璃上结一层霜，忍不住将一根手指去划，意显出了歪歪的"驹子"二字。心中陡地惊住，升起一股湿热，转而脊背颤凉，似电击般。月影轻轻扑打着窗户，明明灭灭中,便觉得和那女子近了,灵魂和呼吸都挨近了,水草似抖得厉害,刚一触着,又惊恐地逃走……

接下来是长长的不知时间的梦。在梦里,你竟偷偷做了回那男人。醒后甚至想,自己又何尝不配那份叫"驹子"的感情呢?那个鸟什么的"岛村"应该被换掉……

"风花雪月"中,最纯粹最烂漫的莫过于雪。

就日本的古典美学意境而言,积淀最厚、虔敬最深的也是雪。

川端便是离不开雪的作家。他的故事里总弥漫着一股拒绝融化的伤感,一种迷蒙的雪之苦味……雪,像缥缈的背景音乐,总要徘徊在女人出没的地方,令人激动的雪总会牵出一位令人心仪的晶莹女子来。《雪国》开篇道:"穿过县境长长的隧道,便是雪国。夜空下,大地一片莹白。"为何一上来就忍不住念及雪,就像急急去赴伊人之约?

这冲动让我看清了川端的美学世界:雪,女人,白,洁净。

冰天雪地里,那些纯真却不幸的驹子们,其灵魂和身子都似雪洗过的一样白,白得细腻、孤独,白得耀眼、凄然,白得忧郁、高尚,让人尊敬和怜惜,让男人们自惭形秽,负罪般黯淡下去……对艺妓驹子,借岛村之口:"与其说她的艳丽,倒不如说她的洁净,甚至连脚缝都是干净的……"这干净的确令世界鼓舞,值得岛村们狠狠感动和庆祝一番。

或许,正是东瀛列岛那无处不在的雪气和樱白哺育了这种清澈的生命美性。雪与女子肌肤相亲,彼此倾诉,自然和灵魂心犀相通，互吮互融……她们丰盈的躯体里充满旺盛的雪：雪之光焰，雪之温情，雪之诗意和灵性。那乳汁般胀疼的爱竟使她不顾危险去亲近一个薄情的男子……简简单单的白，简简单单的交付，简简单单的高尚与不幸。

凡美的大都简单。只有丑秽的东西才不得不借助混沌与复杂。而简单遇上复杂，吃亏的往往是前者，或许这就是那些美性生命总不幸的缘由罢。

雪是大地上的一湖水银，折射出女子寒冷的腰肢。而驹子们不也是男人的一面镜子么？当她们明净的生命线条纤毫毕呈、淋漓泼洒的时候，岛村们却显出了深沉、虚伪和阴郁的病容，沦为需要照料、施舍和怜悯的可怜虫。

（我突然幡悟了米兰·昆德拉的那句话。他说，"女人是男人的未来"。这个短句像化石一样突然从文字丛林中冒了出来，而那位喜欢解释一切的捷克人没做任何解释，他视之珍贵，匆匆封存。）

为什么雪之性情和本色唯独为女子所吸收？为什么岛国的男人却不行？

我终于发现，无论是皑皑之雪，还是哀哀之樱，它们——她们灵魂的内涵、气质和辐射出的精神光泽，的的确确都是"女儿性"的——那种婴儿式甜柔的白、那种孕妇型的宽容善良、那种母性腹部才有的温软与宁馨……

而男性不同，其混沌的天性确应了《红楼梦》里的说法。那泥沙俱下的秉质定了男性世界的诡秘与混浊。

在这个世界上，女人常常因简单而成为受害者，但她们并非人性的失败者。失败的是男人，沮丧的也是男人，乞饶和求助的还是男人。她们因宽恕和相搀反而才受害的。

女人是脆弱的强大。男人是强大的脆弱。

女人是雪中的白。而男人是雪中的惨白。

我突然觉得川端真是一位美好的老人。他不惜背叛了自己的性别利益，盾牌似的站在了善良、简美和雪的一边。

他是个唯美者。一个值得女性信赖的为数不多的——永远的——父亲般的男人。

（1996年12月）

《罗马假日》：对无精打采生活的精彩背叛

男人，女人。

在纪录片《银幕与观众》中，一位西方老太太失声掩口："上帝啊，他们终于接吻了！"狂喜使得她眼泪都流了出来。她正看的这部黑白电影叫《罗马假日》，1953年由好莱坞派拉蒙公司拍摄。

此时，片子渐趋高潮：汽车里，相伴一日的男女即要分手，离别之怅让他们禁不住紧紧拥抱，女人泪流满面："此地一别，或许永难相见……请你不要立即走开，你要看着——等我从那个拐角消失。"

多么精彩的瞬间，在这位不羞于动情的老人脸上，我看到了作为观众和人的纯真与裸白。感动，和某些英雄行为一样，需要丰饶的精神储备和爆发力，它并非易事。

或许，正是凭借这样的民意，《罗》剧终获当年的奥斯卡奖。面对手持金像的奥黛丽·赫本，评论界叹道："自嘉宝以来还不曾出现这等人物，她拥有一切美的元素，导演见了会忍不住再三为其大拍特写——拍她炽热的眼神，拍她甜蜜的笑靥，拍她浑身的纯洁气息，拍她瘦削而高尚的肩膀……"

影片讲的是短短48小时内的事：英国少女安妮公主访问罗马城，因厌恶宫廷生活的繁文缛节偷偷溜出府邸，在街头，她邂逅正受命采访她的小报记者乔，彼此互隐身份，决定为自己的生活"放假"一天,俩人一起游览古城,这是身为公主的安妮第一次自由地徜徉市井,深为民间情趣所吸引,并对乔产生了爱慕……

坦率地说,单就故事结构,此片几近平庸,不仅承袭了好莱坞的爱情套数,较之中国传统戏文也显陈俗:落魄书生与名媛的邂逅传奇。

是奥黛丽·赫本改变了一切。她与格利高里·派克一道,以绝配的生命组合演绎了最简单的爱情方程。剧中,赫本那天使的面孔和纤尘不染的纯净,散发着一股水果的清香——一种足以消除生命疲劳、给人以莫大恬静的能量,不仅令视觉惊喜,更让灵魂舒适。

巨大的辐射。好莱坞试爆了一颗少女原子弹。奥黛丽·赫本冉冉升起。

难怪《罗》片刚一获奖,媒体即惊呼:"这真叫人受不了,若没有赫本,它就只能是个平庸的感伤之作。"是的,是赫本让人受不了,是那罕见的美质叫你沉不住气了——她扑向你最敏感和隐秘的精神部位。你无法躲掉对她的崇拜和爱慕,是召唤,也是义务。我想起了诗人荷马惊叹海伦的那个场面:"她走了进来,老人们肃然起敬。"

今天,《罗马假日》已成为好莱坞得意的典藏。经典意味着最好的手艺,意味着里程碑似的一去不返,也意味着让模仿者感到羞愧。今天,观众早已忘了它原本那样一个简陋的构思,欣赏它只是为了亲睹半世纪前那场明媚的邂逅,看看赫本那带电的目光怎样令心狂跳!

美的才华,美的功劳,奥黛丽成为世人心中永远的公主。

1988年，联合国儿童基金会正式授予她"慈善大使"，让那明澈的笑容有机会抚摸全世界的孩子。

那天，我遇到了一件特别兴奋的事。在一篇采访中，我看到以《远山的呼唤》《幸福的黄手帕》而受人尊敬的日本导演山田洋次如是答记者问："许多电影都令人难忘，要说最爱哪一部真的很难……不，我想起来了，是《罗马假日》，当然要属《罗马假日》喽！"

多么精彩的老人。要知道，这句貌似普通的话竟然效仿了《罗》剧中最著名的台词。赫本听了一定会流下热泪。

那个场面，每个看过该剧的人都难以忘怀——

第二天，公主出现在记者招待会大厅里。突然，人群中，她发现了昨晚含泪吻别的那张面孔，惊呆了。接下来是一组无声的特写镜头，只有目光透露着两颗心的狂跳。

有声音问：公主殿下，在您所有访问过的欧洲城市中，您最喜爱哪一个？

（侍从官悄声提示：各有千秋。）

脸色苍白的公主像是从梦中惊醒，正色道：可以说，各有千秋……不，最让我难以忘怀的，是罗马，当然是罗马！

这时，少女脸上的忧郁不见了，露出一种明亮而坚定的笑容，像一个突然成熟的幸福女人那样……

招待会结束。

已转身的赫本突然扭过头，最后一次地，将满含泪水的目光投向人群中的他。那苦涩的表情迅速放大，瞬间又被一种奋力做出的微笑所替代。寂静中，你能清晰地觉出她的躯体在克制中颤抖，大厅的柱子也在颤……

"凝——视",多么好的一个词啊,假如还有谁不懂它,那就到《罗马假日》中去找吧。

"不,罗马,当然是罗马!"这句突然变向的话成了该片最珍贵的台词。从精神角度讲,这个大胆的"别有用心"的——有违王室大政方针的肆意妄举——可以注脚为:对无精打采生活的精彩背叛!

罗马,自由精神的城堡。假日,则是对常态生活的反戈。

罗马假日——一场纯洁而诗性的"越轨者"的童话。

这样的童话在不少著名的生涯故事里都可以找到,他们以决然的背叛者姿态向世俗规则挑战,从而痛快淋漓地给生命放假,比如托尔斯泰背叛古老的庄园,温莎公爵背叛到手的王位,黛安娜背叛她的查尔斯……这种"不轨"永远是美性并值得尊敬的。

我一直渴望与人分享自己的收藏,可惜身边这种生命同类太少。这里须提到一位朋友,他有一种语出惊人的解说本领,曾与我有过分享两届"世界杯"的经历。但他只关心电影中的女人而不关心电影。

某日深夜,临睡前照例将电视频道搜个遍。谁知,竟搜出了阔别的《罗马假日》,忽想起这朋友,于是抄起电话:"打开电视,对,马上。"

片子刚完,床头的话机就叫了:"她真叫人幸福!"他在城市的另一头高声嚷道。

我愕然,沉默。他道出了我最强烈却迟迟苦于表达的那种感受——他太厉害了!

不错,是幸福,奥黛丽让整个夜晚连同电视机都焕发着一种"幸福"。

我曾想，与这等美好的人一道生存、一道呼吸、一道交换本世纪的空气，该是多么醉心的美事。然而，这项"福利"却被粗暴地中止了——

公元1993年的一天，我的手，拿着半版快要被揉烂的《参考消息》的手，突然抖起来，它冷冷告诉这个正准备用它擦墨渍的人：那一天，1993年1月20日，美利坚发生了两件大事，一是克林顿宣誓就任第四十届总统，另一件是，著名影星奥黛丽·赫本因结肠癌去世。

它说，几个月前她还以联合国大使的身份访问战火蹂躏的索马里。它还说，在她垂危之际，诺贝尔和平奖得主、世界最善良的女人——特里莎嬷嬷曾号召所有的修女为"公主"彻夜祷告……

她最后的心愿是：再看一眼瑞士的白雪。

那个阳光喧哗的下午，一张破报纸被那人小心叠好后锁进了抽屉。他的目光渐渐模糊，眼前的事物显得陌生而与之无关。

他感到很多东西正在离自己远去……

一个人的飘逝就像落叶，时间气流将她的手从枝条上掰开，现在，她连亲吻地面的力气都没有了，她就那样静静地、美丽地躺着，在冰凉的青草泥石间。

可世界一点没变，他无力地想。我们活着，一点不比她高尚和美丽，我们能够怀念或憧憬点什么，仅仅因为，我们活着。

可我们一点也不美丽。他想，我们必须对美丽说点什么，起码应说声——

谢谢！

(1996年)

俄罗斯课本

有好几个冬天。深夜，陪我失眠的竟是俄罗斯电台的音乐。那个积雪上的民族仍无睡意，她在播放几世纪来最经典的曲子，像一位郁郁寡欢的祖母，深情地怀念逝去的岁月。那曲子是标志性的：辽阔、忧伤、沙哑、苍远，帷幕般的厚重……我总有被击中的感觉，脑子里会出现滴答的电波和徐徐流动的油画：呜咽的伏尔加河；孤独的烧焦的橡树；风雪遗弃的木屋；缓缓甸甸的黑棺和送葬队伍；疾风扬起的妇女披肩，她脸上的骄傲与担心……

这不是天籁，而是冻土上的招魂。是风、砂石、山脉、篝火、冰凿、纤索、马橇……激荡的声音；是硫黄、枪刺、广场、绞架、烈酒、风琴、教堂唱诗……混合的交响。

眼前不由浮出叶赛宁的诗："茫茫雪原，苍白的月亮／殓衣盖住了这块大地／穿孝的白桦哭遍了树林／这儿谁死了？莫不是我们自己？"

我低低地抚摸这音乐。她来自生命深处的清冷和哀恸，整夜感动着一个不懂音乐的青年。隔着厚厚的寒幛，隔着刺不透的阴霾，我默默向着北方，向那股伟大的气息致敬。向她苦难的历史和英勇的民间致敬。

夜聆俄罗斯，不仅成了一个习惯，也成了一道仪式，一门功课。

俄罗斯的烈士和她的风雪一样，是出了名的。

没有哪块土地上的黑夜像她那般漫长、动荡而凶舛；没有哪一民族的知识分子被编成如此浩荡的流放队伍；没有哪国的青年一代出于良心、理想或浪漫而遭受那么重的苦役与刑期……单是彼得堡罗要塞、西伯利亚矿井、古拉格群岛这些传说中的牢房，就收押过多少悲壮的名册。一队队郁郁葱葱的生命曾被囚禁、锁铐在那儿，他们纯洁的热量在空旷中等待熬干、蒸发……然而，一代代的精神路标也正是从那儿矗起、辐射，叩响了整座俄罗斯冻土。

海涅说："文学史是一个硕大停尸场，每个人都在那儿寻找自己亲爱的死者，或亡故的兄弟。"我要找的，正是这样一批最纯真最英俊的精神面孔。他们一边写诗，一边流血；迅速地生活，又迅速地死去。普希金、莱蒙托夫，这对同样选择了决斗的兄弟，其岁月总和还不抵一位长者的寿龄。俩人忧郁的神情，看上去那么相似——绝无庸人那种散漫、悠闲和凑合日子的迷茫。他们的母亲就仿佛是同一位。

翻开俄国文学史，"十二月党人文学"是最英年、最让人揪心的一把：格利鲍耶陀夫（1795—1829）、雷列耶夫（1795—1826）、别斯土舍夫（1797—1837）、奥陀耶夫斯基（1802—1839）……哦，20岁、30岁，像深夜划过的流星，他们飞得太快，飞得太疾，让人来不及看清。他们太急于用生命、用青春去赌一件事了。为此，1825年12月的那个清晨，他们告别了彼得堡，告别了诗歌，告别了昔日欢聚的舞场、花园，那些尚在睡梦中的恋人和被暗恋的人……

在其眼里，最急于喊出的不是情诗，而是社会正义，是俄罗斯的未来，是激情和身体的行动。"要做一个诗人，但更要做一个公民！"为了迎娶一片适于居住的国土，为了自由地生活，先要准备不自由地死去……在这样的精神星空下赶路，其行色匆匆早已注定，亦注定了其生涯故事要比其诗集流传得更久、更远。

整个19世纪，俄国的青年已过惯了判决和牺牲的日子。陀思妥耶夫斯基被判死罪时仅28岁，他说："我只担心一件事，我怕我配不上自己所受的苦难。"他配得上，他的狱友和精神兄弟们全配得上！于是更多的俄罗斯青年就有幸听到了那个时代最激动人心的声音："谁之罪""怎么办""谁在俄罗斯能过上好日子""被侮辱的与被损害的"……单凭这俯拾皆是的标题就足以证明：俄罗斯文学在艺术之外竟挑担了如此繁重和危险的职责。他们用头颅来为信仰服务，以牺牲来灌溉理想——绝无现代艺术家那种"先舒服了肉体再说"的痞性，这正是俄罗斯文学最值得骄傲和怀念的地方。

知识者是最不能喑哑的。假如连这些"民族的头脑"（高尔基）都沉默了，那么这个国家的精神夜晚立即就会黯淡无光。

下面，我急于提到贵族和女人。

在俄国农奴制时代，贵族往往就是那类锦衣玉食并最有机会接触书本的人。可这些人中也最易滋生叛徒和异端。他们所干的事不仅令沙皇寒心，更让"阶级身世论"者大跌眼镜——

众所周知，1825年的"十二月党人起义"乃一次货真价实的贵族造反。他们血统高贵，气宇轩昂，是俄国拥有最多财产和藏书的人，亦是凭艺术情调和高谈阔论而成为"精神贵族"的青年才俊。他们从对书籍和时代的打量中获得生命冲动，却把庞大的财物晾在一边。尽管其童年、少年皆在豪华宫廷、玫瑰庄园中度过，但他们长大后的第一件事竟是发誓再也不当贵族了，在沙龙舞会上，除了诗歌和爱情，议论最激烈的即"民主""权利""自由""尊严"这些新鲜字词了。他们把目光投向饥饿的乡村和像骡马一样佝偻的农奴，并为自己华丽的衣服自责。终于，他们知道该怎么干了……

史料表明：1827年—1846年，"贵族"在俄国政治犯中占百分之七十六。甚至到了1884年—1890年平民知识分子运动后期，政治犯名单中仍有百分之三十点六出身世袭贵族。

连欧洲的政客们都忿忿不平了：穷光蛋造反是想当财主，财主造反难道为了做穷光蛋？是啊，作为既得利益者，按常理，该死死维护旧体制才是，有什么牢骚可发？有什么可折腾的呢？

这正是俄罗斯奇观，也是俄罗斯知识品格和人文精神的最大骄傲。同时我更笃信培根的名言："知识就是力量。"知识给人苏醒的力量，受过良好教育的读书人更应成为启蒙一代，更有机会率先从混沌与蒙昧中睁开眼。况且,"知识反抗"与"农奴造反"有别,前者通常从理想生存和"精神遭遇"出发——从而可能献身一个比个人大得多的目标——它服务于整体和长远;而后者往往出于现实利益及"物质遭遇"的考虑,只迷恋于一己和眼前处境的改善——且这种集团式的暂时改善用不了多久,即会迂回到原先的保守与专制套路中去(数不清的农民起义即是例证)。通俗点讲:一个申请理想,一个谋取生计;一个设计所有人的未来,一个追求自家的"变天"。

令人惊叹和尊敬的,还有俄罗斯女性。在长长的流放队伍中,我投以最深情目光的,是那群纤柔的肩膀。

"十二月党人"的领袖们被诛杀,剩下的百余名青年戴着镣铐即要到"野兽比人多"的西伯利亚去了。他们像赶粪蝇一样赶跑了"贵族"称号,从现在起,他们是囚徒——"如果不能做一个公民,那就做一个囚徒吧!"奇怪的是,连他们的妻子、恋人和姐妹们也打起了做囚徒的主意。不仅那么想,且真那么干了,这些生来就柔弱就美貌的女性们向沙皇提案:舍弃庄园财产封号爵位等一切一切,甚至新出生的孩子也可不要"公民权",条件只一个,那就是请政府允许自己——到囚徒们身边去!

特鲁别茨卡娅公爵夫人,沃尔康斯卡娅公爵夫人,格利戈里耶芙娜·穆拉维约娃,伊万诺芙娜·达夫多娃……还有法国姑娘尤米拉·列丹久,加米拉·唐狄。

西伯利亚历史将永远牢记并感谢她们。

不渝的爱情和友谊,向来是俄罗斯女性对文学和理想事业最宝贵的馈赠。

同样出身贵族的涅克拉索夫,被称为"复仇和悲歌的诗人",在反抗专制和控诉农奴制的道路上走完了一生。在俄罗斯史册里,他的光荣总不可避免地与一位女性联在一起——阿芙多季娅·巴纳耶娃。后人评价她时用了这样的话:"这位善良女性能够认识涅克拉索夫的真正价值,而且对他报以缠绵的爱情,它构成了我们诗人愁苦生活中最明朗的一页。""不知为什么,你待在她身边,总感到自己接近了赫尔岑、车尔尼雪夫斯基、涅克拉索夫、杜勃罗留波夫……这在不知不觉中就增添了对她的敬意。"这敬意绝非偶然,巴纳耶娃不仅以女子的柔情、美德和才华滋补着爱人,与其兄弟们也结下了深厚的友谊,这使得诗人杜勃罗留波夫临终时将两个幼年的弟弟托付给她,车尔尼雪夫斯基被捕后,她也是前往探监的身影之一……

在俄罗斯,当一个英勇的男人濒临危境时,距其不远,你总能找到一位值得尊敬的生动女性……仿佛最优秀的男人和最优秀的女人总能走到一起,而任何粗暴、恐吓和威胁的力量都无法将之拆散,他们就那么梦牵魂萦地缠绕着,其生命动作看上去那么和谐、合拍而富有美感。这种来自女性的温情与精神滋养大大削减了灾难对天才们的损害……"为什么我国作家们的妻子都那么像她们的丈夫呢?"列夫·托尔斯泰首次看见陀思妥耶夫斯基的遗孀时,就激动地赞叹道。

俄罗斯文学确实招人羡慕。才华和爱情，你们都是最优秀的。我似乎也突然领悟了俄罗斯民主解放运动为何始终会有如此宗教般的狂热和不死的精神——必和这些优雅的女性之在场有关，和她们清澈的注视有关。

她们温婉的身姿、绰约的美德，构成了俄罗斯精神夜晚最动人的篝火。

她们不仅忠诚地支撑着自己的爱情，有时，她们自个的柔肩也直接承担起某项危险的事业——

在"1877年—1878年民粹案"和"50人审判案""193人审判案"的被告中，女性分别占了16名和38名。苏菲亚——这个鲁迅激赏的名字便是和青春、美貌、牺牲连在一起的，她和恋人一起用炸弹为沙皇亚历山大二世送了终，走上绞架时仅27岁。同样的还有巴尔津娜，她拒绝了特权的庇护而在牢房和流放地过早走完了一生，她偶尔留下来的几首诗，竟让对女性文学向来冷淡的托尔斯泰潜然泪下……

上帝向俄罗斯派驻的非凡女性委实太多了。

自然，俄国文学也从未忽略过这些美丽的身躯和灵魂。普希金的《致西伯利亚囚徒》、涅克拉索夫的长诗《俄罗斯妇女》，皆大胆讴歌了那些"叛徒"们的妻子。她们是文学最亲密的女眷，也是人类共同的"夫人"。

和丈夫们的"灵魂酷似"一样，这些姐妹们的精神面孔和生命气质也太"像"了。

帕斯捷尔纳克曾出色地表达过她们的特质。在小说《日瓦戈医生》中有一情形：冬夜，围着炉火，两个男人进行着一场真诚的对话，诉说他们对共同深爱着的那位女子的看法。奇怪的是，彼此非但没有丝毫的嫉妒、敌视，反而充满了感激和敬意——

"啊，中学时代的拉娜是多么美好。您可以想象，那时她还是个小姑娘，可从她脸上、眼睛里已看得出时代的忧思和焦虑。时代的一切问题，时代的全部泪水和屈辱，时代的一切追求、积怨和骄傲，都流露在她的脸上和体态中……可以以她的名义，由她喊出对时代的控诉。"

"您讲得太好了。正如您描绘的那样，她既是个中学生，同时又是内心藏有不是孩子该有之隐痛的时代主人公。她的身影在墙上移动，那是紧张地准备自卫的动作……"

的确，文学需要这样的女眷。文学也会因拉娜们的加入而愈发迷人和璀璨。

多年前，一位深爱俄罗斯文学的朋友对我说："假如在墙上挂一幅帕斯捷尔纳克的肖像，我宁可把窗户取消！"

这话感动着我。明知无法说得比它更好了，但我说——

"假若屋子里走进来拉娜，我宁可将全部的书籍都取消。"

(1998年3月)

谈谈墓地，谈谈生命

1

《圣经》上说，你来自泥土，又必将回归泥土。所以灵魂就选择了大地，所以坟墓最本色的位置即在泥石草木间。

那是生者和逝人会晤、交谈的地方。那是一个退出时间的人最让她（他）的亲者牵挂的地方。那儿安静、简易，茂盛的是草，是自己悄悄生长的东西。那儿没有人生，只有睡眠。那么多素不相识的人聚在一起，却不吵闹，不冲突。不管从前是什么，现在他们是婴儿，上帝的婴儿。他们像婴儿一样相爱，守着天国的纪律……他们没有肉体，只有灵魂。没有体积，只有气息。

一本书中提到，在巴黎一处公墓里，有位旅人发现了件不可思议的事：一座坟前竟有两块碑石，分别刻有妻子和情人的两段献辞。旅人暗想，一个多么幸运的家伙！他尤其称赞了那位妻子，对她的慷慨深为感叹。

我也不禁为这墓地的美打动了，为两个女子和一个男人的故事。在这个世界上，每个人都可能不止一次地爱上别人，也不止一次地被他人所爱，但谁又如此幸运地被两个彼此宽容、互不妒恨的人所理解和怀念呢?

倘若少了墓地,人类会不会觉得孤独而凄凉?灵魂毕竟是缥缈的,墓地则提供了一块可让生者触摸到逝者的地方,它客观、实在,有空间感和可觅性,这一定程度上抵御了死亡的寒冷和残酷。或许,在敏感的生者眼里,墓园远非冷却之地,生者可赋予它一切,给它新的呼吸、脚步、体温和思想……在那儿,人们和曾经深爱的人准时相遇,互诉衷肠,消弭思念之苦。

有位友人,二十几岁就走了。周年祭,他的女友,将一首诗焚在墓前——

  暮风撩起世事的尘埃,远去了
  这是你离去后思念剥落的第一个夜晚
  这是你吐血后盛开的第一朵君子兰
  R,永远别说你真的死了
  只要她还活着,你深爱的人还活着
  只要她每年的这时候都来看你
  她会用自己的时间来喂养你
  她的血管,她的皮肤
  你无处不在地活着
  活在她深夜的梦呓和醒来的孤寂里
  ……
  R,永远别说你死了,
  一具女人的躯体
  过去居住过你
  如今,还居住着你

2

是生者的情感让墓地升起了炊烟?

中国人的烧纸,大概因了烟雾和灵魂皆有"缭绕"之感、形似神合的缘故罢。但东方人对墓地的态度,显然不及欧洲那样深沉、浪漫而有力。

愈是宗教意绪强烈的民族,愈热爱和重视墓地,甚至视若家园的一部分。

我凝视过一些欧洲乡村墓地的照片,美极了。花草葱茏,光照和煦,与周围屋舍看上去那么匹配,一点不刺眼、不突兀,一点没有歧视的痕迹……难怪有人说,在欧洲,甚至在都市,墓园亦是恋人约会的浪漫去处。

我有点不明白,为何东方常把最恶劣的环境、把生命不愿涉足的地方留给墓地,留给那些无法选择的人。在传统的东方语境中,坟冢常给人落下"阴风""凄雨""黄沙""蒿草""狰狞""厉鬼"的印象,令人不寒而栗、恐避不及。

或许是不同的生命美学,尤其宗教意识缺席的缘故吧,墓地在东方视野里,总处于边缘位置,归于被冷落、遗弃和"打入另册"的角落,大有"生命不得入内"的禁区之嫌……所以,东方墓地便多了缕孤苦,少了份温情与眷顾,显得落落寡合、神情凄凉,给人以萧瑟之感。同时,东方人尤其中国人,对墓地的访问少得可怜,大多清明时才偶尔被催促,去拔拔草、烧烧纸——连这也多出于对鬼魂的忧惧，受习俗所驱。

而在西方，情形就完全相反了，墓地和教堂、公园一样被视作生活领地的一部分，处于生态圈的正常位置。在他们心中，生死之间好像并无太大的隔膜，从生活的间隙中去一趟墓地，无须太远的路程、太大的心理障碍和灵魂负重，无须特殊的理由和民俗约定……仪式上也简单、随意得多。西人对于墓地，不仅仅是尊重，甚至是热爱，他们给生死分配了同样的席位，同样的"居住"定义。

总之，墓地在东方文化中，是阴郁、沉疴和苦难的形象，在西方生活里，则温美、敞亮、生动得多。前者用以供奉，畏大于敬；后者力图亲近，意在厮守。

3

墓地，应成为人类生态中的一抹重要风景。

应以对生的态度对它，应最大限度给其以爱意和活性。一块好的墓地，看上去应和"家"一样，是适于居住的地方：干净、朴素、祥和，阳光、雨水、草木皆充足，符合生命的审美设计。因为它是灵魂永远栖息的地方，是生者寄存情感和记忆的所在，也是人世离天堂最近的宿营地。

我一直觉得，有些特殊职业，诸如"护林员""灯塔人""守墓者"等，较之其他生命身份，更具宗教感，更易养成善良、正直和诚实的品格。而且也只有这种品性的人来司职,才是恰当的,才适应这些角色。因为其工作内容太安静了,和大自然结合太紧密了,一个生命长期浸润在那样的环境中,与森林、虫鸣、溪水、海浪、月光——厮守,彼此依偎,互吮互吸,其灵魂必然兼容天地灵气,大自然的禀性和美质便露珠一样依附其体,无形中,生命便匹配了某种宗教品格和童话美德……

所以,在俄罗斯、欧洲的古典文学里,总会频频闪现一些富有人格魅力的"护林员""守墓人"形象。原因恐在此罢。

茨威格有篇散文——《世间最美的坟墓》,描述他在俄国看到的一幅感人情景:"我在俄国所见景物中再没有比托尔斯泰墓更宏伟、更感人的了……顺着一条小道,穿过林间空地和灌丛,便到了墓前。它只是个长方形的土堆而已,无人守护,无人管理,只有几株大树……"托翁墓只是一方普普通通的土丘,没有碑,没有十字架,连姓名都省略了。这是托翁本人的心愿,据他的外孙女讲,墓旁那几株大树,是托翁小时候和哥哥亲手种的,当时他们听保姆说,一个人亲手种树的地方会变成幸福的所在……晚年的托翁某天突然想起了这事,便升起了一个念头,他嘱咐家人,将来自己要安息于那些树下。

茨威格叹道:"这个比谁都感到名声之累的伟人,就像偶尔被发现的流浪汉、不为人知的士兵一般不留姓名地被埋葬了。谁都可进入他的墓地,围在四周稀疏的栅栏是从不关闭的——保护列夫·托尔斯泰得以安息的,没有任何别的东西,唯有人们的敬意……风儿在树木间飒飒响着,阳光在坟头嬉戏……成千上万来此的人,没有谁有勇气,哪怕仅仅从这幽静的土丘上摘一朵花作纪念。"

对有的人来说,墓地就是他的一具精神体态、一副灵魂表情。托翁墓便和他的著作一样,为世间添了一份壮阔的人文景观。这个一生梦想当农民的人终于有了一间自己的"茅舍",他休憩在亲手种植的荫凉里。

那荫凉,将随着光阴的飘移而愈发盛大。

世上有些墓地,虽巍峨,却缺乏自然感和生命性,法老的金字塔、中国的帝王陵……凸起的都太夸张、太坚硬,硕大的体积,捆着一团空荡荡的腐气,太具物质的膨胀力,太具侵略性和彰显欲望。总之,有一种疏远尘世的味道,虽威风凛凛,却远离了人间体息和泥土亲情,一点不像生命栖息的地儿,反倒给人落下个印象:那人的的确确熄灭了。

4

从生命美学的角度讲,我欣赏西方那种婚礼和殡仪方式——教堂、钟声、十字架、鲜花、誓言、祈祷、神甫……因为它格调庄重、清素,情感深沉、诚实;因为它对死亡的体贴和亲吻,因为它仪式中包含的神圣向度与寂静元素……

想起了身边的一些追悼会——

热热闹闹的一群"乌合",若非特殊的场景暗示,单看与会者的神情,想必你连仪式的性质都弄不清。假惺惺的寒暄,提线木偶式的鞠躬,千篇一律的讲稿有几句肺腑?尤其那些一天不知要赶多少场子的领导,仓促贴在面皮上的"悲痛"像纸罩一样破绽百出、四下漏风⋯⋯

纯粹闹剧,整个一雇佣军和戏班子。黑压压的阵容中,你找不到内心应有的庄重和寂静,只有窃窃私语的骚动、事不关己的冷漠⋯⋯你替那幅没有表情的遗像冤屈,为那些无知无助的家属悲愤:为什么不拒绝?为什么不把这些"例行公事"的大员、不相干的戏客和"好奇先生""嚼舌太太"拒之门外?即使该来的没来,不该来的也一定不要来。

"死"本身是一种矗立,和"生"一样披覆尊严,它需要访问和垂怜,但拒绝轻薄和廉价的施舍。你须仰望,须心存虔诚和敬意,你脚步要轻,灵魂要诚实,要以生命的名义献上一份寂静、一炷心香⋯⋯因为那个人,那个与你一样有着头颅、梦想、悲欢、家眷和不尽情思的逝者,你们都是生命,都有着惊人相似的生命共性。假如你实在做不到,无法献出这么多,那唯一的选择即远离,远离别人的不幸,免去打扰人家。一个没有悲痛感的人,对悲剧采取缺席的态度,也算是良知了。

我一直以为,葬礼应有极强的私人纯洁性,其驱动应来自情谊和爱。它拒绝喧嚣,应使用宗教礼仪,应排斥官方语言和公务色彩。人来到这儿,应彻底是受了心灵的委托,受了真情的邀请。否则,既对不起生命,也侮辱了我们未来的死。

我常常觉得，一个人对死的态度即对生的态度。一个不尊重死亡的人，其品行必然是低劣的。一个拿葬礼做游戏的群体，其生存精神必然是轻浮的。

5

读过徐晓女士一篇惊心动魄的文字：《永远的五月》。它是我十年来读到的最感人的来自当代人的祭文——

深秋，我终于为丈夫选定了块墓地。陵园位于北京的西山，背面是满山黄栌，四周是苍松和翠柏……同去的五六个朋友都认为这地方不错，我说："那就定了吧。"……我知道这不符合他的心愿，生前他曾表示安葬在一棵树下。那应该是一棵国槐，朴素而安详，低垂着树冠，春天开着一串串形不卑味不香不登大雅之堂的白色小花。如果我的居室在一座四合院，我一定会种上一棵国槐，把他安葬在树下，浇水、剪枝，一年年地看着他长得高大粗壮起来，直到我老，直到我死……我在心里说：郿英，对不起……

周郿英，一个把生命献给精神探索和良知事业的民间知识分子，一个拥有诸多美德而令所有结识他的朋友都为之骄傲的人。在同病魔抗争了四年后，1994年5月5日去世，年仅48岁。

朋友们把他的葬礼办成了一个告别会。既俭朴又隆重，哀乐是美国影片《基督最后的诱惑》的主题曲《带着这样的爱》，野花、松叶和绿草盖满了他的全身。他最后一次和大家在一起，告别之后，他将独自远行……

这是我所知道的当代最美和最诚实的葬礼了。它安静，幼小，纯洁得像个童话，像一盏乡村油灯，围拢着最好的朋友。它安静得像一页纸、一张课桌，刻着最简短的话，它被友情擦得那样光亮，不含一丝尘垢……

在物欲横流、一切正变得可疑的时代，有几人如此幸运？

这样的朋友！这样的妻子！这样的爱和声声呼唤！

史铁生代表大家致了悼词——

他的喜悦和忧愁从来牵系于人间的正义和自由，因而他的心魂并不由于一个身影的消逝而离我们遥远……郦英，所有你的朋友，都不会忘记你那简陋而温暖的小屋，因其狭小我们的膝盖碰着膝盖，因其博大，那儿连通着几乎整个世界。在世界各地你的朋友，都因失去你，心存一块难以弥补的空缺，又因你的精神永在，而感激命运慷慨的馈赠。郦英，你的亲人和我们在一起，你幼小的儿子将慢慢知道他的父亲，以你为骄傲并成为你的骄傲。郦英，愿你安息。郦英，在天在地，我们互不相忘。

1999年，我读到的书里，有一本是廖亦武编的《沉沦的圣殿——70年代地下诗歌遗照》。在那里，第356页，我看到了周郿英的坟照和史铁生撰写的墓铭全文。我久久凝注那块白色碑石，它安静极了，安静得正直、高尚、年轻，俨然一副脸庞……猛然一记震颤，我觉出那照片中草和树影在动，有风，身体里有一股疾风倏地掠过，从脊背到胸腔，比时间还快。

接下来那个空荡荡的下午，我什么也不做，一直在想那位妻子和他们的儿子，想那首女人的《永远的五月》……

又是春天，又是樱花盛开的季节……我会献上一个用白色的玫瑰和紫色的勿忘我扎成的花圈，然后默默地告诉他：郿英，我们的儿子将慢慢地知道你，他会以你为骄傲并将成为你的骄傲。郿英，在天在地，我们互不相忘！

在中国，在当代，她的美，她的庄严和深情，超过了诗，超过了一切友谊和爱情的神话。

6

所以对《永远的五月》如此钟情，还有一个私人情结："树葬"。

这是我私下的一个命名。一个人死了，我以为最好的方式便是葬于自家宅院的一棵树下，连坟、碑也不要……我一直以为，对生命和大自然来说，美的一个重要准则即"节约"。落叶归根，人也应像那些褪去绿色的叶子一样，尽快睡入泥土才是，任何外在的复杂都是一种烦恼——物质的浪费和精神的累赘。

人一旦成了一棵树，"死"也就转为一种生长，一种生生不已的存在。死即不再是一种毁灭，不再是可怕的终止和虚无。同时，人树相邻，日夜厮守，春华秋实亦能抚慰亲人的思念之苦，至少从精神上，抚摸一棵树和拥抱一具躯体是没大区别的。

想想吧，那些寂静无眠的时刻，那些雨滴石阶的深夜，听一棵茂盛大树浑厚的呼吸声……或深秋的一个傍晚，在地上拾起一片叶子，细细凝视那些叶脉，就像注视一个人手臂上的血管，就像注视爱人的一根发丝……

记得少时和儿伴们讨论来生做什么，别人都争当各种动物，我却莫名地表示：假若有来世，就生为一棵树……喜欢树，大概因为树带给一个孩子的礼物实在太丰盛了吧，樱桃、桑葚、槐花、蜂巢、松仁……那时我就隐约觉得，树和人的关系是最近最亲的，树是生命最好的搭档。有一年在乡下，我见过一株奇树：一棵粗壮的古柏，至少几百年树龄罢，树身围成一弧，中间竟怀着一株年轻的杨槐……当地还流传着一个"柏男槐女"的故事，大意是一对夫妻如何生离死别又转世相聚。

正是因为这些树的情结，我对徐晓女士的那声"对不起"深存一份感动和敬意。这是一个懂得死、懂得浪漫和怜惜、懂得生命之美的人，她知道什么是最好的安置亲人的方式，虽然当代生存资源不支持她那份"树葬"的愿望,但她把心痛亮出来了,有一天,她定会履践它、兑现它,或由他们的儿子去承续。

假如有一天,我离开了这个世界,我也希望有人能这样对我,能以这样的方式收藏我……将我埋于一棵树下,最好为一棵梧桐。

不过我是有一份忐忑的,那就是我的爱人。虽然渴望能被她永远收藏,渴望自己的灵魂能伴之左右——让那棵树守着我们的家,渴望爱人能在寂静的夜晚常去看望、抚摸那棵树……但我同时更觉出了一份痛:假如那时我们仍不算老,这意味着她将从此一个人熬过剩下的漫漫岁月,那棵树的存在,将使她无法再平静地开启新生活……

这是否公平?是否真符合我灵魂的想法?

她是一个什么样的女人?什么样的幸福对之才是一种真实的幸福?才使之不致委屈生命?

如果她做不到,或者我不希望她做到,那么我最大的愿望就是回到出生我的那个家,变成故乡的一棵树,变成父母身边的一棵树。

某个日子,假如她偶尔来到树下,我希望能看见她从我身上取走一片叶子……朋友也这样。我唯一能赠予他们的,也只有树叶了。

我要对他们说声:谢谢。

(2002 年)

第二辑

大地的忧伤

> 如果不相信灵魂不死,我们何以堪受这样的悲恸和绝望。
>
> ——题记

我们无处安放的哀伤

1

它是怎么来的?

5月12日,央视南院。那个阳光还算灿烂的下午,正在餐厅淘影碟,有人突然闯进来,表情怪异:地在动?动?

回到楼上,各栏目间已嘈成一团,所有人都站着,手机、座机不停敲键,成都、绵阳、都江堰……听筒里传来的全是沉寂。空荡、可怕的忙音,这是生死未卜的忙音,这是与世隔绝的忙音……至今,这忙音仍幻听般住在我耳朵里。

那是生命突然失明的感觉,它让你怀疑时空的真实性。

远方,远方怎么啦?难以置信的集体失踪!那股空白和哑默,是科幻片里才有的恐怖……你甚至觉得并非对方有问题,而是自己遭遇了不测。是的,我们被远方抛弃了,开除了,遗忘了。

没任何预兆,在最意想不到的时候。大半个中国被袭击。

我们目瞪口呆。

一时间,忘了火炬往哪儿传,传到了哪儿。

几天后,有人这样描述那一刹的降临:"家门口,常有载重大货车过往,12号午后,又一阵轰隆隆,隔壁老曾没遇到这么大的动静,正准备出来骂街,没到门口地就晃了……事后才知,是北川那边的山塌了。"

所有活着的人,都只剩下一个身份:幸存者。生死存亡,简单到了无以复加的地步,仅仅因为距离,因为你脚踩的位置,因为你恰好走到了某处。

我突然看清了一个事实:人生,很大程度上不过是"余生"。

我不会忘记那幅照片:一只石英钟睡在瓦砾间,指针对准14时28分。

这是它扔下的第一个夜晚。守着电视待到天亮,我觉得入睡是可耻的。我知道,这个大雨滂沱的夜里,很多人会死去,很多灵魂会孤独远行……这样的夜,和一亿年前的夜没区别,冰冷无声,没有光亮,没有站着的东西……这样的夜,他们应有人陪。

13日下午,给已飞赴灾区的同事发了条短信:人最容易夜里死去,给废墟一点声音、一点光,哪怕用手机,让生命挺到天亮……

汶川、北川、青川……中国版图上,没有谁像你镶嵌如此多的"川"字,然而现在,正是这一个个川,刺痛着泪腺和肋骨。知道吗,就在不久前,我还在与《中国国家地理》"新天府评选"的对话中,大肆谄媚你天堂般的诗意,滔滔不绝以你为例,鼓吹"'天府'就是沃土和乐土,就是全世界乞丐和懒汉都向往的地方……"想想忍不住脸红,你就这样羞辱了我。

是的,正因为那一个个川,才有了你的曲线和妖娆,才有了你深寺的桃花、竹林的茶香、马帮的铃声、雪山上的梦境……知道吗?你的美曾让我神魂颠倒,感动得我泪流满面。然而今天,这美竟成了天堑,成了饕餮之口,成了生离死别、咫尺千里的险阻,成了让人诅咒的墓穴……当然,这不是你的错。其实,我只是不敢正视你的罪。

是的,大地,我不恨你,即使你犯了天大的错。我只能不可救药地爱你,别无选择。

2

窗外,一排粗壮的白杨,密匝的枝头几乎贴到了玻璃。这些天,每见这些无动于衷的叶子,我总会想,在川西,在那 10 万平方公里的震墟上,最高者莫过于这些树了吧。想着想着,就会发呆,眼前掠过一些景象。

这个 5 月,一个人要想掩饰泪水实在太难。

我为那些来自前方的哭诉而流泪：消失的山峦，消失的村寨，消失的炊烟，消失的繁华……无数个家叠在了一起，叠成薄薄的一层瓦砾，肉眼望去，城墟一览无余。一条条川路被拧成了麻花，裂口深得能埋下轮胎，几千公里的盘旋路上会盘旋多少车？那一天，几乎没有车辆能到达目的地。

我为那些随处可见的情景而流泪：瓦砾上，一群无精打采的鸽子，一只不知所措的小狗，它们像忧郁的孤儿；天在哭，一位母亲站在废墟上，撑着伞，儿子被整栋楼最重的十字梁压住了，只露出头，母亲不分昼夜地守着；一位丈夫用绳子将妻子遗体绑在背上，跨上破旧的摩托车，他要把她带走，去一个干净的地方，男女贴得那么实，抱得那么紧，像是去蜜月旅行。

我为那些声音而流泪：一个 10 岁女孩在废墟下坚持了 60 小时，被挖出 10 分钟后去世，凋谢之前，她说"我饿得想吃泥"；教学楼废墟上，由于坍方险情，救援被命令暂停，一位战士跪下来大哭，对死死拖住他的同伴喊："让我再去救一个！求你们让我再救一个！"

我为那些永远的姿势而流泪：巨石下，男子的身体呈弓形死死罩着底下的女子，女子紧抱男子，两具遗体无法拆散，只好一起下葬。一位中学老师，撑开双臂护在课桌上，这个动作让四名学生活了下来……

我为一排牙印而流泪：当一具具遗体入土时，一个小姑娘哭喊着冲出封锁线，士兵上前劝慰，突然，小姑娘抓起了一只胳膊，猛咬下去,胳膊一动没动,小姑娘又拔出胸针,对着它狠狠扎下……事后,士兵说:"如果我的痛能减轻她的痛,就让她咬吧。"

我为最后的哺乳而流泪:一个年轻的妈妈蜷缩着,上衣向上掀起,已停止呼吸,怀里的女婴依然含乳沉睡,当她被轻轻抱起、与乳头分开时,立即哇哇大哭……

我为那些伟大的诀别而流泪:震墟下,李佳萍鼓励身边的学生,一定要坚持,活下去,人生很美好……当预感自己快不行的时候,她用尚能活动的手,把另一只手上的戒指摘下,塞给离她最近的邹红,"如果你能活着出去,把它交给我先生,告诉他和女儿,我爱他们,想他们"。杨云芬,一位被轮番救援几十小时的婆婆,在自感无望时,哀求大家不要再徒劳,去救别人,被一次次拒绝后,她用玻璃割破手腕,吞下金饰……在我看来,这份放弃和决不放弃,同等伟大。

我为那些天真而流泪:一个只有几岁的漂亮男孩,在被抬上担架后,竟举起脏兮兮的小手,朝解放军叔叔敬了个礼。一个叫薛枭的少年,被送上救护车时,竟对周围说:"叔叔,我想喝可乐,要冰冻的。"面对这些未褪色的稚气,我总想起某首老歌,"亲爱的小孩,今天有没有哭,是否朋友都已经离去,留下了带不走的孤独……是否遗失了心爱的礼物,在风中寻找,从清晨到日暮……"其实,我最想说的是,孩子,你们不需要太坚强,不坚强也是好孩子。

我为走远的读书声而流泪:14时28分,这是个最威胁课堂的时刻。地震最大的伤口，最大的受难群，就是书包。聚源中学的风雨操场，成了5月中国最大的灵堂，孩子的遗照挂满了天空，像一盏盏风筝组建的班级。映秀镇小学校长的头发一夜间白了，他的四百个孩子，只剩下了百余人，镇上的长者哀叹，下一代没了……

我还为一名乞丐流泪：某地大街上，捐赠箱前来了个残疾人，他只有半个身子，撑一块木板滑行，大家都以为他只是路过，可他竟然停住了，举起盛满碎币的缸子……看这幅图片时，我心头猛然揪紧，"5·12"之后，这世上又要增添多少拐杖和轮椅啊，可敬的兄弟，你是在帮自己的同路人吗？

我还为那最后的遗憾而流泪：陈坚，这个被压了70多小时的汉子，这个在电视直播中脱口"各位观众各位朋友，晚上好"的人，这个戏称"世上第一个被三块预制板压得不能动弹"的人，这个在电话连线中告诉孕妻"我没啥远大目标，只想和你平淡过一辈子"的人，这个不忘为救援队喊"一、二、三"助威的人……就在被挖出、被抬上担架不久，竟再也不理睬他的观众了。

一位军医撕心裂肺地喊：陈坚，你这个浑蛋，为什么不挺住不挺住啊！

是的，这是肉体对精神的背叛，本来我们以为它们是一回事，可实际上不是。两者一点也不成正比。肉体甚至像一个奸细，在我们最以为胜券在握的时候发动偷袭。

是的，我们哭得那么伤心，像一群被抛弃的孩子，像失去了最熟悉的亲人。是的，如果你活下来，你将创造一个完美的奇迹，你将以一场神话般的胜利拯救这些天来人类的自卑和虚弱，你将感动全世界，不，你已经感动了全世界。

想起了一句话：即使死了，也要活下去。

放心吧陈坚，今后的日子里，我们替你活着，生活你的全部。

人可以被毁灭，但不能被打败。

3

我为一座县城的湮灭而流泪：北川。

这个像火腿面包一样、被两片山紧紧夹住的城池，这个曾地动山摇、草木失色的地方，由于受损严重、山体松弛和堰塞湖之险，其废墟已无重建可能。从5月21日起，这座有着1400年县史的栖息地，将全面封闭，所有灾民和救援队撤出。等待它的，很可能是爆破或淹没。

画面上，那幅"欢迎您来到北川"的牌子，刺疼着我。

别了，北川。没有仪式，来不及留恋，来不及告别。

撤离前，他们匆匆去家的瓦砾上，焚一叠纸，烧几炷香，挖一点可带走或自感重要的东西，一只箱子、一块腊肉、一兜衣物、一缕从亲人头上剪下的青丝……一个年轻人抱着一幅婚纱照，捂在胸前，表情僵滞地往城外走。我知道，这是他唯一的生命行李了。

同事告诉我，撤离途中，常会有人突然掉头跑向高处，只为最后看一眼县城、老宅和那些刚刚拱起的新坟……

我彻底懂了什么叫"背井离乡"。

前年，做唐山大地震30周年纪念节目，曾看到一位母亲给儿子动情地描述："地震前，唐山非常美，老矿务局辖区有花园、洋房，最漂亮的是铁菩萨山下的交际处……工人文化宫里面可真美啊，有座露天舞台，还有古典欧式的花墙，爬满了青藤……开滦矿务局有自己的体育馆，带跳台的游泳池，还有一个有落地窗的漂亮的大舞厅……"

大地震的冷酷即在于此，它将生活连根拔起，摧毁着我们的视觉和记忆的全部基础。做那组纪念节目时，竟连一幅旧唐山的图片都难觅。

震后，新一代的唐山人几乎完全失忆了。乃至一位美国人把他1972年途经此地时的旧照送来展览时，全唐山沸腾了，睹物思情，许多老人泣不成声。

故乡，不仅仅是一个地点和概念，它是有容颜的，它需要物象对称，需要视觉凭证，需要细节还原，哪怕蛛丝马迹，哪怕一井一石一树……否则，一个游子何以能与眼前的故乡相认？

有人说过，百万唐山人虽同有一个祭日，却没有一个祭奠之地。30年来，对亡灵的召唤，一直靠街头一堆堆凌乱的纸灰。

莫非北川也要面临类似的命运？一代后人将要在妈妈的讲述中虚拟故乡的模样？还有那些不知亲人葬于何处的幸存者，无数个清明和祭日,他们将因拿不准方向而在空旷中哭泣,甚至不知该朝向哪一丛山冈……还有那些连一张亲人照片都没来得及挖出的人,未来的某个时分,他们将因记不清亲人的脸庞而自责,而失声痛哭……

遥知兄弟登高处,遍插茱萸少一人。

一代人的乡愁,一代人的祭日,一代人的哀伤……

我知道它何时开始,却不知它何时结束。

4

我将记住一位同事的号啕大哭。

5月21日,在绵阳通往北川的山道上,一个老人挑着筐,踽踽而行。余震不断,北川已临封城,记者李小萌在回撤途中,迎面看见了这位逆行者,他太醒目了,因为已没人再使用他那个方向……老人很瘦小,叫朱元云,68岁,家被震塌了,在绵阳救助点躲了一周后,惦念地里的庄稼,想回去看看。

李小萌劝老人别往前走了,太危险,可老人执意回去,"俺要回去看看,看看麦子熟了没有,好把它收了,也给国家减轻点负担。"(川话大意)

又从北川那边过来了俩人,也挑着担,装着从家里刨出的一点吃食。他们也劝老人别回去,"那边危险得很"。

李小萌:"你现在这些东西,是你全部的家当吗?"

男子:"是,就这些喽。"

李小萌:"你家人呢?有孩子吗?"

男子:"死喽,娃儿都死喽。"

李小萌:"那你妻子呢?"

男子:"老婆,我老婆也死喽。"

李小萌:"还有其他家人吗?"

男子:"我妈,她也死喽。"

李小萌:"一家四口,就剩你一人了?"

男子:"就剩我一个喽。"

另一男子:"他们死的死喽,我们活下的要好好活。"

俩人与老人道声别,走了。

自始至终,他们的语调、神情都和老人一样,平静,轻淡,没一点多余的东西。

无奈,李小萌嘱咐老人把口罩戴好,路上小心。

走出了几十米,那背影似乎想起了什么,转过身:"谢谢你们操心喽。"

孤独的扁担一点点远去,朝着空无一人的方向……几秒钟后,李小萌突然扭脸号啕大哭,那哭声很大、很剧烈,也很可怜……

当在电视上看到这几秒的哭时,我再次感到肩头发颤。虽然我已被它震撼过一回了,那是在编辑机房。事实上,小萌哭得比电视上更久更厉害,为"播出安全",被剪短了。按惯例,那哭是要整个被剪掉的,可那天竟意外留住了。这是央视的幸运。

庄稼在那儿,庄稼人不能不回去——这是本分,是骨子里的基因,是祖祖辈辈的规矩。老人遵守的,就是这规矩。这就是事情的全部真相。

是啊,规矩就是真理。正是这真理,养活了无数的人,我,我们。

老乡们的平淡让我感动,李小萌的失态也让我感动。那哭是职业之外、纯属个人的,但它却让我对所在的职业充满敬意和幻想。

我还羡慕小萌,她终于不再隐瞒,不再克制,不再掩饰。

这些天来,我终于听到了自由的大哭。

哭和泪不一样。放声大哭,是灵魂能量的一次迸溅,一次肆意的井喷。

它安放了我们无处安放的哀伤。

5

一个在震墟上待了半月的新华社朋友说,回北京的第一个清晨,从昏睡中揉开眼,当隐约听到鸟叫,当看见窗帘缝中漏进的第一束光,他掩面长泣……

他说难以置信这是真的,昨天还是废墟,还是阴雨连绵,还是和衣而卧……他说受不了这种异样,这是完全不同的两种空气,没有粉尘,没有螺旋桨、急救车、消防车、起重机的尖厉与轰鸣;脚踩在地上,没有颤巍巍的反射……他说受不了这静,太腐败了,有犯罪感，对不住昨天仍与之一起的那些人，他说想再回去。

是的，我理解你说的。

是的，我们真的变了。从惊天动地的那一刹，生活变了很多。泪水让我们变得洁净，感动让我们变得柔软，震撼让我们变得亲密，哀容让我们变得谦卑，大恸让我们变得慷慨，剧痛让我们对人生有了醒悟……72小时的黑白世界，让我们前所未有地体会到了那个早就存在的"生命共同体"的存在。

那么，我们还会再变回去吗？惯性会让我们原路折返——会再次把我们打回原形、收入囊中吗？哪一个更像我们自己，更接近我们的本来和未来？

祝福这个"共同体"吧，它不能辜负那么大的牺牲，不能虚掷那么高的成本和代价。

即使不能飞翔，即使还要匍匐，也要一厘米一厘米地前行。

(2008年5月30日)

> 触摸她，用目光，别用手指。
>
> ——题记

人类如何消费星空

1

数千年来，对月亮这颗距我们最近的星体，人类所做的都是一种文化注视和精神打量，或者说，乃诗意消费和美学消费。但最近的一件事，却改变了这一传统：有人以实物和商品的方式消费她。

2005年秋，北京朝阳区，一家新出炉的公司赫然亮一招牌："大中华区月球大使馆"。据称，该公司已在工商局正式注册，乃美国"月球大使馆"在中国的总代理，全权负责月球地皮在中国区的销售，范围为：月球北纬20度至24度，西经30度至34度。这究竟是怎样一笔买卖呢？公司称，买主可得到一册装帧精美的月球土地所有权证书，上载月球宪章、外层空间条约等条文，买主拥有该土地的所有权、使用权、地表及地下3公里内的矿产权。

价格呢？不贵：每英亩298元人民币。

此招一出，舆论哗然。若非朱红大印的工商执照，还以为哪个行为艺术家在搞笑。可查阅了"月球大使馆"的境外身世后，我却笑不出了，因为，它近乎"合法"——

"月球大使馆"的创始人叫丹尼斯·霍普，早年一偶然，他发现联合国1967年签署的《外层空间条约》有一处疏漏，即在此约中，所有成员国都承认太空的天体主权不为任一国家所有，但它并未限定私人拥有的权利。这位聪明人大喜过望，立马向当地法院、美国及苏联政府和联合国递交了一份所有权声明，宣布自己为太阳系除地球外所有星体的主人，并于1980年开始，正式兜售他的财产。"月球大使馆"即他开设的第一家"售楼处"。

按西方法令：凡不被禁止的，即合法。这意味着，要想剥夺丹尼斯自封的领地，必须拟定一部新的太空条例。可种种原因，丹尼斯的这个天敌迟迟未降生，于是其生意便浩浩荡荡了。据称，该大使馆已有230万之众的客户群，售出近4亿英亩的月土，顾客中更不乏名流显士，比如好莱坞明星，美国前总统罗纳德·里根和吉米·卡特等。

虽说在西方，"月球大使馆"的泡泡糖早已满天飞，可它降落在中国这样一个刻板务实的地方，还着实惊人不小。北京的职能部门一上来有点手足无措，觉得它有欺诈之嫌，可又说不出它究竟在哪里犯了规，据说正调集各路方家商量招数呢……若它真无人问津、自生自灭也就罢了，可如此蜃景般的"楼花"，还真有人青睐，短短几日，已有数百人预定。这下，饱学之士们坐不住了:"天文学和社会学界的专家纷纷表示,月球及其他星球皆属全人类共有的公共资源,是不属于某个人的。开采月球资源应属国家行为,个人根本不具备主体资格……"

上述摘自一家报纸。目前为止,该声音代表了反对者的主流立场,也似乎代表着"理性""客观""公允"的最高水平。其核心论据可浓缩为一句话:月球是全人类的!言外之意:你凭啥抢大伙的东西?

月球是谁的?是"全人类"的吗?这个疑问突然从脑子里飞出时,我不禁也怔住了。是啊,较之"个人—公共"的博弈,这难道不是一个更惊险的问号?

这是个有价值的问号,但显然,也是个有花无果的问号。因为它越出了"人本"伦理的边界,几乎逼近了一个人的宇宙信仰,而信仰即愿意信仰,这注定是一件无法讨论——只供选择的事。

我的选择是:月球只属于上帝,或者说,只属于她自己!有趣的是,这观点得到了一个幽默的声援,互联网上,看到一位无名氏的帖子:"如果月球或者其他星球上有生物呢,人家愿意么?比如,外星人来到地球,然后说地球是他们的,我们愿意么?这不是疯狂,是无耻啊!"

是啊,若人类自恃有权把月球当可支配资源,那无疑也埋下了另一种风险:另一星球的生命,把地球注册为了私产怎么办?"己所不欲,勿施于人。"既为人伦,亦为天道罢。

无论"月球大使馆",还是急于回收主权的法律方或理性派,它们再分歧,也有一共识:月球是人类的财产!在这点上,双方是利益共同体。买卖的前提，制止的依据，都基于"人类中心论"。若有人宣称月球不属于"人"，那双方恐怕都要跳起来同仇敌忾了。这不外乎一场集体和个人的分配之争，一场涉关"业主"名分的归属之争。这对表面的敌人，实乃精神同谋。

我不会充当"月权证"的消费者（我只会是"月亮"的消费者），但我也不会是这样一个反对者：以人类的权利剥夺某个人的权利，以集体的名字覆盖住某个人的名字。我既不支持一个人的占有，也不支持全人类的占有。在我看来，双方乃同质的疯狂。

阿姆斯特朗登月后说了一句话：月球属于全世界。我知道，他是从"物"的配属意义上说的，而我想说的是：月亮属于她自己。

她有着独立的宇宙人格和主体性。

2

作为一桩新闻，此事让我重视（我称之为一起"精神事件"），并不在于它的法理是非——这仅仅是个"有限是非"，而非"绝对是非"。让我感慨的是：这场公然对月球的圈地运动，它并非常见的国家行为，而是一场民间欲望的即兴表演；它头一回——把大众对月亮的消费经验，从几千年贯之的精神和文化层面，诱拐到物质消费上来了，并赢得了广泛的青睐和簇拥。

"到月球上置业去！"无疑，这是想象力十足的消费，正像媒体鼓吹，"此乃人类想象力的伟大创举！""创举"我是认同的,且觉得这是一记惊人的想象力撑竿跳。不仅惊人,而且骇世。较之数千年来人们对月亮的眼神,此番消费暗含着一次革命,或者说"精神暴动"。

让我们先耐心看看买主心理吧,他们究竟在消费什么呢——

一位先生漫不经心道:"买月权,就是花几百元买个证玩玩呗,如果女友要天上的月亮,我就拿这个给她,哄她开心。"

一个颇有情调的男人!心知肚明,那三张百元大钞换来的文书,与其说是一份地契,不如说更像一个纪念品。它本身不构成任何实用性消费,只是一种想象力消费,一次心甘情愿的"异想天开"。

有趣的是,我还看到一则宣泄性的网帖,出自一位正为房价暴涨发愁的青年:

"三百元能买什么?在北京,连一块鞋掌大的地也拿不下呀!地上的买不起,咱就买天上的,好歹也当回'业主'不是?"

是啊,纵眼寰宇,哪儿不正轰隆隆上演"寸土必争、寸土不留、寸土寸金"的焦土战?哪块看得见的地球资源不被炙热的商锅炒得只剩骨头渣?当不成实际的业主,在虚拟游戏中过把瘾,也算精神胜利法吧。

如果说穷人的"浪漫"——多因为现实消费能力不足、出于对地面生计的沮丧,并试图对"一无所有"身份稍做挣扎和修改的话,那还有一类人,其物质想象力和欲望扩张力已至骇人地步,《世界新闻周刊》称:对世界首富比尔·盖茨来说,地球上已没啥能吸引眼球了,他已将目光放至太空,并有购买火星的打算……

在牛皮吹上了天的背后，这是否也显示：地球资源的分配游戏，确实已玩到了山穷水尽的地步了呢？

不管咋说，"月球大使馆"生意不错，在现代市场上，它"诗意栖息"的星空消费，很有人缘。令我不安的，恰是这人缘。"缘"意味着一种共谋，一种合拍，精神上的一拍即合。这意味着买卖双方已步入一种"同志"关系。

何时起，我们眼中的月亮变成了"月土地"——情欲变成了物欲、精神元素变成了物质资源？这泄露了我们对星空怎样的态度？怎样的生命质地和心灵气象？我们还有迷恋事物的能力吗？我们还剩下多少可供敬畏和仰望的东西？还剩下多少精神家底？

无论蓄意的卖方、天真的顾客，还是集体主义的"公物管理员"，其消费心理中都暗含着对月亮的大不敬，都泄露了民间精神大盘上的那支物质主义股势的强劲。比"瓜分"更可怕的是"瓜分意识"，这印证了一个事实：在现代人视野里，"月亮"——这一被仰望了数千年的文化意象和精神图腾，正被"月土地"这一尘埃概念所覆盖，她的天然神性和光芒在褪失。同时，人类的欲念也在缓缓出轨：手脚正试图取代目光！

3

把月亮当画饼来叫卖，缺乏想象力的人真干不出，但容我刻薄一点说：这是才子加流氓的想象……不错，它可以叫时尚，但这是浪漫吗？真正的浪漫主义能咽得下地皮包裹的月饼吗？

其实，透过现代人的轻薄裙摆，窥见的恰恰是浪漫的贫困和诗意的溃败。

在我心目中，"月亮"和"月球"永远两回事。前者为美学名词，是一文化属性的概念，乃审美的结果；后者为物性名词，是一地理属性的概念，乃实用的结果。当民间开始更多地使用"月球"而非"月亮"的时候，这说明了什么？在现代人的精神图谱中，拜物性和功利性正愈发显赫。

几千年来，月亮，以其温美恬静的面容，悬挂于我们的人文视野中。"月桂""婵娟""天仙""望舒"……作为最亲密、最宝贵的一个邻居，她像一位情侣，厮守着地球的浩瀚长夜。我不知道，当有人在月亮上掰下一块"产权"后，再注视她的时候，是否就会更深情、更痴迷？或许会，但这样的痴迷必定是卑琐、轻佻、不大气的。那份痴迷里，是绝对萌生不了"起舞弄清影，何似在人间"之诗意的。

我不知道，当月亮被磔成寸寸缕缕的地皮后，那些自称拥有天才想象力的头脑，还将怎样继续想象对她的染指？与其说这是"诗意"，不如说更是"歹意"。

"清樽素月，长愿相随"；"但愿人长久，千里共婵娟"……当"婵娟"被打包成千万个纸片的时候，人还剩下多少"长久""长愿"可待？这是月亮之悲，还是人之悲？

"月球大使馆"——伦理上看，乃一桩精神腐败案，它让我看到了现代人的狂妄和虚妄、赌性和贪婪。脑力上讲，它确实是现代人最有想象力的一次消费，也是诱杀想象力的一次阴谋。与其说这是最有想象力的人干出的最没想象力的事，不如说这是最没想象力的人干出的最有想象力的事！

它会被记住的，以"丑闻"的身份。

4

物质力在膨胀，精神力在萎缩。

沧海一粟，云天一埃。人类，不过是个偶然，不过是日光和月光下的一群生命蝌蚪，不过是宇宙恩泽下的一条灵性小溪，背叛了这一本分，才是悲剧开始。

卑微，乃人类最大的美德。或许也是最后的美德。

"不知天上宫阙，今夕是何年"，尽可能大声地朗诵这古老情怀吧，尽可能多地使用"月亮"这一精神名词吧……唯此，才对得起她的胸怀和慷慨，人才是富有的，人的成长才不以牺牲童真与纯洁为代价。

仰望星空吧，那儿居住着我们唯一的上苍，也寄存着我们最大的未来和精神故乡。再不要去说"征服""分配"之类的粗话脏话了……对上苍，唯一能做的，就是注视和请求。

想起了一句危言：这世界消亡的方式不是一声巨响，而是一阵呜咽。

我视若一个值得感激的忠告。

(2005 年)

古典之殇

1

"今人不见古时月,今月曾照古时人"。

然而,多少古人有过的,今天的视野中却杳无了。

比如古诗词中的盛大雪况:"隔牖风惊竹,开门雪满山""夜深知雪重,时闻折竹声""燕山雪花大如席,纷纷吹落轩辕台"……似我等之辈,虽未历沧海桑田,但儿时的冬天还算是雪气蓬盈,那一夜忽至的"千树万树梨花开",好歹也亲历过。可现在满嘴冰淇淋的孩子呢?有几个堆过雪人?有几个打过雪仗?令之捧着课本吟诵那莫须有的"大如席",真够难为那一颗颗小脑瓜了。

没有雪的冬天,还配得上叫"冬"吗?

流逝的又何止雪花?在新生代眼里,不知所云的"古典"比比皆是——

立在常年断流的黄河枯床上,除了唇噪的焦躁,除了满目的干涸与皲裂,你纵有天才之想象,又如何模拟得出"君不见黄河之水天上来,奔流到海不复回"的磅礴之势?谁能打捞起千年前李太白心中的那份激情与豪迈?现代的孩子,除了疑心古人的夸饰骄言或信口开河，还会作何想呢？

今天的少年人真够不幸的。父辈师长把祖先的文学遗产交其手上，却没法把诞生那份遗产的风物现场一并予之，当孩子动情地吟哦那些佳句时，还能找到多少与之匹配的诗境和画境？如果说，今日中年人，还能使出吃奶的劲去想象"落霞与孤鹜齐飞，秋水共长天一色"的话（毕竟在其童年记忆里，大自然还尚存一点朴素原色），那其孩子们，恐怕连享用残羹的福分都没了。

或许不久后，这般猜测语文课的尴尬亦不为过罢——

一边是童山秃岭、雀兽绝迹，一边是"两个黄鹂鸣翠柳，一行白鹭上青天"的脆声琅琅；一边是泉涸池干、枯禾赤野，一边是"西塞山前白鹭飞，桃花流水鳜鱼肥"的遍遍抄写；一边是霾尘浊日、黄沙漫漶，一边却勒令孩子体味"山光悦鸟性，潭影空人心"的幽境……这是何等遥迢之追想、何等费力之翘望啊。明明"现场"早已荡然无存，找不到任何参照与对应，却还要晚生们硬硬地抒情和陶醉一番——这不荒唐、不悲怆么？

古典场景的缺席，不仅意味着风物之夭折，更意味着众多美学信息与精神资源的流失。不久的未来，那些对大自然原色丧失记忆和想象力的孩子，最终将对那些古典美学元素和人文体验——彻底不明就里，如堕雾中。

2

温习一下这随手撷来的句子吧："水光潋滟晴方好，山色空蒙雨亦奇""谢公宿处今尚在,渌水荡漾清猿啼"……

那样的户外,那样的四季——若荷尔德林之"诗意栖息"成立的话,至少这天地洁净乃必须罢。可,它们今天又在哪儿呢?那"人行明镜中,鸟度屏风里"的清澈、那"长安一片月,万户捣衣声"的寂静……今安在?

从自然审美上讲,古人世界要比今人富饶得多,朴素而优雅得多。地球自35亿年前出现生命以来,共有5亿种生物栖居过,如今大多已绝。在地质时代,物种的自然消亡极缓——鸟类平均300年一种、兽类平均8000年一种。如今呢?联合国环境规划署报告说:上世纪末,每分钟至少一种植物灭绝,每天至少一种动物灭绝。这是高于自然节奏上千倍的"屠杀速率"!

多少珍贵的动植物永远地沦为了标本?多少生态活页从我们的视野中被硬硬撕掉?多少诗词风光如"广陵散"般成了遥远的绝唱?

"蒹葭苍苍,白露为霜";"呦呦鹿鸣,食野之苹";"关关雎鸠,在河之洲";"河水清且涟漪"……每每抚摸这些《诗经》句子,除了对美的隐隐动容,我内心总有一股颤栗的冰凉。因为这份荡人心魄的上古风情,已无法再走出纸张——永远!人类生活史上最纯真的童年风景、人与自然最相爱的蜜月时光,已挥兹远去。或者说,她已遇难。

阅读竟成了挽歌,竟成了永诀和追悼。难道不应为此哭泣吗?

语文教材中的众多游记,无论赏三峡、登黄山,还是临赤壁、游褒禅,及徐霞客的足迹文章……除了传递水墨画般的自然意绪,更有着"遗址"的凭吊含义,更有着"黄鹤杳去"的祭奠意味。而我们在对之阐释时,难道就只会停留在说文解字上?(比如"蒹葭""雎鸠",除了"某植物""某水鸟",就再也领略不出别的?)除了挖掘莫须有的政治伦理,就不为大自然的鬼斧神工而满含敬畏和感激?除了匆匆的愉情怡性,就涤荡不出"挥别"的忧愤来?

我想建议老师:为什么不问问孩子,那些美丽的"雎鸠""鹿鸣"哪儿去了?为何再不见它们的身影?甚至促之去想,假若先贤闯入当代,他又会作何感?有何遇?发何吟?这难道不会在孩子心里掀起一场风暴吗?

或许有人忍不住了:社会总得变迁吧,古老的元素难免在光阴中遗失。是啊,是太遥远了,但问题是,即使遗失乃必然,那遗失之速度和规模是否也太惊人?即使变迁乃合理,那变迁之方向、节奏和进程是否值得怀疑?

远的不谈了,且说那国人争诵的《荷塘月色》吧。那可仅仅是 1927 年的遍地风景呵。今天都市的孩子谁有缘重温清华园里的那场夜游呢?即使荷塘犹存,即使不乏"田田"的甚至被喂养得更"田田"的叶子,但"树上的蝉声与水里的蛙声"呢?如今的城市,连一处真正的泥土都难觅了,地面早已被水泥、柏油、沥青和钢化砖砌得奄奄一息,一丝气缝都不剩(蝉幼虫要在地下襁褓里睡数年呢),无穴可居,无枝可栖,何来蝉声?还有,那"如梵婀玲上奏着的名曲"之月色呢?想要"叶子和花仿佛在牛乳中洗过一样"，空气要何等清洁？再者，在市声鼎沸、霓灯狂欢的不夜城里，那养耳的寂静、养眼的清疏，又何处寻？

3

我不知道老师们在沉醉于"飞流直下三千尺，疑是银河落九天""青山横北郭，白水绕东城"的当儿，有没有升起过一丝隐隐伤感？有没有把一份疼痛悄悄传递给台下的孩子？如果有，如果能把这粒"痛"种进孩子的心里，那我要替我们的教育和家长感到庆幸，要为这位老师鼓掌——感谢他为孩子接种了一支珍贵的"精神疫苗"！因为在未来，这粒小小的"痛"或许会生出郁郁葱葱的良知来……

谁拥有孩子，谁就拥有未来。

我相信，携带这支疫苗的孩子，多少年后，当面对一片将被伐倒的森林、一条将被推土机推平的古街时，至少一丝心痛和迟疑总会有吧？这就有救了，最终阻止粗鲁的，或许正是那丝迟疑和心痛——而它的源头，或许正是当年那一堂课，那一支无声的疫苗。

其实，又何止语文课，地理、音乐、美术、生物、历史、哲学……哪个不包含着丰饶的自然信息和生命审美？哪个不蕴藏着比词条、年代、人名、因果、正谬、逻辑……更辽阔的人文资源和精神风光？关键看有无感受到它们，是否深情地领略并分享它们。

如果连最日常最初级的课堂都无法让孩子蠢起"敬仰自然""尊重生灵""热爱绿色"的精神路标,当他们进入成人序列后,那些坚硬的环保口号又有何用呢?影响一个人终生价值观的,一定是童年的记忆和生命印象——那些最早深深感动过其心灵的细节!

遗憾的是,我们的教育大多停留在了逻辑说教和结论灌输上,而在最重要的"审美"和"感动"方面——做得远远不够。我们的教育似乎太实用,太缺乏审美习惯和情怀热量了,读解上偷工减料,目光也往往只有尺牍之长……所以,当被"吃猫"的新闻(刚从网上看到:广州餐桌上日均"吃猫"一万只)惊讶得目瞪口呆时,我突然想:这些食客曾经也是孩子,曾经也是学生,可谁告诉过他们人不是什么都可以吃的呢?我又想起了那个用硫酸泼熊的清华学生……

我曾看过两则报道,都和树有关——

一位叫朱丽娅·希尔的少女,为保护北美一株巨大的被称为"月亮"的红杉树,从 1997 年 12 月 10 日起,竟然在这棵 18 层楼高的树上栖居了 738 天,直到树的所有者——太平洋木材公司承诺不砍伐此树。

在瑞典的语文教材和旅游手册中载有这样一件事:1971 年,首都斯德哥尔摩,当市政工程的铲车朝古树参天的"国王花园"逼近时,一群年轻人站了出来,他们高喊"拯救斯德哥尔摩",用身体组成人墙,挡在那些美丽的古树前面……终于,政府作出让步，将地铁线绕道而行。多么幸运的树啊，而其给新一代的瑞典人，也撑起了更加盛大的精神荫凉。几十年来，那些护树的青年，一直被瑞典国民视为心目中的英雄。

读这些故事时，我深深被打动了。一群多么天然和童话的心灵啊，其力量源于健康的生命常识，源于对世间美学元素的珍惜。我深信，他们之所以有这样的奋然之举，一定与其童年启蒙有关，与早年那些围绕树的种种审美记忆和生命情结有关——正是那些印象和情结深深刺激并召唤着他们，才使之这般不顾一切地去行动……

十年树木，百年树人。我想，我们的教育为什么"树"不出这样的人来呢？

像树一样郁郁葱葱、根深叶茂的人。

（2002 年）

聊天日期：2007年4月一天
聊天地点：北京"黑暗餐厅"

一个房奴的精神大字报

——以一位女同事的牢骚为例

　　三年前，我开始策划那个梦想：在这个没有边界、连鸟的脑雷达都会失灵的城池里，觅一处自己的巢。这是个弱不禁风的梦想，如果在北京，你就会承认这一点。每天上下班，我纤细的脖子总要拉直，向半空中那些巨幅的楼盘广告表示艳羡，我想，那一定是副可怜虫的媚态。广告牌的神情个个像"二奶"，也像鹭鸶，腿细而倨傲，她们被宠坏了。

　　到处都是埋伏，我知道。城市里趴满蜘蛛。她们就在那儿等你，在你每天的必由之路上。矜持而又随意，她们可不是站街女。我想起T台上的那些模特，她们大腿边的小挂牌，风铃状，就是专候时代的某一只手来摘的。一触即响，应声飞快，而且是欢快，少女胸腔里发出的那种。"银铃般的笑声"，老人们形容得真好。

　　风铃、蛛网，都是埋伏。都带着一股中央和环岛的傲慢。

　　或许城池本身就是一个天然埋伏。游户一进城，就掉入了一个圈套。

一座庞大的逻辑重重、吊诡烁烁的生存棋枰。

表面上名词，骨子里全是形容词，瞧瞧吧——
"爱琴海""水岸长汀""雨林水郡""枫丹白露""棕榈人家""爱丁堡""竹天下""假日花都""瓦尔登湖""野草莓地""格林小镇"……

这让我很气愤，表面上一本正经的名词，全他妈撺掇形容词的劲。全是季节、植物、词牌和名著符号，文化人干的酸事，说不定还有几个狗屁诗人的狐臭。我有一写诗的姐们，就去了地产广告公司，专门绣这些风花雪月的词，啥元素稀罕，就往词里搬啥，刚扶上几棵树苗就敢叫雨林，挖条水沟就惊呼地中海，地基有点坡度就堪称"云上的日子"……这根本不是打折，简直就是胡说。

这个时代的最大腐败就是滥用形容词。

我发誓，要买就买个名词注册的楼盘，就像嫁人嫁个忠厚人，别花花肠子。可我傻眼了，没有，这年头根本没有，把楼报图册翻个遍，甭想瞅见一个老实巴交的名词，比不喷农药的蔬菜还稀罕。既然绝望，索性就绝到底，直奔形容词而去，嫁个恬不知耻的家伙吧。这个怎么样？"诗意栖息，天堂隔壁"。牛皮吹得大吧？大得像郭德纲，属相声的，我喜欢。投奔庸俗和露骨，是因为我想放弃辨识，早投降早歇着。我弱智还不行吗？

在流氓中寻找意中人，在谎言里拣最轻的谎。谎言越公然，越不伤人。

干什么都耗油的时代，我愿做一盏省油的灯。

言归正传，期房，楼花。

真他妈越来越怀念人类的昨天，想想古代集市，你说那会儿的人多淳朴、多有安全感啊，买椟还珠、削足适履，反正大伙都笨，且以拙为德，光"端木陶朱"就供奉了两千年，凭义取利，童叟无欺，一纹银一份货，货比三家也累不到哪去，交钱拎货走人，省力省心省事。谁发明的期房这档子买卖啊？看不见摸不着，整个一大画饼！论起购物，我真想倒骑驴回去，回到千年前的东京汴梁，哪怕原始社会都成，物物交换——更本分、更实心不是？

想起开发商我就怀念旧社会。

参加过无数房展，可每次都从那巨大的鼎沸与喧嚣中逃离，旗子、喇叭、传单、概念、数据、飘带……旋涡里有股暴乱的戾气，一踏进就有种不祥、惶恐、大脑缺氧。沙盘楼景都像草莓蛋糕一样诱人，但我知道那不是诺言。我没有照妖镜，无力识别传说中的那些陷阱和烟雾，我不是人家的对手。我害怕复杂，我三十年的快乐全仰仗简单和清晰。可城市就这么复杂，生活就这么复杂，不仅结构复杂，程序和路径也深奥无比，它逼你去学知识、练眼力、壮胆魄，以应对复杂和深奥，否则结局只有一个：你成了"复杂"的受害者！你沦为"深奥"的牺牲口！

我多么羡慕那个叫舒可欣的男性，舒可欣你知道吗？就是京城那个著名维权律师,他天天挥舞披荆斩棘的手势打各种缠绕房产的官司。能代表良心、激情和鲁迅,他多么伟大!我曾近距离采访过这张脸——相当于《高端访问》里水均益和阿拉法特的间隔。谈到他为之奋斗的那些人,他总是愤怒,那是一种面对阿Q的愤怒,好像总在说:你们怎么这么惯于被欺?怎么能这般忍辱?那是一种混合着关怀和鄙夷的愤怒。尊敬的舒老师,一张典型的国字脸,因愤怒而更加饱满,饱满得让我顷刻间想起"人民"和"九百六十万平方公里"这些词。他很复杂,因复杂而强大而蓬勃。他用自己的复杂同对手的复杂英勇搏斗,那是你中有我我中有你的胶着战、焦土战。可我不行。舒老师您再怎么鼓励和生气都没用。我就是这么没出息,我就是您不争气的衰民、睡民、奴民。记得那次采访结束时,您狐疑似的扫了我一眼,您一定瞧出来了:这女记者虽套着CCTV的马甲,但生活中是碗稀饭,根本当不了自己的信徒!

不错,我还没正式买房,就早早被您说的那些事吓瘫了。

不过,我深深知道您是对的。生活需要战斗,您就是这个时代的战斗机。乌云的天空中,需要您雄鹰般的身影。像您这样的,一千架、一万架才好。

我租住在四环边一座高架桥畔的公寓。很便宜,也不便宜,月租一千二。

夜晚,我会打开小区的业主论坛瞥两眼,那儿充满了一股火药味，或者说"舒可欣味"：车位侵占、物业告示、电气收费、罚款通知、最后通牒、狗咬人事件、电梯断电真相、业委会内讧、民主选举、罢免倡议书、水污染调查……几乎所有人都在紧张地防范，或者进攻，都在火热地参与什么波澜壮阔的大事……大家都在提高智商、锤炼逻辑、狂补法律，争取变得更强大更彪悍、更振振有词和不吃亏。这就是生活，电视剧"亮剑"精神激励下的生活，晚饭后至入睡前的小区夜生活，亦即舒律师号召的向前冲不要向后仰的义勇军生活。

我跟不上，我俨然一个被淘汰了的人，一只作壁上观的壁虎。可是舒老师您知道吗？要战斗就得怀揣炸药，就要全身披挂，而我天生骨软，背不动那些装备。我只想轻轻松松，最好一股敌人都遇不上。换句话说，我属于那类人：只想着早一点开始生活，而不想在准备生活上花太多心思，耗太多元气；我从不去想改造这个时代而只做虚构时代的美梦；我不想维什么权，我只怔怔地看着别人维权；我一点不想参加革命，却白白享受革命结出的果实。我对你们的敬意抵消不了我自私的嘴脸，我怯弱得近乎小人，我很卑鄙是么？要搁战场上，您早把我当逃兵给毙了是么？唉，幸好我是女人，否则没有女人在我身边会有安全感。

我无法自我器重，也一丁点不喜欢自己，但我爱自己。我知道马克思说得对，改造世界比解释世界伟大，我知道只贪图私生活的人是可耻的，但我确实不爱打架，一闻见硝烟就窒息，这叫性格或人格哮喘？

终于有一天，我买下了自己的楼花，那个叫"诗意栖息"的画饼。我订的是九十平方米的那种饼。

不挑拣了，固执的感觉真好。我悲壮地接过笔，在一叠房贷书上画押签名。抛去首付，50万人民币，20年还清。20年，按世界妇女的平均寿命，我还有两个20年。鬼使神差，签完名，我竟情不自禁在后面缀了个句号，连房贷员都愣了神。对不起，不是故意的！那一刻，我有一种"生活，真正开始了"的激动，再不用失魂落魄地出没于展会了，再不用苍蝇般叮那些蛋糕沙盘了，再不用诚惶诚恐地怀疑自己智商了。我发誓，本小姐此生绝不再购房！

别了，开发商。别了，万恶的房展会，见鬼去吧！

尔后，我打车直奔那块堆满垃圾的地皮。既然破败，那就深情地欣赏它的破败吧，还有荒凉之上矗立的宣言："诗意栖息，天堂隔壁！"不对，那"壁"字怎么错了啊？开发商竟把"壁"写成了"璧"！

四百多个日夜过去了，荒凉终于长出了庄稼。虽然距"天堂"很远，但我不失望，因为未奢望。什么量房啊、查验啊、测室内空气啊，统统与我无关，我是照单全收。收房那天，别人都带着水盆、卷尺、锤子、乒乓球、计算器……我知道，这些整套的收房工具都出自网上的理论仓库，正规军装备。我赤手空拳，根本不打算遇敌。事实上，啥硝烟也没闻见，没谁顾得上和开发商切磋，大家都乖乖地交钱、开单,收款台前长长的列队像幼儿班一样听话。

从此,兜里多了一串有分量的钥匙。这是楼板的分量,这是"业主"一词的分量。虽然分量的大半还攥在银行手里。

狗屁精装,入住仨月:龙头坏掉俩,水管漏了一回,门吸磕掉一个,墙漆脱落一片。但骂人不等于生气,这类事我再熟悉不过了,在社区论坛、网上留言,在别人的新闻和我接触的新闻里,一切都太熟悉太正常。惊诧啥?以为你是在美利坚呀!

白天,我更玩命地干活,每月多做 0.5 个片子。我要为银行加班,我要为房子进贡,我要为它奋斗终生。一俟晚上,房子就为我效劳了,它像一个松软的鸟巢,收藏我的疲惫和凌乱羽毛。总之,入住的头两个月,整体上还算是"痛并快乐着",可渐渐,快乐像咖啡沫一点点瘪下去。

房子位于五环外,一段地铁加一截轻轨加三站公交,往返仨小时,加上京城独步天下的"首堵",每天都感觉像是在出差。回到小区,夜色已浓似酱油,27 层的梯门徐徐闪开,直觉得头晕,晕机晕船的恶心。房门在身后"砰"地扣锁,我意识到自己进了一个抽屉,一个昂贵的抽屉,一个冰凉的悬空的抽屉,一个不分东南西北的抽屉,一个闷罐无声的抽屉……我弄不清我究竟是生活在里面、还是躲在或被关在了里面?究竟这抽屉属于我,还是我被许配给了这抽屉?我感觉自己就像只蟑螂或小白鼠,是被强塞进来给抽屉填空的。究竟谁消费谁、谁支配谁呢？我有点恍惚了。也不知道周围的抽屉里都装着谁？或者空空荡荡……原以为有了这样一个抽屉，生活就此开启，可为何仍无"到位"的感觉呢？一切如故，没有变。

这个小区，按北京流行的说法，乃名副其实的"睡城"。也就是说，大家在这儿的所谓生活，主打内容就一项：睡。早出晚归，来此就是住宿，别的谈不上。全是菱角塔楼，形体、高度、外观清一色，楼距很小，没啥闲地可遛可待，连狗都不愿出门。或者说连狗都惧怕出门，因为一旦和主人走散，就甭想回来了。

那么，我倒霉的抽屉，所谓的家又如何定位呢？有一次走在楼下，我突然意识到这个问题。仰头望，我发现其实根本找不见自己的窗户，我举着手指，嘟囔着数高，直到头晕目眩，也没敲定27层的位置，所有的窗户都表情一致，那是一种嘲笑的表情，它们在嘲笑我。你尝过站在自家楼下——却愣是瞅不见家的感觉吗？这感觉让人发疯。

这么说来，我辛辛苦苦挣来的家，不过是城市里的一片马赛克？一块带编号的砖？一帖署名的瓷片？每天的所谓回家，莫非只是为了走回那个编号、像进电影院般对号入座？唯一区别即我买的是年票？50年通票？

除了那串编号，我还能用什么来描述我的家呢？我还有让别人找到我的其他线索吗？我甚至想，如果某一天我突然失忆，老年痴呆,或其他原因忘了那个编号,我怎么回家呢?这么一想,我真的害怕了,因为忘掉数字对我来说乃家常便饭,电话号码、身份证号、信用卡、存折、电子邮箱的密码……在我脑褶里从来就是一团糨糊。

那天过后,我郑重地做了一件事:把我所在的小区、楼号、单元、门牌——工工整整地抄在手机记事簿里(我想,如果哪天我暂时失忆或脑子短路了,至少聪明的警察能发现这条重要线索且把我送回家罢。当然,也仰仗那位警察的想象力)。我发誓,我没开玩笑!我是严肃的。

我成了个胡思乱想的人。女友怜惜地说:你是不是病了?这就是最正常的生活啊。我想,我可能真是病了。她说,结婚吧,俩人就好了。唉,结婚又怎样呢?抽屉里关一只蟑螂和关两只蟑螂区别大吗?

小区的业主论坛我很少看,最近去竟吓了一跳,那儿已变成了滑铁卢!无数人在厮杀,无数帖子在冲锋,无数口水在飞舞。原来都是自来水惹的祸,小区水发黄发浊,早就是事实,开发商称已申请将自采水转为市政水,可迟迟按兵不动,清理水井的承诺也未见行,现有采水面太浅,易受邻近药厂污染。奇怪的是,明明大家有一个公敌——开发商,可到头来竟同室操戈,变成一场业主内乱,很有点法国大革命雅各宾派和吉伦特派的味道,激进者要拉横幅在小区里游行,温和派呼吁理性和秩序,还有就是水样检测、组织抗争需要的经费,靠自愿集资还是公摊均担……我好奇地打开一张贴图,那是激进派狂草的一条横幅:不在沉默中爆发,就在沉默中死去!还有一条颇像行为艺术的创意:号召大家在各自窗户上贴一幅字——一个大大的"水"!理由是这样最能吸引媒体,因为这是个形式大于一切的年代!

唉,我又叹了口气。一个远离革命的卑鄙者的叹息。不知怎的,我非但不沮丧,不为水的命运担心,反而有点快慰,这至少证明了一个事实:这座睡城还是有激情的!这个池塘还是有波澜的!

可我渐渐发现,这波澜仅仅限于网络池塘,现实中没丝毫响动,仿佛一切都发生在梦游里。一连几天,我没瞅见一面贴"水"的窗户,整个小区的白天都平静得很,连人影都很少。而一到了深夜,网上又变成了集市,昨夜的池塘又登场了,依然是蛙声一片,鼓角连天。这究竟怎么回事?

在这个如火如荼的池塘里,我没有敌人,也没有朋友,除了懒洋洋拖一下鼠标,俨然一条眍眼睡觉的泥鳅……一位同事说:正因为你没有敌人,才没有朋友!他还说,知道什么叫生活吗?生活就是博弈!

靠,生活怎么变成博弈了呢?怎么所有人都满嘴舒可欣口气?舒可欣,一支流行牙膏?

我还是不甘。我就是不甘。生活怎么是博弈呢?你们有没有搞错?"准备生活"怎么能随便和"生活"混为一谈呢?博弈顶多是为生活而做的准备,就像革命是为了从此不再革命,是为了今后好好过日子，革命怎么能成为革命目的呢？博来博去筋疲力尽奄奄一息而真正的生活啥时候开始？你们说自己一直在生活，说眼下的斗争就是生活，可我怎么觉得这仅仅是生存而远非生活呢？炮声一歇巴顿就撞树死了，因为那是他唯一的快感，你们从眼下的斗争中也获得了快感？如果准备生活占据了我们的全部时间，那纯粹的人生又在哪里？

啥才算真正生活？

从前人不是这样过的，未来人也不是这样过的，为什么今天就非得这样？就只剩下这样呢？生活的本来面目是什么？谁还记得它从前的模样？300年前，张潮的《幽梦影》说："春听鸟声，夏听蝉声，秋听虫声，冬听雪声；白昼听棋声，月下听箫声，山中听松声，水际听欸乃声……方不虚此生耳。"

方不虚此生耳。和古人相比，我活得像混凝土。全世界都像混凝土。每个人都是一块砖。一块失魂落魄的砖。一块在纸币大风中起落的砖。

我采访过一个行为艺术家，叫莽夫。一开发商拿出一外形像摇篮或襁褓的玻璃房，请他在楼盘前做一次题曰《哺乳》的生存试验：为期30天，吃喝拉撒睡全在其中，同时配给他的，还有一只婴儿奶瓶、一个能放大50倍的望远镜、一本记事簿，随你怎么折腾，不外出就行。

开发商宣称此举是向公众展示自己的住宅理念：好楼盘就像

一只奶瓶,给人提供最大的哺乳和滋养。我对开发商的胡说不感兴趣,只对这个可怜的居民有好奇,因为那个密封容器让我想起了自己的抽屉,我想知道这一个月"刑期"他干了些什么?他又能干什么?

采访让我失望,艺术家除了骂娘,啥也懒得描绘。他说就是为挣钱、没别的。或许看出了我的沮丧,作为补偿,他说望远镜帮了他大忙,让他干了几桩有意思的事:搜索鸟、树、星星……丫的,方圆一公里,总共只找出9只鸟、12棵树。他恶狠狠说。

呵呵,我笑了。片子做不成,但我挺开心。我觉得他和我有点像。我们都有点不正常。

险要没话说时,他突然问:买房了吗?我说买了。贷款?我点点头。他叹口气,有点可怜地望着我:有一天,午睡醒来,发现玻璃外面趴着一只蜗牛,蜗牛——真他妈奇迹,这地儿还能遇见蜗牛!开始我多么感激这蜗牛,它终于让我有事做了,可慢慢地,我觉得难受,视觉上不舒服,它爬得如此慢,如此奴隶般辛苦,就是因为它要驮着自己的房子过一辈子,它要为那个壳终生服役。我才不那么傻,我不买房,我不能让一个壳子来剥削我,我不能背着房子走路,那样会把魂给丢了的。

我隐隐动容,这是个伟大的家伙。他的话很玄,带着股神谕或暗器的风力。

但你总要有自己的房子吧?我问。

那我就回家种田去,在自家地里建房。他满脸兴奋,仿佛这是个早有答案的问题。回老家去，我是农村户口，家里有地，有菜园，我要砌一个真正的房子，不是你想的那种别墅，是我们老家最普通的那种，那才叫真正的房子，连天衔地，坐北朝南，有鸡飞狗跳，有春夏秋冬……你住几层？他突然想起了什么。

27层，我有点心虚了。

唉，他又悲天悯人地摇摇头。知道吗？你们现在住的只能勉强叫房，根本不能叫"屋"，更不配叫"宅"。"屋"是四壁完整、基顶俱全的一个独立系统，而"宅"是有院落的，前庭后园，有树有景，那是个更生动丰富的系统。现在的房，叫房都有点夸张，充其量是一个"位"，如同公共汽车上的一个座，车厢就是整个楼……还有，人无论如何都不能住得比树高，这不合天道，你想啊，鸟是世上最高的动物，可最高的鸟也不过是住到树这一层，上苍造树，就是为生灵挡风避雨、蔽日养荫的，你住得那么高，树的这个功能就浪费了，或者说，树的这个道德就不见了，这等于违反造物之理，辜负天道美意。悖天行，则命短……

我听得傻傻地说不出话。想逃，可拔不动腿。

吓着你了吧？嘿嘿，莫怕莫怕。他收起智慧，又恢复了邋遢与憨厚。

我又不是灵芝仙草，住这么滋润干吗？你懂风水？我问。

不，他摇头。他说上面那番意思是他这30天看高楼大厦看出来的。

后来他又说啥我忘了，除了一句。他说：人不能给自己造一座山。

是啊，房子源于山水草木，乃大自然赐予人的礼物，可它何时变成人身上的一座山了呢？人对房子何以变得敌视？人何以变成自己工具的工具了呢？

我们还有能力让事物恢复它的本来面目吗？我们还有足够的睿智和灵性呼唤和被叫醒吗？

> 我们生活在阴沟里，
> 但依然有人仰望星空。
> ——王尔德

仰望：一种精神姿势

在先者关于生命、时空、信念……的声音中，有一句话，于我堪称最璀璨、最完美的表述，此即康德的墓志铭："有两样东西，对它们的盯凝愈深沉，在我心里唤起的敬畏与赞叹就愈强烈，这就是：头顶的星空和心中的道德律。"

仰望星空——许多年来，这个朴素的举止，它所蕴含的生命美学和宗教意绪，一直感动和濡染着我。在我眼里，这不仅是个深情的动作，更是一道信仰仪式。它教会了我迷恋与感恩，教会了我如何守护童年的品行，如何小心翼翼地以虔敬之心看世界，向细微之物学习谦卑与忠诚……谦卑，只有恢复谦卑，生命才能获得神性的支持，心灵才能生出竹枝的高度与尊严。

如果说"仰望"有着精神同义词的话，我想，那应是"憧憬""虔敬""守诺""皈依""忠诚"之类。"仰望"——让人端直和挺拔！

它既是自然意义的昂首，又是社会属性的膜拜；它可喻指一个人的生命动作，亦可象征一代人的文化品性和精神姿势。多年来，我养成了一个观察习惯：看一个人对星空的态度——有无"眺"之虔敬，有无和"仰"相匹配的气质……某种意义上，看一个人如何消费星空，便可粗略判断他是如何消费生命的。于一个时代的群体而言，亦如此。

在古希腊、古埃及、古华夏，当追溯文明之源时，你会发现：最早的文化灵感和生命智识——莫不受孕于对天象的注视，莫不诞生于玉庐苍穹的感召和月晕清辉的谕示。神话、咏叹、时令、历法、图腾、祭礼、哲思、诗词、占卜、宗教、艺术……概莫能外。日月交迭，斗转星移；阴晴亏盈，风云变幻；文化与天地共栖，人伦与神明同息；银河璀璨之时，也是人文潮汐高涨的季节。星空，对地面行走的人来说，不仅是生理依赖，也是精神依赖；不仅是光线来源，也是诗意与梦想、神性与理性的来源。从雅典神庙的"认识你自己"到贝多芬"我的王国在天空"；从屈原"夜光何德，死而又育"的天问，到张若虚"江畔何人初见月，江月何年初照人"之唏嘘……正是在星光的抚照与萦绕下，人类才印证了自己的立足点，确立着无限和有限，感受到天道的永恒与轮回，从而在坐标系中获得生命的镇定。

失去星空的笼罩和滋养，人的精神夜晚该会多么黯然与冷寂。

生命之上，是山顶。山顶之上，是上苍。对地球人来说，星空即唯一的"上苍"，也是最璀璨的精神屋顶，它把时空的巍峨、神秘、诗意、纯净、浩瀚、深邃、慷慨、无限……一并交给了你。

精神明亮的人

汉语构词真的奇妙，把"信仰"二字拆开即发现："信"与"仰"的关系竟那么紧密——信者，仰也；仰者，信也。唯仰者信，唯信者仰。

对星空的审美态度和消费方式，往往可见一个时代的生存品格、文化习性和价值信仰。我发现，凡有德和有信的时代，必是谦卑的时代，必是尊重万物、惯于膜拜和仰望的时代；凡理想主义和浪漫主义涨潮的季节，也必是凝视星空最深情与专注之时。

应该说，半世纪之前的人类，在对星空的消费上，基本是一种纯真的、童年式的文化和精神消费，更多地，人们用一种唯美和宗教的视线凝望它。但现代以来，随着技术野心的膨胀和飞行工具的扩张，人们变得实用了、贪婪了，开始以一种急躁的物理方式染指她……手足代之目光，触摸代之表白。这有个标志点：公元 1969 年 7 月 20 日，随着"阿波罗"登月舱缓缓启开，一个叫阿姆斯特朗的地球人，在一片人类从未涉足过的裸土上，插下了一面星条旗。

当星空变成了"太空"、意境变成了领地，当想象力变成了科技力和生产力，嫦娥奔月变成了太空竞赛和星球大战——人类对星空的消费，也就完成了由"爱慕"向"占有"的偷渡，对之的打量也就从"恋情式"进入了"科技式"和"政治式"，膜拜变成了染指和窃取。不仅恋曲结束了，连纯真也一并死掉了。

至此，康德和牛顿所栖息的那个精神夜晚，彻底终结。他们的星空已被彻底物理化。

(2005 年)

> 我愿尽我力之所能与判断力之所及，
> 无论至于何处，遇男遇女，贵人及奴婢，
> 我之唯一目的，为病家谋幸福……
> ——希波克拉底誓言

白衣人：当一个痛苦的人来见你
——对现代医学的人文透视

角色体验

患病，乃一种特殊境遇。无论肉体、意志和灵魂，皆一改常貌而坠入一种孤立、紊乱、虚弱、消耗极大的低迷状态。一个生病的人，心理体积会缩小，会变异，会生出很多尖锐细碎的东西，像老人那样警觉多疑，像婴儿那样容易自伤……他对身体失去了昔日那种亲密无间的熨帖和温馨的感觉，俨然侵入了异质，一个人的肉体被辟作了两瓣——污染的和清洁的，有毒的和安全的，忠实的与背叛的……他和自己的敌人睡在一起，俨然一个分裂着的祖国。

求医，正是冲此"统一大业"而来。

相对白衣人的优越与从容，患者的弱势一开始即注定了。他扮演的是一被动的羔羊角色，对自身近乎无知，束手无策，被肉体的秘密蒙在鼓里——而底细和真相却攥在人家手中。身体的"过失"使之像所有得咎者那样陷入欲罢不能的自卑与焦虑，其意志和力量天然地被削弱了，连人格都被贬谪了。他敬畏地看着那些威风凛凛的白衣人——除了尊重与虔诚，还混含着类似巴结、讨好、恭维、攀附等意味。他变了，变得认不出自己，唯唯诺诺，凄凄惶惶，对白衣人的每道指令、每一抹表情都奉若神明。那是些多有力量的人啊，与自个完全不同，他们代表医学，操控着生命的方程和密码，仅凭那身洁白，无形中就匹配了某种能量与威严。

每个患者都心存侥幸，奢盼遇及一位最好的白衣人，有时出于心理需要，不得不逼迫自己相信：眼前正是这样一位！（你不信？那是你的损失。）由于专业隔膜和信息不对等，白衣人——作为现代医学的唯一权力代表，已成为患者心目中最显赫的精神砥柱和图腾。而且，这种不对称的心理关系几成了一种天然契约，作为医治的精神前提而矗立。

但是，我们必须关注接下来的发生，即白衣人的态度。

对于患者的种种弱势表现，他是习以为常、乐然漠然受之，还是引为不安、勿敢怠慢？在一名优秀的白衣人那里，患者应首先被视作一个"合格"的生命，而非一个被贬低了的客体（无论对方怎样自我放逐，但自贬与遭贬是两码事）。甚至相反，患者更应作为一位"重要人物"来看待,赢得的应是超常之重视——而非轻视、歧视、蔑视。一名有良知的医生,他一定会意识到:再去贬低一个已经贬低了自己的人,于心于职都是有罪的。同时,他也一定能谙悟:正是在患者这种可怜兮兮的表象下却潜伏着一股惊人的力量——一股让人难以抗拒的莫大的道义期冀和神圣诉求,它是如此震撼人心、亟须回报,容不得犹豫和躲闪,你必须照单领受并倾力以赴,不辜负之。不知现代医学教程中有无关于弱势心理的描述?我以为它是珍贵而必须的,每个白衣人都应熟悉并思考如何善待它。

"弱势"在良知一方总能激起高尚的同情和超量回报。但在另一类那里,情势就不妙了——

走进挂有门诊牌号的格子,随时可见这样的两位"交谈者":一方正努力陈述痛苦,显露出求助的不安,同时不忘递上恭维;一方则满脸冷漠,皱着眉头,一副轻描淡写、厌倦不耐的样子……这真是一种奇怪的接见,如贵族之于乞丐,官宦之于芥民。更要命的是,很多时候,这涉关"生死大计"的接见维持不了几分钟即草草收场了,更像是个照面。若患者对轻易挥就的那寸小纸片不放心,还巴望着多磨蹭会儿,白衣人便道:"先试试看,再说……"其实,这话大有端倪,也就是说,此次诊断只是个演习,乃试验性的,他已提前透支了一道权力——一次允许犯错误的机会。俨然一马虎士兵,从未要求自个"一枪命中",竟打算连射下去,直到命中为止(或者不命中也为止,搂空了弹匣即玩完)。多么荒诞的规则，几乎连最正常的逻辑都忘了：既然射技实在欠佳，何不趴准星上多瞄一会儿呢？哪怕耽延几分钟也好啊，说不定，用不上几章"下回分解"，就把人家性命给误掉了。

细想一下那些粗鲁的医学行为，若稍加警觉，许多细节皆令人不寒而栗。其实在心理上，患者对白衣人的吁求有多么卑微啊，假若能与自个多聊片刻，对自个的身体多指摘几句，也就心满意足、感恩涕零了。

一名正实习或上岗伊始的医生常有这样的体会：当病人径直朝自己走来——一点亦不嫌弃自己的年轻、在冷冷清清的案前坐下时，自己的内心会激起多么大的亢奋和感动啊，他定会比前辈们表现出更大的热忱与细致，会倾其所有、使尽浑身解数以答谢这位可敬的病人……遗憾的是，随着光阴流逝，随着日复一日的积习，这份珍贵的精神印象便和其他青春记忆一起，在其脑海中褪色了……当一个白衣人终于持有了梦寐以求的工龄和资历之际，他究竟比年轻时多出了些什么呢？

尊敬的白衣人，一定有过这样的事吧：冷不丁，您的衣襟突然被患者家属给紧紧拽住了——就像溺水者抱住一根浮秸，急迫而笨拙，绝望而不假思索……这时，您的第一反应是什么？敌视、憎厌、恼怒其"无礼"？还是沉痛与悲悯？是冷冷打掉那双手还是高尚地将之握住呢？

常闻病人家属向大夫送"红包"之事，亦曾目睹有人在医生面前苦苦央求乃至下跪一幕，那时我想，我们的医职人员何以让患者"弱"到了此等不堪呢？那"包"和"跪"里装的是什么？是人家对你的恐惧，是对你人格的不信任，是走投无路的灵魂跌撞与挣扎……"包"何以"红"？那皱巴巴的币纸分明是喂过血和泪的啊！从精神意义上讲，窝藏这包之人已不再有白衣人的属性，那丝丝缕缕的"红"已把他披覆的"白"给弄脏了。一个冒牌的赝品。

托马斯宣言

美国医学家刘易斯·托马斯在其自传《最年轻的科学——观察科学札记》中，毫不隐讳地说：他对医生本人不患重症感到"遗憾"。因为如果那样，医生本人就无法体会患者的恶劣处境，无法真切地感受一个人面临生命危难时的悲伤与恐惧，亦即无法"如同己出""感同身受"地去呵护、体恤对方。

读至此，我唏嘘不已，除了感动，还有感激，更有敬意。难道不是么？没有比这种"角色亲历性"更能于蒙昧的医学现实有所帮助了。体会做病人的感觉——这对履行医职乃多么重要的精神启示！它提醒我们，一名优秀的白衣人永远不能绕过患者的痛苦而直接楔入其躯体，他须在对方的感觉里找到自己的感觉，在对方的生命里照见自己的生命，于对方的痛苦中认出自己的那份——尔后，才能以最彻底和刻不容缓的方式祛除这痛苦。

托马斯的假定并无恶意，更非诅咒。他只是给自己的岗位设定了一种积极的难度，一份严厉的心灵纪律，进而从人文的角度更近地帮助医学，提升其关怀质量。

医学是"保卫生命"的事业。它催促我们的白衣人：以生命的名义，以全部的激情和庄严努力工作吧！争分夺秒与死神赛跑吧！因为，拯救别人就是拯救自己，病人之现实亦即我们之现实（至少也是明天之现实），个体之命运即人类之命运。

"托马斯宣言"无疑是理想的、奢侈的，甚至不具科学及"合法"的操作性，但它却包含着诱人的信息，预示了一种高贵、纯洁的医学伦理前景——从中我们看到了白衣精神的良知、力量和希望。

医学，不仅是物质与技术的，更应是精神与人文的，她应成为一门涵盖自然、伦理、哲学、审美、道义、心理、教育等元素在内的学科。因为，她面对的并非物理实体，竟是灵肉丰盈之生命——万物中最神奇最复杂最瑰美和深邃无比的人。人是最宝贵的，每个"他"都永远唯一，永远"自在"而不可替代。医学即人学，对生命本体的尊重、仁爱、体恤，应成为"红十字"精神的核心。

有时候，我常奢想，白衣人之角色该由人类中最优秀的成员来充任。他须集智识、德能、信念于一身，不仅是个工具知识分子，更兼人文知识分子的品质和理想——对生命充满虔敬热烈的关怀、于职业抱有高尚的理解及打算，对人性持有出色的亲和与体贴能力……他还应是个感觉丰富、细腻敏锐之人，唯此方能充分采集患者的感觉，对那些极不确定和模糊的信息作出准确判断、归纳与推理。必须有心灵的参与，其才华和技术方不会打折扣，那些物质注射才会在人体上激起神奇的响应与回馈。相反，如果他从感情上贬低了生命——对之采取了一种疏远、懈怠、轻蔑的姿势，那他就无法从行为上去拯救生命。

无疑，一个白衣人的医绩乃其对"人"之信仰的结果，乃其对生命尊重程度所获得的来自人体的诚谢与报答。

死亡：医学的耻辱

在和平年代，医院已正式成为接纳死亡最多的场所，也成了唯一能使死亡"合法化""职业化""技术化"的特权领地。在世众眼里，包括很多白衣人看来，死亡现象显然已"合情合理"——事情似乎明摆着，即使拼了力，使尽了所有手段，而那些顽疾、重伤、癌症、艾滋病……生命的溃口毕竟太大了，有限的医学现实难免败下阵来。

但我想说的是：作为一名严格意义上的白衣人，一位怀有深厚的人道心理和生命关怀力的施治者，无论如何，都不能将死亡（如此剧烈之惨变）视为"合理"——这与医学的最高境界和使命是背道而驰的。

从古老的诞辰起，医学即注册了其性质只能是"生命盾牌"而绝非任何形式的"死亡掩体"。她是以"拒绝死亡"为终极目标的，这也是其最高的美学准则和道德律令。从纯粹意义上讲，任何非自然的死亡都将是医学之耻辱,都是医学现实的无能所致,都是对生命的辜负和渎职——只有满足了这一指控,只有基于这种最严厉的批评和诠释,"红十字"才当之无愧地享有她天然的神圣与崇高,才堪称人世间最巍峨最清洁的结构指向之一。

"必须救活他"——假如医学在这一誓言前让步了、畏缩了,那她自身的价值尺度和尊严即遭到了损害,即等于自己侮辱了自己。

托马斯在他的书中还回忆了一桩终生难忘的事:

一位年轻的实习大夫,在目睹自己的一名患者死去时,竟失声痛哭。作者尤其指出,那死并非"事故"所致。也就是说,按通常理解,医方并无过失。可一个并无过失之人何以伤心到"必须哭泣"的地步呢?

意义即在此,境界即在此,信仰即在此。

我想(或许亦符合托马斯的理解),那一刹,促使年轻人流泪的除了悲悯之外,还有赖于另一项更重要的刺激,即一个他难以接受的事实:医学之无能!医学对一个生命的辜负和遗弃!他见证了这一幕,他感到震惊,感到害怕,感到疼痛和悲愤,感到了内心的"罪感"……他竟如此的不习惯死亡!他被压迫得喘不过气来。他无法原谅自己所在的"医学"(自己曾是多么器重她,敬慕她)——他投奔这座殿堂,是冲着她"保卫生命"的伟大涵义去的,而其现实却如此的拙劣、平庸,她对生命许下的承诺竟如此难以兑现——作为这殿堂上的一员,他无法不为自己的集体汗颜。在死亡对医学的嘲笑声中,他觉得自个亦被嘲笑了……

习惯死亡是可怕的。倘若连一颗心脏的骤停——这样巨大的事实都唤不起情感的颤动，这说明什么呢？麻木与迟钝岂不是比昏迷更可怕的植物心态？在所有的医疗事故中，同情心的死亡乃最恐怖的一种。

让我们与托马斯一道，向这份珍贵的哭泣致敬！它来自一名年轻人献给这世界最干净的礼物：痛苦和自责的勇气。

医学的身份

根据体会，凡特别尊重生命与自我的人，在开始一项长期劳动前，是需要匹配一束强大理由的。这理由须坚实、饱满，有不俗的精神魅力和荣誉性，符合主人的审美心理和价值诉求——唯此才能对该事业起到牢固的支撑和持续的推动力。

不知现在的医学教育有没有正式向学员发出这样的设问：何为医职？何以为医？

如果仅仅把"红十字"作最平庸最无能的理解，比方说为了"糊口""谋生"，而非基于人文理想的考虑，并无任何高尚的心理打算和精神准备——那他的身份就极可疑。由于信仰的缺席——他根本不对人生提出正式的价值期待，其行为即很难从正常意义上去确认、检验和评估了，姑且称之为"混"罢。现实中，大量粗鄙的医职人员就是循着这样的职业流程从"医学院"的轧模机上被复制出来的——犹若"假肢"一般（无精神性可言，只有空荡荡的工具含量）。说到底，他取得的只是一张不及格的"上岗证"，而绝非生命的身份证。

尽管当代亦不乏值得骄傲的白衣人形象,尽管现时医学已取得了物质与技术的高度繁荣,但须承认,从心灵和人文角度看,我们曾一度清洁的医学传统,实际上正披覆着可怕的蒙昧,我们的很多医职人员并未很好地履行使命,"红十字"的尊严与荣誉正屡屡遭受来自内部的诋毁和污损。翻开报纸:少女被误摘卵巢,妇女腹遗纱布旷达十数年,儿童被推错了手术室……

况且这尚非技术原因造成的,仅由粗鄙的医疗态度所致。至于误诊漏治而酿的隐性事故就更无从指认了。由于病理本身的复杂和专业隔膜,患者及家属很难对医疗质量作有效的判断、跟踪和鉴别,治好了乃医之功德,治坏了是自个不争气……

说到底,这是一份没有合同保证的契约,医方永远是赢家,是获益者。所以,在医疗诉讼中,患者一方总处于劣势,除了乞求与悲愤,实难为自己找到有力的证据支持。

由于天然的德能地位,医院本质上有异于任何一项服务产业。经验证实,医务质量与经济效益是难成正比的。单靠功利欲望作兴奋剂,激弹起的只是世俗的阴暗心理,削弱的却是真正的医学精神和心灵尺度。若不把患者当作一个有尊严有价值的生命——而仅视为一间小小的"银行"(暗中做着"提款"或"洗劫"打算),并据此确立自己的服务程度,那医院就不再是本质意义的人道场所,那枚和教堂一样高耸的"十"字就应声坠落了。

医学的原色是伟大的,作为一项最古老的职业,从几千年前起,她就扮演了一项近乎神职(西方的上帝、东方的菩萨)的角色,她发轫于道义，并靠道义来维持呼吸和繁衍，她荫惠天下，布济苍生，承纳民间的膜拜和无数感激，而荣誉的犒赏又滋养了其德能力量……

为西方医德最早立下纪念碑的，是古希腊的医生希波克拉底，他每次行医前都要重复自己的誓言："我愿尽我力之所能与判断力之所及，无论至于何处，遇男遇女，贵人及奴婢，我之唯一目的，为病家谋幸福……"而隋唐名医孙思邈可谓东方医德的代表，他对"郎中"的道德诉求是："无欲无求，先发大慈恻隐之心，普救生灵之苦。"再像古时的扁鹊、华佗、张仲景、李时珍等，他们的职业理由比起今人来说，皆纯粹和本真得多，均散发着浓郁的博爱色彩和济世情怀。某种意义上，古代医学行为更接近医学的精神正源，其对外部世界的慷慨施予，于自我严格的修为操守，堪与最清洁的神性劳动——宗教行为——相媲美。

你准备好了吗

选择了医学，即选择了她的美德和自在尺度，即须义无反顾、理所当然地对全社会起誓："为了保卫生命，我决心投身医务！"

许多精神常识于一个白衣人的青年时代即应早早确立了。

想起医学院的莘莘学子，在尔辈携着稚气、满怀憧憬地步入校园之际，有没有迎来这样的时刻：你们尊敬的老师或校长，突然决定领你们去见一个人，一位刚刚失去爱子的母亲？

你们应握住那虚弱之手,凝注其枯黯的瞳孔,聆听她凄恸的抽泣……你们应努力结识这位不幸的母亲——而她可能是任何一个人的母亲!请记住这严酷的一幕,记住这是由医学的无能造成的。你们应感到悲伤,感到歉疚才是。更重要的,你们应试着对医学的现实发难,直面前辈们落下的耻辱。既然是耻辱,就建议你们大胆地去咀嚼,直到咀嚼出力量来。而在未来,你们将获得荣誉。

如果这真能成为开学以来的"第一课",我将羡慕、祝贺你们——终于有了一所好学校!在那儿,你将遇到真正的知识和精神。倘若根本不是这样,我则替你感到遗憾,遗憾没有好的老师和校长。

做一名白衣人对世界意味着什么?

每个人都可能在某个忧郁的日子里来见您。他走了那么远的路,挨了那么久的煎熬,打听了那么多门牌和号码,费尽周折,终于站在了您——一个有力量的人面前。他强打精神,满怀期待,献上感激,指着自己的心脏、胸口或某个沉重的部位:这儿,这儿……

他选中了您,也就把身体的支配权给了您,亦把巨大的荣誉和信赖给了您,仰仗您能挽救他,留住未来的时日和幸福。总之,他是怀着朝圣的心情来见您的。无论一个平素多么轩昂和自恃有力的人,此时,其眼眸深处都跳跃着一粒颤抖的火苗:请,救救我……

可,尊敬的白衣人,您准备好了吗?

(1999年)

毁灭物种就像从一本尚未读过的书中撕掉一些书页，而这是用一种人类很难读懂的语言写成的关于人类生存之地的书。

——（美）霍·罗尔斯顿

大地伦理（四章）

天使之举

电视新闻里，每看到那些"绿色和平"分子、那些民间志愿人、那些无名小卒，在风浪中划着舢板，不知畏惧地挡在捕鲸船或核潜艇前……它们皆那么小，那么孤单，那么三三两两、稀稀拉拉，却抗拒着那么气势汹汹的庞然大物，甚至是国家机器……

我总忍不住久久地感动。我清楚：这些都是真正的人，真正有尊严和爱自由的人，他们在保卫生命，在表达信仰和理想，在抗议同类对家园的剥削。

据报载：一位叫朱丽娅·希尔的少女，为保护北美一株巨大的红杉树，竟然在这棵18层楼高的树上栖居了738天，直到该树的所有者——太平洋木材公司承诺放弃砍伐。

希尔是阿肯色州一位牧师的女儿，为呼吁保护森林，她于

1997年12月10日攀上了这棵被称为"月亮"的红杉树。原打算待上3周，不料木材公司的冷漠却把她足足搁置了两年。当冬季来临，她只有一块蓝帆布遮挡，无法洗澡，就以湿海绵擦身。

当双足再次踏上大地时，希尔喜极而泣。

我留意到，这则消息是被某晚报排在《世间奇相》栏中编发的，与之毗邻的是"少年坐着睡觉11年"。显然，在编辑眼里，这事儿不外乎一种"异人怪招"，算是对"大千世界，无奇不有"的一种诠释。可以想象，无论于编辑心态还是看客的阅读体验，都很难找到"感动""审美"之类的痕迹，只是猎奇，只是娱乐与戏谑。

我为一位少女的心灵纤细和行动能力所震颤，为这样一场生命行为所包含的朴素信仰和巨大关怀力而惊叹，也忍不住为同胞的粗糙而遗憾。

这不仅仅是迟钝，更是麻痹和昏迷。

对大树漠不关心算什么人呢？只能算植物人罢。

我们有数不清的黄河探险、长江漂流、雪山攀登、海峡泅渡……甚者竟不惜性命。目的不外乎"为国争光"、别让洋人抢了先，或时尚一点说，叫"超越自我、挑战极限"。可我们几乎从未有过像希尔那样默默的私人之举、那样日常意义上的"举手之劳"。

显然，双方对自然的态度有异：希尔拥抱大树显示的是一种爱的决心，一种厮守的愿望；我们的那些"壮举"设计的是一种比试，一种对抗。二者的实践方式亦有别：如果说前者更接近一种日常的梦想表达和自由生活理念的话，那么，后者则更像一场众目睽睽下的卖力表演和作秀。

即使我们也有了，即使某位中国少女扮演了希尔的角色，又会怎样？她的同胞、亲人会作何想？社会舆论和职能部门会作何反应？

她会不会被视为疯子？梦游者？妄想狂？

我们没有这样的习惯：做自以为正确的事！我们也缺乏这样的习惯思维：尊重、维护别人（包括对之有监护权的子女、眷属）做自以为正确之事的权利！

父母会干预，朋友会劝阻，组织会帮教，舆论会嘲笑，有关部门会制止……用我们熟悉的话说，叫"摆平"。即使你勉强爬上了那棵树，待不过三天，就会被轰下来，对付一个丫头片子的撒野，招多着呢。说到底，此事休想做成。

于是，也就成了无人来做的事。

她不属于我们。因为她是天使。

树，树，树

有位老先生，教弟子识字：何为"树"呢？木，对也！就是说，先人造这个字是为了告诫后人——凡"木"必"对"，不可伤之。

或许，该释语不免"补说""强拆"之嫌，但在我眼里，这说法却包含着惊人的美学和精神含量，它比任何权威的汉学拆字都令我感动、钦敬。对一个在母语中浸泡了几千年的群体来说，意识不到这点，破译不出这个字的神奇潜质，确属大遗憾。

提起瑞典，眼前就会浮现出一道宁静、典雅、恬淡的画面：白雪、木屋、蓝湖、青山、郁金香……而斯德哥尔摩，更是一弯美丽的月巷，每个到过她的人，都会为其旖旎风情所打动，而给人印象最深的是：她虽有现代设施之便捷，却无现代都市之弊端，尤其保留完好的古城风貌和参天大树……而游客们也往往会从导游嘴里获知这样一个故事——

20世纪60年代，现代化浪潮冲向这座海滨古城。市政当局雄心勃勃地推行旧城改造，"百万工程"即其中一项，旨在每年递增十万套新住宅……当轰隆隆的铲车声逼近"国王花园"时，斯德哥尔摩人警觉了：这样下去，自己的家园会沦为什么样子？未来的她与世界各地有何二致？

疑问渐渐拢成一股市民舆论和理性呐喊。人们开始表达愤怒，在露天里发出声音。终于，一场保卫斯德哥尔摩的运动开始了。

1971年，市政决定，要在"国王花园"建一个地铁站，它意味着这片深为市民喜爱的绿地大难临头。于是，一群勇敢的年轻人率先发起了"城市的选择"行动，擎着标语，走上街头，高喊"拯救斯德哥尔摩"口号。开始政府不以为然，派出电锯工人，欲强行伐树，公众用身体组成人墙，挡在树前……骑警来了，但慑于众怒，也败下阵来。为防止当局耍花招，市民们干脆搭起了帐篷，日夜守候在那儿，誓与古树群共存亡。

终于，政府作出了让步，地铁线绕道而行，虽多花了数倍纳税人的钱，但历史悠久的"国王花园"却留了下来。

那群百年古树是幸运的。在她盛大荫凉下成长起来的青年一代，终于有机会回报那片母爱般的葱茏了。或许愈难得就愈珍惜吧，如今的"国王花园"更是斯德哥尔摩的胜地，每年都有数不清的集会和演出在此举行。

那些护树青年们，也成了大众心目中的英雄。新生的瑞典公民和外国游客，很容易在瑞典教材、斯德哥尔摩旅游手册里读到他们的事迹。

还有一件事也令我难忘。如果说"拯救斯德哥尔摩"的主体力量来自民间，那这一次却是精英们的决策功劳了。

20 世纪中期，美国的田纳西州曾投资 1.16 亿美元建一处名叫"特里哥坝"的水坝，当施工进入关键阶段时，忽接美国最高法院的通知，令其停工，理由是这儿生活着一种体长不过三英寸的蜗鲈（北美淡水鱼，体小，需在浅而湍急的水中产卵）。其后，"濒危物种委员会"也对该工程加以阻止……眼瞅着这座已具雏形的庞然大物，其时的田纳西州州长叹道："这等于给世上最小的鱼建造了最大的纪念碑！"

三寸——1.16 亿，怎样的悬殊比例，怎样的不可思议！

这是大地的胜利。

一切取决于人的素质，大地喂养出的人的素质。

一群古树挫败了一条现代地铁线,一尾三寸小鱼掀翻了一座超级水坝……我们身边会发生这等事吗?

我常常抑制不住地想:如今的北京,假如没有当年那场大规模的旧城改造,而是像梁思成和林徽因夫妇设计的那样,完整地保留旧貌,另辟新城……今日北京会是一番什么气象?据说,当年梁先生将提案递呈后,得到了这样的呵斥:"谁要是反对拆城墙,是党员就开除他的党籍!"显然,问题是不可讨论的。正是这种"不可讨论"性,使得几十年来知识者早早养成了沉默的习惯,使我们在和平时期失陷了一座又一座辉煌城池。至今,偌大华夏竟无一座古城是以"城"的建制保护下来的,所谓的古迹,只是稀稀拉拉的"点",铺不成"面",构不成"群"。

"拆掉北京一座城楼,就像割掉我一块肉。扒掉北京一段城墙,就像剥掉我一层皮!"正像徽因墓在"文革"中被铁砣砸得稀烂一样,梁先生的惨叫又何尝不是文明之呻吟、知识之哀鸣。

后来我又获悉:"二战"即将结束时,身在重庆的梁先生,曾写信给美军有关人士,望其轰炸日本本土时,能对奈良和京都两座古城手下留情……

不知美方是否收到了这封信,更不知这一外国人的请求是否被采纳,但我由衷地感到:若没有梁先生这些人类文化的知音和保姆,我们的世界与生活会破败成什么样子?而他们本人的命运及那些诤言的遭遇,实乃文明的遭遇和知识的命运。

笼文化和望鸟镜

同胞在其旅行见闻中留下一细节：在欧洲的一些公园，常见一种架在草坪上的望远镜，开始不懂，一打听，方知是为观鸟而设，它们准确的名字叫"望鸟镜"，贴上去，游客能仔细欣赏远处树上的一举一动，对鸟雀却毫无惊扰……

"望鸟镜"，一个多么柔情和诗意的词儿啊，那距离多么美，多么温暖和恬静，多么沁人心脾！

在我们这片土地上，何以没诞生如此"遥望"的冲动呢？我想起了身边的另一番景象：花鸟鱼虫市场，寓翁闲叟们的膝下，太极晨练的路边，随处可见一种国粹——鸟笼，一盏盏材质优良、工艺精湛的"小号"。

有多少盏这样的"小号"，便意味着有多少双翅膀从天空中被裁剪下来。

我们发明的是栅栏，是囚牢。我们总喜欢把爱变成虐，把拥有变成持有，把吻变成咬。

读过一组故事：在澳洲，为保护某地生态，当局竟不惜斥巨资，在一条高速公路上留出了众多的横向路带，目的是方便袋鼠能像过去一样自由穿梭……有对志愿者夫妇，为拯救一条被渔网困住的白鲨，竟冒着生命危险，跳下海，亲手去解绳扣……在纽约一次火灾中，消防员理查·麦托尼解下自己的输氧器，为一只被浓烟呛昏的猫输氧，以挽救它的生命……一位女科学家，为考察和保护非洲狮,在原始森林中风餐露宿,历时二十余年,直至去世……

这和我们那些身穿羚羊毛、大嚼鲨鱼翅的饕餮客相比,真有天壤之别。其实这区别,也正是"望鸟镜"与"鸟笼"的距离。

还有更让人匪夷所思的,2001年10月6日,一对游客在武汉森林野生动物园乘车游览,嬉戏中,一只两岁的小狮子突然将利爪探进车窗,抓伤了她们。20日,动物园向市林业公安处提出申请,要求击毙这只闯祸的小畜生。后经当地市民的再三抗议,园方才撤回死刑起诉,改判"无期徒刑"。从此,这只小狮子将在铁笼里孤独余生,不能再和伙伴一起过群居和放养生活。

显然在万物之尊的人眼里,它是有罪的,因为它对人产生了敌意,并制造了伤害。但我不禁要问:到底谁先有罪?谁先侵犯了对方权益?在动物的道德法庭上,人类难道不被审判过亿万次了吗?按自然法和生命平等的理念,此刻,它根本不该出现在人类的车窗前,它的位置应是非洲大草原,这会儿它应随母亲散步、和兄弟姊妹玩耍……

是谁剥夺了其自由和天伦之乐?是谁把它发配到了与人近在咫尺的地方?毁灭其家园,屠杀其父母,剥夺其自由,如今却呵斥起它的过失来了,公平吗?

更让人疑惑的是,有识之士不大声疾呼要恢复动物的野外生存能力吗?不正为野兽不野而忧心忡忡、寝食不安吗?为何现在却要对一只偶露峥嵘的小兽怒目相向、睚眦必报?

我替这只小狮子难过,更为自己的同类悲哀。

生命和平

在同一物种内，一个生命杀害自己的同类，比如一个人杀害另一人，甚至一只狼咬死另一只狼——无疑皆被视为犯罪和不道德，哪怕动物间的自相残杀，也会激起人心理上的强烈厌恶。那么，不同物类之间呢？

当我们堂皇地把大自然视为盘中餐、袖中物时，何以再也寻不到羞愧感了呢？"人类中心论""人本位""人类利己主义"天然合理吗？人类欲望膨胀到何种地步都不受怀疑和指控吗？

当初，上帝曾给予人类怎样的权限？现代人履行的是神的旨意，还是自我授权或达尔文式的"刀俎路线"？

曾有一报道：辽宁，一座林子里，一个头戴兔皮帽子、手提猎枪的男子，突遭一只凶鹰袭击，它朝猎物俯冲下来，死命将利爪钉进对方头皮，想将之叼起来，可惜猎物太重，此举未成……

猎人被猎，确实反常。更有意思的是，报道人的语气里，竟丝毫不见责难凶鹰的意思。人背叛人，也属罕见。

我在想，那位猎人，在天上的那双眼看来，是一只怎样的动物呢？鹰眼向来以锐利著称，视线里程和分辨率极高，总不至于把人和兔子搅混吧？按常识，鹰也从不对人发动袭击啊。

只能一种解释：人，变成了非人，怪物！变成了可怕的东西！

脑袋像兔子，猫腰提枪，蹑手蹑脚……难怪眼神极好的鹰，也不认得它素来敬畏的人了。怪谁呢？

不由想起史蒂文森在《尘与影》中给"人"下的一场定义——

"人是多么怪异的一种幽灵啊……他是这大地上的疾病，忽而用双脚走路，忽而像服了麻药一样呼呼大睡。他杀戮着、吃喝着、生长着，还为自己复制若干小小的拷贝。他长着乱草般的头发，头上装了一双眼睛，不停地转动和忽闪着。这是一个小孩看了会被吓得大叫的东西，但如果走近点看，他就是他的同伴所知道的那个他。"

我想，倒霉的猎人大概一辈子都不会再戴那顶该死的兔皮帽了吧。

"自然史上从未像今天这样，发生一种生命形式威胁着这么多别的生命形式的情形，也从未面临过这样一场由一个超级杀手制造的超级杀戮……人类不管是以其行动促成了某一物种的灭绝，还是以其漠然让该物种走向灭绝，都是阻断了一道有着生命活力的历史性的遗传信息流……让一个物种灭绝就是终止一个独一无二的故事。"（霍·罗尔斯顿《哲学走向荒野》）

20世纪最后一年里，每天中午，一家电视频道花几分钟讲述一首发生在"历史上的今天"的挽歌，它告诉世人：几十年前的此时此刻，在我们的不知不觉中，曾有一种生存伙伴，比如一尾蜂鸟或一架红蜻蜓，发出了它在地球上的最后一丝哀鸣……

每看这档节目，我正在进食的胃都会莫名地一阵痉挛。

(2003 年)

鹿的穷途

2001年11月9日,《齐鲁晚报》以《行人疯狂追杀野鹿》为题披露了一件骇人听闻的事,目击者称——

11月6日下午3时许,一只从刘公岛"偷渡"出境的国家一级保护动物野生梅花鹿,在威海市郊登陆后,即招来行人追杀。于是,光天化日下,一场索命与逃亡的"马拉松"开始了:穷途之鹿被逼得沿公路狂奔,最后越过两米高的围墙,躲进一所小学院内,众人紧跟翻墙跳入。当小学校长欲打110报警时,近乎疯狂的逐鹿者夺过电话叫嚷:"抓住杀了,鹿血、鹿肉都值钱,能卖两万块!"并扬言要给管闲事者一点颜色。后来,鹿被堵在一间乒乓球室内。警方赶到后,场面仍无法控制,仍有声音高吼:"野鹿谁捡归谁!"情势危急,警方只好与刘公岛林业部门联系,直到鹿主赶到,事态才有所缓和。由于天色已晚,轮渡停航,有关人员决定让鹿在学校暂避一宿。是夜,竟还有垂涎者在校外溜达,一副伺机抢鹿的架势……

虽远离现场,但我想象得出,那逐鹿的一幕会怎样惊心动魄,其激烈绝不亚于警匪片。可惜这既非警察缉拿逃犯,更非欧阳海奋拦惊马,而是对一只无辜生灵的赤裸裸行凶。试想,假如那鹿碰不到学校,碰不到那位恩公,它会怎样被撕成碎片?那场面一定和《动物世界》里的群豺分尸相差无几。

这一切,竟出自于人!竟横陈在21世纪的大街上!

简直一场对文明的暴动。

捏着这份报纸,我体味到一股冷,一股惊悚的饕餮之冷。不仅是对蒙昧的寒心,更有对人性和同类的陌生,对文明的迟疑与迷茫。有时,你不免疑虑:除了遮体的兽皮换成了化纤织物,人到底进化了多少?

那股粗重的喘息,那种饥饿感,那嗜肉的眼神……分明背叛了人的特征。人怎会如此凶悍地捕食?人之双腿怎会跑得比四足还快?一只温驯的鹿,怎会跑出比被狼群追赶还要迅疾的"生死时速"来?但闻狗咬人,哪见过人咬狗?影影绰绰中,那鹿竟慢慢变作了人的模样,而那人群的面孔也渐渐模糊了,成了些人面兽身的"四不像"……

不禁想起了博物馆壁画或远古石刻上的围猎:原始林莽中,大呼小叫的猿人手持投枪、石块、棍棒,手舞足蹈,气势汹汹,一头负箭的鹿跪地颤抖……如果说,那茹毛饮血的荒蛮、那斗兽的惨烈乃出于自卫和生存之需,那么今天,面对一只无公害生灵,且无饥饿之急和性命之忧的情势下,人何以产生如此狂暴与嗜血的念头?

可怜的野鹿,在其惊恐的瞳仁里,那些龇牙咧嘴、挥舞狼牙棒的影子,究竟算一种什么怪物呢?它会以怎样的方式向后代讲述这场梦魇?

其实,真正可怕的并非"能卖两万块"之贪欲,而是这场猝不及防的"逐鹿"引爆的野性,那股为群体所助长、所掩护和怂愚的狂暴激情。那些人,此前一刻钟还衣冠楚楚、举止得体,怎么转眼就狰狞、就面目全非了呢?

你想起了人的遭遇。

有时候,一只鹿的命运就是人的命运。"人—鹿"背后,隐匿的却是"人—人"的关系。既然以此待鹿,又怎会保证不以同样方式对同类下手呢?那些研制细菌战的人,不就把为人准备的东西先注射给了动物吗?那些瞄准藏羚羊的枪口,不也毫不犹豫对着环保志愿者扫射了吗?

尤值注意的是,逐鹿者不仅是人,更是"人群"。是人头汹涌、"法不责众"意义上的"众"。若鹿被一个人撞见,即使他想追想杀,但碍于光天化日和平素的怯懦,恐怕也是有贼心没贼胆。那么,他后来的戾气和争先恐后的狂热又来自哪里呢?

源于人群!源于众多同类的组合,源于"集体""我们"这个强势大概念。

法国人古斯塔夫·勒庞有一本研究群众心理学的名著:《乌合之众》。其中指出:群体氛围下,人的心理比平时更有武断、粗暴、专横的倾向,更易滋生犯罪和极端行为。那些约束个人的道德和社会机制,在狂热的群体中往往失去效力。"个人可以接受矛盾,进行讨论,群体是绝对不会这样做的。在公众集会上,演说者哪怕做出最轻微的反驳,立刻即招来怒吼和粗野的叫骂。""个人很清楚,在孤身一人时,他不能焚烧宫殿或洗劫商铺,即使受到这样做的诱惑,也很容易克制住。但在成为群体的一员时,他就会意识到人数赋予他的力量,这足以让他生出杀人越货的念头,并屈从于这种诱惑。"

群体掩护下的施暴,在欧洲异教冲突、法国大革命、德国"水晶之夜"、波黑内战、科索沃纷争、印尼骚乱中已屡见不鲜。

假如那一天,你恰逢在海边,在那个追杀梅花鹿的现场,假如你有一点"文革"记忆的话,你一定会不寒而栗,你一定会想起许多梦魇般的旧事:高音喇叭的叫嚣、汹涌的棍子、歇斯底里的拳头、皮带裹着气流呼啸而至……

你会不会感觉自己正变成一头鹿?会不会体验到一头鹿的恐惧与绝望?

"抓住杀了,鹿血、鹿肉都值钱!""消灭'四类'分子!你不打他就不倒!""打翻在地,踏上亿万只脚!永世不得翻身!"

耳熟的声音里,你难道听不出相同的基因吗?

假如历史再给其一次发泄的缺口,难道他们会做得比上回有所收敛吗?

人类距真正的理性时代其实尚远。黑格尔早就说:"人们以为,当他说出人本性是善这句话时,就说出了一种伟大的思想。但是他们忘了,当最终说出人性是恶这句话时,却说出了一种更伟大的思想。"在我看来,这段赤裸得近乎伟大的表白,算得上对人最诚实、最善意的提醒了。

群恶群暴的因子,不会随伤疤和光阴一起消逝。它会像灰尘、蟑螂一样耐心地潜伏下来,趴在生活的旮旯里、皱褶里,寄生在人体的毛囊中,默默地繁衍、变异,它时刻准备着,伺机掀起新的暴动……

伏契克临终前告诫:人们,我爱你们,可你要警惕啊。

(2003 年)

森林被杀害，童话被杀害

森林，这大地最美丽的皮肤。

既是人类童话的策源地，也是童年最亲密的襁褓和摇篮。就诗意和童趣而言，再没有比森林更丰富的大仓库了。

父母、老师所能给孩子的最好惊喜，就是带之去拜访一片很大的林子，到参天大树中间去，到野菇、山雀、蝉鸣、小溪、浆果、松鼠、蒲公英、啄木鸟的营地里去，指着那些事物的名字，告之那些关于洞穴、树精、石头和动物的传说……

几乎所有的童话都离不开森林，几乎所有人性的灿烂想象、美德传奇都是在树林里发生的。有个诗人说得好：树是一种"幸福"的意象。可以说，包括人类在内的所有生物的命运，都与树的遭际有关。

不知何时起，森林已缓缓退出了童年生活的视野，大地不再被绿色覆盖，刺眼的沙丘沦为大自然的尸布。甚至就连吾辈之人，阅读半世纪前的文学时，对其中的自然描述都不胜惊讶，那些花草树虫的名称大部分我是不熟的，有的甚至闻所未闻……无疑，曾经再寻常不过的它们，已被滞留在了历史记忆中，成了自然馆的档案。而未来的孩子们，也只能在封闭的展厅里，面对僵硬的标本,遥想逝去的年代了。

那部林蝉泉涧、莺飞草长的经典风光,已悲愤地与人决裂。

还有教育的失败。成人教育者对诗意和美感的无知,数理的枯燥,分值的粗暴,"厚黑"心术对纯洁的篡改,利益式教唆对童心的扭曲……

现代社会,像安徒生那样的成年人,再也找不到了。

物质繁荣以大规模消灭资源为代价,教育也随之变成了产品消费指南——远离自然物语和生命美学。不错,表面上"童话"越来越多,越来越绚烂,但定睛便发现,它们中已闻不见草地的湿润、野卉的芬芳,更不见呦呦鹿鸣……多了的,是马达的轰鸣、游戏币的诱惑、火箭的呼啸、战争的模拟、科技恐龙和外星人的面孔……对大自然来说,比受现代童话冷遇更悲哀的是:正因缺了画外参照——外界已找不到本色的自然物象,才注定了它画内的缺席!即使现代卡通模拟出了自然界的"诗情画意",孩子们也会吃惊地睁大眼睛:真的么?

现代童话就像脱水的河床、榨干的池塘,干涸得厉害,皲裂得厉害。森林的毁灭,是否意味着人类"童话时代"的终结?上帝赋予人类童年最晶莹的礼物,就这样被现代化的狼烟吞噬掉了?

儿童的想象力已不再寄予大自然,其感官和蜡笔已不再投放在湖泊、花草、树影、动物身上,这是一件多么可叹的事。要知道,孩子的肢体与心灵应是和大自然最亲近的,大自然应是儿童最优美的老师、最健康的乳娘,除了教会他最生动的常识,还教会他善良、诚实、慷慨、勇敢和一切美的天性……

20世纪,神被杀害,童话被杀害。

最醒目的标志即人对大自然不再虔敬,不再怀有感激之心。某种意义上说,这是一个丢失美好元素最多的世纪。战乱、血腥、种族倾轧、恶性政治、生态破坏、物种灭绝、机器威力的扩张……一切都在显示,20世纪是一个财富和权力的欲望世纪,一个仅供成年人生存与游戏的世纪。

"现代化",更是一个旨在表现成人属性和规则的概念,它本质上忽视儿童。

童话、诗歌、音乐、宗教……这些曾与生命结合多么亲密的事物,在数字工具面前,在物欲时代面前,褪去了昔日的辉煌,丧失了影响世界的能力。

20世纪的成人,乃最自私的成人。

当捕鲸船把海洋变成了血泊,当最后一只蜂鸟被从天空中拐走,当最后一件雪豹的衣服被人披在肩上,当最后一匹逃亡的犀牛在沼泽里奄奄一息……我们还有多少献给童话的东西?我们还有多少能让孩子大声朗笑的礼物?

童话是伟大的。其伟大即在于:它让孩子相信每个梦都可成真!

格林童话《青蛙王子和铁亨利》开篇道："在那个梦想尚可以变成现实的古代……"

啊，古代，古代（这个词的美学含量竟超过了"未来"）。一个通体诗意的句子竟如此令人伤感，甚至绝望。是啊，这个世上，还有多少可凭古老的法则自由转换的梦想与现实呢？还有多少可让一个孩子自由描绘、怎么想象都不过分的前景呢？

什么巫术让"古代"和"现代"变得势不两立？

(2003 年)

为什么不让她们活下去

革命肉体的洁癖

电影中,不止一次看过这样的情景:美丽的女战士不幸被俘,虽拼死反抗,仍遭敌人侮辱……接下来,无论她怎样英勇、如何坚定,多么渴望自由和继续战斗,都不能甩开一个结局:殉身。比如敌群中拉响手雷,比如跳下悬崖或滚滚怒江……

小时候,面对这样的情节,在山摇地撼、火光裂空的瞬间,在悲愤与雄阔的配乐声中,我感到的是壮美,是激越,是紧挨着悲痛的力量,是对女战士的由衷怀念和对法西斯的咬牙切齿。

成年后,当类似的新版画面继续冲来时,心理却渐渐起变。除了对千篇一律的命运生厌外,我更觉出了一丝痛苦,一缕压抑和疑问……那象征"永生"的轰鸣似乎炸在了我胸中央,我感到了一股毁灭之疼,对死亡的惊恐。

为何不设置一种让其逃脱魔窟、重新归队的结局?为何不让那些美丽的躯体重返生活和时间?难道必须去死?她们就没有活下去的理由和愿望?难道她们的"过失"必须以死相抵吗?

这是一种什么样的创作心态?

终于,我懂了:是完美主义的要求。是革命洁癖的要求。

不错,她有"过失",她唯一的"过失"就是让敌人得了手。在革命者眼里,这是永远的痛惜,永远挥不去、擦不掉的内伤。在这样的大损失面前,任何解释都不顶事,对女人来说,最大的生命污点莫过于失身——无论何种情势下。而革命荣誉,似乎更强调这点,不仅精神纯洁,更要肉体清白,一个女战士的躯体只能献给自己的同志,决不能被敌染指。试想,假如她真的有机会归队,那会是怎样一种尴尬?怎样一种不和谐?同志们怎么与之相认?革命完美主义的面子怎受得了?

唯一出路只一个,即所有编剧都想到的那种办法。在一声訇响中,所有耻辱都化作了一缕猩红的硝烟,所有人都如释重负,长舒一口气。硝烟散尽,只剩下蓝天白云的纯净,只剩下美好的往事,只剩下复仇的决心和升级了的战斗力……

这是所有人都不愿看到的。却是所有人都暗暗希望的。

她升华了,干净了,永生了。她再也不为难同志们了,再也不令自己人尴尬了。她成全了所有的观众。

这算不算一种赐死?

我不得不佩服编剧的才华和苦心。他们都那么聪明,那么为革命荣誉着想,以死雪耻,自行了断,既维护了革命的贞节牌坊,又不让活着的人背上心灵包袱,谁都不欠谁的……说到底,这是编剧在揣摩革命逻辑和原则行事,尽管正是他,暗中一次次驳回了她继续活下去的请求,但他代表的却是自己的阵营,是整个集团的形象工程。他是称职的。

失身意味着毁灭，这层因果，不仅革命故事中存在，好莱坞电影里也有。

《魂断蓝桥》我喜欢，但不愿多看，因为压抑，因为"劳拉"的死。我更期待一个活下来的妓女，一个有勇气活下来的妓女，一个被我们"允许"活下来的妓女……若此，我会深深感激那位编剧。

让一个曾经"失足"的人有颜面地活着，难道给艺术丢脸？

是什么让艺术变得这样苛刻和脆弱？这样吝啬和不宽容？

其实是一种隐蔽的男权，一种近乎巫术的大众心理学，一种"法老"式的对女性伦理和生命角色的认定（即使在以"解放妇女"为旗帜之一的革命运动中也不例外）。为此，我认定那个暗示"劳拉"去死的编剧乃一俗物，我喜欢它也仅仅因为前半部，因为费雯丽那泪光汹涌的眸子。

看过两部热播的公安题材电视剧:《一场风花雪月的事》和《永不瞑目》，作者海岩。不知为何，当剧情刚展开至一半，比如那位女警察欲罢不能地爱上了香港黑社会老大的弟弟，比如那位卧底的大学生被迫与毒贩女儿有了肌肤之亲，我脑子里忽闪过一丝不祥之兆，似乎已预感到她（他）必须死了……不仅因为她（他）犯了规，违反了职业纪律，关键在于其身子出现了"不洁"——这是为革命伦理难以谅解的"罪"啊。开始我还盼着自己错了，希望我的经验过时了……但很遗憾，那经验仍很"先进"。

或许作者就是那样的道德家吧，有着难以启齿的洁癖。也或许是自我审查所为，不这么写，即无法从革命伦理的标尺下通过。

贞操、完美、亵渎、玷污、耻辱、谢罪、洗刷、清白……

世人竟臆造了那么多凌驾于生命之上——乃至可随意取代它的东西——甚至铸造出了命运的公式！

这让我想起了自然界的一种哺乳现象：据说一些敏感的动物，倘若幼崽染上了陌生的气味，比如与人或其他动物接触过，其生母往往会将之咬死。原因很简单：它被染指过了，它不再"纯洁"。

对女性身体的"领土"想象

印度女学者布塔利亚·乌瓦什在《沉默的另一面》中，记述了1947年，随着印度和巴基斯坦宣布分治和独立建国，在被拦腰截断的旁遮普省发生的一场大规模流亡和冲突：以宗教隶属为界，印度教、锡克教人逃向印度，伊斯兰教人涌向巴基斯坦。短短数月内，1200万人逃难，100万人死亡，10万妇女遭掳掠。作者以大量实录记述了这场人类灾难，尤以女性遭遇最为惨烈：为防止妻女被玷污，大批妇女被男性亲属亲手杀死，或自行殉身。

被采访者中有位叫辛格的老人，当年他和兄弟把家族中的17名女人和儿童全部杀死。他说："有什么可害怕的呢？可怕的是蒙受耻辱。如果她们被抓去，我们的荣誉，她们的荣誉就都完了……如果你觉得自豪,就不会害怕了。"屠杀的方法有服毒、焚烧、刀砍、绳勒等。在锡克族的一个村子,90名女人集体投井,仅3人幸存。一位叫考尔的幸存者回忆:"我们大家都跳进了井里,我也跳了进去,带着我的孩子……井太满,我们没法淹死。"读到这,我惊出一身冷汗,世上竟有一种叫"谋杀"的爱?死,反倒成了一种救赎、一种恩惠?

据说,那口井太惨烈太著名,连印度总理尼赫鲁都曾去探视。

对于那些亲手杀戮亲人的男子来说,即使事情过去了半个多世纪,他们也不为当年的事有一丝愧疚,反倍感自豪,对妻子姐妹毅然领死而充满赞美之情。

几十年后,许多被掳的妇女大难不死返回故里,迎接她们的第一句话竟是:"为什么回来?你死了会更好点儿。"

作者分析说:"不论印度教还是锡克教,都把女性的母亲角色和生殖功能联系于民族国家大业的开展,联系于传统的维护。女人身体成为民族神圣不可侵犯的领土、男人集体的财产、反殖民抗争的工具。"

其实,女体成为男性决斗的战场,成为民族拱卫的领土,这种情况在人类历史上已成普遍事实。只不过愈是宗教形态强硬的地区,愈发变本加厉而已,为浇固教旨的尊严和民族性的纯粹,往往竞相在对妇女的约束上下功夫,对女性形象和操守的约定与禁忌,总远大于对男人的要求。比如在阿富汗塔利班的统治下,女性被剥夺了受教育和参与公共活动的所有权利,身体终日被裹在水泄不通的长袍里，只许露一双眼睛——这种对女体的超强重视，这种监狱般的严密"保护"与封锁，其实昭示了一种对宗教母本的捍守决心，一种对外来文化窥视的严格防范，一种充满敌意的警告与断然呵斥。

你甚至很难说清楚，这究竟算一种护爱，还是一种刻意的虐待？

由于女性天然的生理构造、原始的生殖色彩、性行为中的被压迫性和受侵略性，使女体艰难地担负起宗族的繁衍、荣辱、盈亏、尊严、纯洁、忠诚等符号学意义，女体成了一种特殊的文化隐喻，人们在她身上灌注了超重的价值想象和历史记忆：政治的、伦理的、民俗的、宗族的、甚至经济学的……于是就产生了一种奇怪现象：古老的民俗特点似乎总能在妇女身上得以顽强的保留和延伸。乃至在现代社会学和旅游业中，妇女无形中竟成了最大的文化看点之一。

于女人而言，这些超常重视带来的往往是"不堪承受之重"，平常日子里，意味着身心禁锢，而特殊时期则意味着灾难。尤其当宗教火拼和异族战事发生，女性身体更首当其冲，沦为双方的战场和争夺的战利品——因为自己的重视，也势必会引起对方的重视。"当两阵敌对冲突时，争相糟蹋和强奸对方的女人，成为征服、凌辱对方（男人）社群的主要象征和关于社群的想象。"（布塔利亚）这在近年的波黑战争和科索沃动乱中都表现得极充分。

所以，战乱中的女人最不幸。文明与历史的牺牲，很大程度上沉淀为女性的牺牲。动乱最大的代价、最凶猛、最决绝和阴暗的部分，往往以落实到女性身上为终结。胜利往往只是男人的胜利，而不会给女人带来多大轻松。日本侵略战争过去了那么多年，但"慰安妇"问题直到今天，仍是笼罩受害国的一块浓得化不开的阴霾：毁损的国土、被掠的资源、遭戮的生命，皆可不要赔偿，但被侮辱的女性身体，却需讨一个说法……或许在我们眼里，战争最大的毁坏，即对女性身体的占领，最难愈合的创伤，即女性体内的隐痛。

这种对女体过度的利益想象和价值负荷，即使在理性发达的西欧，也很难例外。二战后，在法国或意大利，人们竟自发组织起来，对那些与纳粹军人或德国侨民通婚的女子施以惩罚，将之剃光头，令其抱着"孽子"上街游行，随意羞辱甚至杀戮……即使对德军俘虏，也没这般态度。可假如"占领"异国女子的事发生在男人身上，非但不受谴责，反被捧为英雄……为什么？难道是女性在生理构造上的隐秘性和凹陷性，较之男性肉体，更易使人产生"不洁"的联想？

不管怎样，我对所谓"女性解放"时代的到来并不乐观。只要对男女肉体的审视态度上仍存在双重标准，只要不能平等地看待男女"失身"，只要继续对女性肉体附加超常的非生理意义和"领土"属性——"洁癖"就会继续充当女性最大的杀手。

(2002 年)

打捞悲剧中的"个"

死亡印象

1995年的《东方》杂志曾刊登了一篇犹太裔汉学家舒衡哲的《第二次世界大战：在博物馆的光照之外》，文章认为，我们今天常说纳粹杀了600万犹太人，日本兵在南京杀了30万人，实际上以数字和术语的方式把大屠杀给抽象化了。他说："抽象是记忆最疯狂的敌人。它杀死记忆，因为抽象鼓吹拉开距离并且常常赞许淡漠。而我们必须提醒自己牢记在心的是：大屠杀意味着的不是六百万这个数字，而是一个人，加一个人，再加一个人……只有这样，大屠杀的意义才是可以理解的。"读到这，我的心怦怦踉跄了起来。

我们对悲剧的感知方式有问题？

平时看电视、读报纸，地震、海啸、洪水、矿难、火灾……当闻知几十乃至更多的生命突然消逝，我们常会产生一种本能的震惊，可冷静细想，便发觉这"震惊"不免有些可疑：很大程度上它只是一种对表面数字的愕然！人的反应更多地瞄准了那枚统计数字——为死亡体积的硕大所羁绊、所撼动。它缺乏更具体更清晰的所指，或者说，它不是指向实体，不是指向独立的生命单位，而是指向"概念"，苍白、空洞、模糊的概念。

有次聚会，某记者朋友的手机响了，通知他某处发生了客车倾覆，"死了多少？什么？一个……"其表情渐渐平淡，肌肉松弛下来，屁股重新归位，继续喝他的酒了。显然，对"新闻"来说，这小小的"一"不够刺激，兴奋不起来。

多可怕的数学！对别人的不幸，其身心没有丝毫的投入，而是远远的旁观和悠闲的算术。对悲剧的规模和惨烈程度，他隐隐埋设了一种"大额"的预期，就像评估一场电影，他有奢望，当剧情达不到高潮的分贝值时，便会失落、沮丧、抱怨。这说明什么？它抖出了我们人性中某种阴暗的嗜好，一种对"肇事"的贪婪，一种冷漠、猎奇、麻木的"局外人"思维。

重视"大"，藐视"小"，怠慢小人物和小群落的安危，许多悲剧不正是该态度浸淫的结果吗？四川綦江彩虹桥的坍塌之所以轰动一时，很大程度上，并非它藏匿的权力腐败之深刻和典型，而是其死亡"面值"的巨大，是它作为事故吨位的"重量级"。若非几十人罹难，而是一个或几个，那它或许根本没机会被"新闻"相中，并成为反腐败的一个热议视点……那该桥的腐败就会被不动声色地包养下去，即会有更多更长的桥悄悄步其后尘。

永远不要忘了，在那一朵朵烟圈般——被嘴巴们吞来吐去的数字背后，却是实实在在的"死"之实体、"死"之真相——

悲剧最真实的承重是远离话语场之喧嚣的，每桩噩耗都以它结实的羽翼覆盖住了一组家庭、一群亲人——他们才是悲剧的真正归属者，对之而言，这个在世界眼里微不足道的变故，却似晴天霹雳，死亡集合中那小小的"个"，于之却是血脉牵连、不可替代的唯一性实体，意味着绝对和全部。此时，它比世上任何一件事都巨大，都严重，无与伦比。除了压得喘不过气来的痛苦，除了晕眩和凄恸，就再没别的了。无论如何，他们都不会理解那种"新闻"式的体验，而只会诅咒它。因为这一个"个"，他们的生活全变了，日常被颠覆，时间被撕碎，未来被改写。

海哭的声音

世纪末的最后一个深秋，共和国历史上最惨烈的一桩海难发生了。1999年11月24日，一艘号称"大舜"的客轮在烟台到大连途中失事。312人坠海，22人获救。这样短的航线，这样近的海域，这样久的待援，这样自诩高速的时代，这样渺小的生还比例⋯⋯举世瞠目，寰宇悲愤。

2000年3月18日，《南方都市报》"决策失误害死290人"的大黑题框下，贴了一位遇难者家属的照片。沉船时，他与船上的妻子一直用手机通话，直到声波被大海吞没⋯⋯

这是我第一次触及该海难中的"个"，此前，与所有人一样，我的记忆中只贮存了一个笼统的数字：290。

那个阳光灿烂的下午，我久久地凝视那幅画面：海滩，一群披着雨衣神情凌乱的家属;中年男子,一张悲痛欲绝的脸,怔怔地望着苍天,头发潦草,一只手紧紧捂住张开的嘴,欲拼命地掩住什么,因泪水而鼓肿的眼泡,因克制而极度扭曲的颧骨……我无法得知他喃喃自语什么,但我知道,那是一种欲哭无泪、欲挣无力的失去知觉的呼唤,一种不敢相信、不愿承认的恍惚与绝望……

一个被霜袭击的生命。一个血结了冰的男人。或许他才是个青年。

那种虚脱,那种老人脸上才有的虚脱和枯竭,是一夜间人生被洗劫一空的结果。

想想吧,11月24日,那一天我们在干什么?早忘了。然而他们在告别。向生命,向世间,向最舍不得撒手的人寰,向最亲密的事物告别。那是怎样残酷的仪式!怎样使尽全力的最后一次眺望!最后一滴声音!

想想吧,那对年轻的灵魂曾怎样在电波中紧紧相拥,不愿撒手,不愿被近在咫尺的海水隔开……那被生生劈作两瓣的一朵花!

这是死亡情景,还是爱情情景?

那一刻,时间定格了,凝固了。生活从此永远改变。

290,一个多么抽象和无动于衷的数字。我不愿以这样一个没有体温的符号记忆这次海难。我只是攥紧手中的照片,攥紧眼前的真实,生怕它从指缝间溜走。我全身心都在牢牢地体会这一个"个",这个绝望的男子,这个妻子的丈夫,那一刻,他听到了什么?她对生命的另一头说了些什么……

渐渐,我感觉已和他没了距离。他的女人已成了我的女人,他的情景已是我的情景。从肉体到灵魂,我觉出了最亲密者的死。

手脚冰凉,我感到彻骨的冷。风的冷,海的冷,水底的冷。

天国的冷。

我想起了许多事。出事那天,我从电视人物尤其官员的脸上(他们在岸上,在远离大海的办公室里),看到的只是准备好的语言和廉价的悲悯,只是"新闻"折射出的僵硬表情。显然,他们的全部注意力都押在了"290"这个数据上。他们严肃、冷峻,他们从容不迫、镇定有方……看上去连他们自己都像一堆数据。无论震惊、怜惜还是愤怒,都是文件式、公章式的(太面熟了!),都是机件对"数据"产生的反射,是"290"而非那一个个的"个"在撞击他们。那深思熟虑的逻辑和措辞(太耳熟了!),是被量化了的,是受数据盘操控的。你感觉不到其情感和内心,他们身上没有汹涌的东西,只有对责任的恐惧和办公能力。

死了的人彻底死了,活着的人懒懒地活着。

今天,是海难的周年祭。我重新翻出这张照片,打量他。想象他年轻的妻子,想象她平日在家里的情景,想象那一天那一夜的甲板,想象那最后一刻还死死抱着桅杆、对陆地残存一丝乞望的生命……

我更清楚,夺走她的不仅仅是海水,还有人类自己,还有陆地上的一切。那些"事不关己"的人们。

我暗暗希望今晚能有更多的人想起那艘船，想起那个黑色的滂沱之夜。为了生活，为了照片上的那个人，为了更多相爱的生命。

个体：最真实的生命单位

在对悲剧的日常感受上，除了重大轻小的不良嗜好，人们总惯于以整体印象代替个体的不幸——以集合的名义遮蔽最真实的生命单位。

由于缺乏对人物之命运现场的最起码想象，感受悲剧便成了毫无贴身感和切肤感的抽象注视。人们所参与的仅仅是一轮信息传播，一桩单凭灾难规模和牺牲体积确认其价值的"新闻"打量。

这是一种物质态度的扫描，而非精神和情感意义上的触摸——典型的待物而非待人的方式。该方式距生命很远，由于数字天然的抽象，我们只留意到了生命集体轮廓上的变化和损失（"死了多少"），而忽略了发生在真正的生命单位——个体之家——内部的故事和疼痛（"某个人的死"）。

数字仅仅描述体积，它往往巨大，但被抽空了内涵和细节，它粗糙、笼统、简陋、轻率，缺乏细腻成分，不支持痛感，唤不起我们最深沉的人道感情和理性。过多过久地停留在数字上，往往使我们养成一种粗鲁的记忆方式，一种遥远的旁观者态度，一种徘徊在悲剧体外的"客人"立场，不幸仅仅被视为他者的不幸，被视为一种隔岸的"彼在"。

如此,我们并非在关怀生命、体验悲剧,相反,是在疏离和排斥它。说到底,这是对生命的一种粗糙化、淡漠化的打量,我们把悲剧中的生命推得远远的,踢出了自己的生活视野和情感领地。

久之,对悲剧太多的轻描淡写和迎来送往,便会麻木人的心灵,情感会变得吝啬、迟钝,太多的狭私和不仁便繁殖起来了,生命间的良好印象与同胞精神也会悄悄恶化。

感受悲剧最人道和理性的做法:寻找"现场感"!为不幸找到真实的个体归属,找到那"一个,又一个……"的载体。世界上,没有谁和谁是可以随意叠加和整合的,任何生命都唯一、绝对,其尊严、价值、命运都不可替代。生生死死只有落在具体的"个"身上才有意义,整体淹没个体、羊群淹没羊的做法,实际上是对生命、对悲剧主体的粗暴和不敬,也是背叛与遗忘的开始。

同样,叙述灾难和悲剧,也必须降落到实体和细节上,才有丰满的血肉,才有惊心动魄的痛感和震撼,它方不失为一个真正的悲剧,悲剧的人性和价值才不致白白流失。

100年前的"泰坦尼克"海难,在世人眼里之所以触目惊心,是因为两部电影的成功拍摄:《冰海沉船》和《泰坦尼克》。通过银幕,人们触摸到了那些长眠于海底的"个",从集体遗容中打捞起了一张张鲜活的生命面孔:男女情侣、船长、水手、提琴师、医生、母亲和婴儿、圆舞曲、美国梦、救生艇……人们找到了和自己一样的人生、一样的青春、一样的梦想和打算……

如此，"泰坦尼克"就不再是一座抽象的遥远时空里的陵墓，悲剧不再是新闻简报，不再是简单的死亡故事，而成了一部关于生活的远航故事，所有的船票和生离死别都有了归宿，有了"家"。有了这一个个令人唏嘘、刻骨铭心的同类的命运，"泰坦尼克"的悲剧价值方得实现，人们才真正记住了它，拥有了它。

美国华盛顿的"犹太人遇难者纪念馆"，在设计上就注重了"个"的清晰，它拒绝用抽象数字来控诉什么，而是费尽心机搜录了大量个体遇难者的信息：日记、照片、证件、通信、日用品、纪念物，甚至还有偶尔的声音资料……当你对某一个名字感兴趣时（比如你可以选一个和自己面容酷似或生日相同的人），便可启动某个按钮，进入到对方的生涯故事中去，与其一道重返半世纪前那些晴朗或阴霾的日子，体验那些欢笑和泪水、安乐和恐怖、幸福和屈辱……这样一来，你便完成了一次对他人的生命访问，一次珍贵的灵魂相遇。

走出纪念馆大厅，一度被劫走的阳光重新回到你身上，血液中升起了久违的暖意，你会由衷地感激眼下。是啊，生活又回来了，你活着，活在一个让人羡慕的时空里，活在一个告别梦魇的时代……你会怀念刚刚分手的那个人，你们曾多么相似，一样的年轻，一样的热爱和憧憬，却不一样的命运，不一样的今天……

记住了他，也就记住了恐怖和灾难，也就记住了历史、正义和真理。

与这位逝者的会晤，相信会对你今后的每一天，会对你的信仰和价值观，发生某种正直的影响。它会成为你生涯中一个珍贵的密码，灵魂密码。

这座纪念馆贡献了真正的悲剧。

重视"小"，重视那不幸人群中的"个"，爱护生也爱护死，严肃对待世上的每一份痛苦，这对每个人来说都意义重大。它教会我们一种打量生活、对待同胞、判断事物的方法和价值观，这是我们认知生命的起点，也是一个生命对另一生命的最正常态度。在世界眼里，我们也是一个"个"，忽视了这个"个"，也就丧失了对人和生命最深沉的感受。

其实，生命之间，命运之间，很近，很近。

(2000年11月)

> 生活的最高成就，是想象力的成就。
>
> ——题记

对"异想天开"的隆重表彰

——从"搞笑诺贝尔"看西方的智力审美和价值多元

2004年9月30日，在美国哈佛大学会堂，一场狂欢式的颁奖典礼正在举行：口哨迭起，纸箭乱飞，服装怪异的各色人等，语焉不清的乐队伴奏，时而全场寂然，时而满堂哄笑……

此即"伊格诺贝尔"（Ig Nobel，俗称"搞笑诺贝尔"，以下简称"伊诺"）的颁奖现场，它由哈佛大学的《不可能研究年刊》主办，每年评出医学、文学等10类奖项。

《不可能研究年刊》创于1991年，主编亚伯拉罕斯，乃一份幽默科学杂志，戏称《冒泡》，其封面上印有一行字：记录华而不实的研究和人物。如果说"搞笑诺贝尔"是一枚傻呵呵的蛋，《冒泡》即那只整天笑咯咯的母鸡了。这只鸡宣称：该蛋旨在激发人们的想象力，特赠予那些不寻常、有幽默感的"杰出科学成果"。

去年底，笔者给央视一档新闻节目做策划，便通过有关渠道，向主办方讨得典礼的影像资料，于是就看到了本篇开头的那一幕：从氛围到规则，从气质到内容，从精神到道具，都饱含着对科学传统奖励模式的巨大挑衅——

2004年度和平奖得主——卡拉OK的发明者，日本人井上大佑。获奖理由："卡拉OK这项伟大发明，向人们提供了互相容忍和宽谅的新工具！"年度物理学奖得主——渥太华大学的巴拉苏布拉尼亚姆、康涅狄格大学的图尔维，俩人的贡献是：揭示了呼啦圈的力学原理。年度工程学奖则授予了佛罗里达州的史密斯和他的父亲，父子通过精心计算，得出结论：秃顶者把头发蓄到一定长度，将前面一部分向后梳齐，用摩丝定型，再将侧面头发顺势向顶部拢合，效果最佳。而生物学奖被四人摘得，他们集体证明：青鱼的交流方式是放屁……

看得出，对"雕虫小技"的青睐，对"微不足道"的鼓吹，正是"伊诺"的功夫所在。再比如生物学奖：1999年授予了新墨西哥州的保罗博士，他培育出一种"不辣的墨西哥辣椒"；2003年授予了荷兰学者莫尔莱克，他分析出野鸭子存在同性恋现象。和平奖：2002年授予了"人狗自动对译机"；2000年，荣膺该奖的是英国皇家海军，在一次演习中，长官命令水兵不装弹药，而是对着大海齐声呐喊：砰！

《冒泡》主编亚伯拉罕斯，对"伊诺"有一句自白："先让人发笑，后让人思考！"那么，思考什么呢？它对我们日常的评价行为、价值系统和表彰模式，会有怎样的启发呢？

在"伊诺"的榜单上,有诸多让我们跌眼镜的东西,按中国人的心理惯性,有句话早按捺不住了:这干啥子用?出啥洋相呢?

的确是"洋相"。

中国文化有着非常重实的功用传统和崇尚使用价值的习性,"实"一直被奉为正统高高矗立。以实为本、以物为大、以形为体、以效为能——物用性,尤其显著和速效的有用,从来充当着我们对事物进行价值评估的镑砣。无论术、业、技、策,皆有一副实用和物质的面孔……"没用的东西",作为一句训斥式的中国老话,既是一种物格评价,也是一种人格评价,既可诽物,亦可骂人。

两个多世纪前,当烧开水的壶盖扑哧作响时,谁能想到那个对它心醉神驰的少年,会成为历史上的"瓦特"呢?事实上,那盏小小壶盖早已被沸腾之水鼓舞了几千年,也被忽略了几千年,作为一副情景,它缥缈无骨,一个眼光实际的人无论如何也不会感兴趣。西方有谚:"如果你盯着一样东西长久地看,意义就会诞生!"这是一句很虚的话,也是一句伟大的话,许多世间的秘密和真相就蕴于此。瓦特的幸运在于,他没漏掉这样一个秘密!是性格帮助了他,是对细节的重视程度、是打量事物的那种"陌生感"、是沉湎幻想的习性——帮助了他!牛顿也如此,爱因斯坦也如此……较之众人,他们注视世界的目光里,都多了一股迷离和朦胧的东西,多了一抹遥远、深阔和缤纷的色彩。

那股迷离,那抹遥远,就叫"虚"吧。虚,往往折射出一种理想主义和未来主义的超前眼光;实,通常代表一股实用主义和现实主义的近物需求。虚未必能转为实，但"实"，往往诞生于最初的"虚"。

1752年7月的一天，在北美的费城，一个叫富兰克林的男子，正做着一桩惊世举动：他擎着风筝，在雷雨交加的旷野上奔跑，大喊着要捉住天上的闪电，并把它装进自己的瓶子……百姓觉得这是个傻瓜，学者以为这是个疯子，可就是这位不可理喻者，最终被誉为避雷针的创始人。我想，要是那会儿有"伊诺"，他一定全票当选。

有人说了，富兰克林的念头虽一时看来荒诞不经，但最终实现的仍为一种物用价值啊？不错，避雷针是一种"实"，但这"实"却发轫于"虚"——一种不合常态的大胆奢想，没了那股虚的精神冲动，一切都谈不上。若把"虚"仅仅当作一种潜在或变相的"实"来期待，若把演变和衍生"实"的大小作为评价"虚"的砝码，那"虚"的弱势和险情仍未减弱，"虚"的生存环境并未改善。所以，"虚"——应彻底恢复它的独立和自足角色，并在这个位置上给予尊重与呵护。

人往往犯如是毛病：在经验逻辑上搭建一个一元博弈、你死我活的价值擂台——将"非理性"视为"理性"之敌。其实，双方并非一元式矛盾，非实用不是反实用，非理性不是反理性，非科学也不是反科学（或伪科学）。在我看来，"伊诺"更多地宣扬了一种非实用和非理性价值，而非把实用理性打入地狱。

对待想象力，对待奢念和幻想，对待非理性和非经验的自由与浪漫，东方的态度往往比西方要苛责、刻薄得多。比如我们的成语资源中，竟有很大一个板块被用来描述和指摘生活中的非理性："荒诞不经""痴人说梦""缘木求鱼""华而不实""故弄玄虚""空中楼阁""不识时务""不可理喻""异想天开""匪夷所思""玩物丧志"……遗憾的是，如此磐重的务实传统并未分娩出一种严肃的实证品格和缜密的科学理性，反倒在世俗文化上脱胎出一套急功近利的习气来。待人遇事、识物辨机，无不讲实用、取近利、求物值、重量化，贪图速效速成，追求立竿见影……于是，涸泽而渔、杀鸡取卵的短期行为，也就在"务实"的旌旗下浩浩荡荡了。远的不说，放眼当下——资源上的采掘、消耗，建设上的规划、改造，教育上的考评、量化……哪个不短视、短效得惊人？

西方呢？当然有务实传统，幸运的是，它同样有浪漫和务虚的传统。西方对"无用之物"的欣赏可谓源远流长，从古希腊到文艺复兴到近代启蒙运动，从天文、艺术、宗教到对社会制度的憧憬和民主设计，从唯美主义、浪漫主义到形而上和哲学思辨，从柏拉图《理想国》到康帕内拉《太阳城》与欧文的"和谐公社"，从《荷马史诗》到安徒生童话和凡尔纳《海底两万里》……都散发着一股儿童式的缥缈和虚幻，都在从不同角度描画着荷尔德林的那句话：人，诗意地栖居在大地上。

相比之下，中国的诸子经典和显学们就功利和世故多了，不外乎以"中庸"为能的生存策略和攻防心技，老成持重、筹谋积虑，处处讲究天衣无缝、圆熟得体,满透着一股吊诡之气和沉暮之相。也正是从这个意义上,马克思称中国文明为"早熟儿童"——希腊文化为"正常儿童"。的确,作为欧洲文明始祖的希腊人,不仅长着一副儿童的额头,还有着明亮的神情和轻盈的举止,健康且快乐着;而中国文化从周礼开始,就满脸皱纹和心事重重了,除了"跪"和"叩",行动上也多了"杖"和"拐",不仅步履蹒跚,且哭丧着脸。

如果说,中国文化资源有严重缺失项的话,我想它们应该是:神话、童话、形而上、科学理性和非政治"乌托邦"……(中国当然有被后世称为"神话"的东西,但那是"把人神化",而非希腊那样"把神人化"——如此神话才能与生命进行正常交流与对话。)这些缺失恰恰决定了我们"飞"不起来,决定了我们是生存文化而非生命文化,是心计文化而非精神文化,是抑制文化而非激情文化,是"脚文化"而非"头文化"——决定了我们只能围着实用生存的磨盘,原地打转。

还有一现象:作为一种浪漫的人文传统和理想主义习惯,西方的"虚"非但未妨碍"实"的繁荣——更给后者提供了"乘虚而入"的激励和机遇。西方文化形态是多元、开放、兼容的,在每个时代的生存格局中,总能恰到好处地为梦想者、保守派和实干家预留出相应的空间及比例,且彼此和谐、互为激荡。不难发现,在欧洲历史上,几乎每轮"虚"的文化涨潮之后,都会迎来一场新的社会理性和科学精神的腾跃,也就是说,作为"月光"的理想主义憧憬——总能很快在地面上投下它飞翔的影子,作为夜间能量的"诗意"——总能在实干家那儿成为一种白天的现实,成为他们变革社会、导演历史、成就事实的一种才华。比如欧洲文艺复兴后人文社会的兴起和中世纪的终结,英国启蒙运动催生的"光荣革命"和《权利法案》,古典自由主义和"百科全书派"之后的法国《人权宣言》,"五月花号公约"之后的美国《独立宣言》和《人权法案》……在东方史上,你很难找到如此人文璀璨和理想激荡的时代。经验化、功利化和实物化的生存格局,注定了社会精神的沉闷、压抑和空耗,借助"实"的巨石,王权体统在它的"超稳定状态"中一趴就是两千年。1215 年,当英国贵族与国王在羊皮纸上签署有"法制"意义的《大宪章》时,中国士大夫还在为南宋小朝廷的安危殚精竭虑。1620 年,当登上北美大陆的百名流亡者浪漫地宣誓将开辟一个以民权为本的新国家时,荒怠颓废的大明朝刚清算完改革大臣张居正的政治遗产。

当然,"伊诺"信徒们反对的并非东方的传统,人家首先警惕的是自己的现实——尤其 20 世纪来甚嚣尘上的物质主义和技术主义,这群童年气质的中年人敏锐意识到:当实用理性过于膨胀,它所淹没的会比创造的多得多。所以,他们要为自己的时代扶植起更茁壮的在野文化和精神另类来。

或许有人沉不住气了:难道东方传统中缺乏诗意吗?春秋、魏晋、唐宋、晚明……不都飘逸着放浪士子的衣袂吗?不错,在汉语竹林里,在染满青苔的华赋辞章里,的确闪烁着"虚"和"狂"

的影子，但细打量便发现：它们不仅稀稀拉拉，难以缔结一部真正的时代风景，且这些放浪和疏狂多为文化散户的精神梦游，且散发着一缕酒气和哀怨，大有遁世和流亡之感……这与西方那种群体性、现世性很强的价值栖息和生存面貌上的"虚"——相距甚远。或者说，东方的"虚"多是学问意象和修辞层面的"虚"，缺的是社会属性、公共价值和群体规模的"虚"，缺的是可操作可企及的"虚"——清醒的生命履践意义上的"虚"——理想主义在社会平台上主动和公开演绎的"虚"。

这一点，我们可以拿孔孟弟子和苏格拉底及亚里士多德们比，拿陶渊明、苏东坡、孔尚任、曹雪芹、王国维与约翰·弥尔顿、卢梭、罗素、雨果、左拉们比，拿董仲舒、王安石、张居正、曾国藩、李鸿章与托马斯·莫尔、马拉、丹东、杰斐逊、傅立叶们比，拿朱熹、方孝孺、李贽、王阳明、顾炎武、王夫之与霍布斯、洛克、孟德斯鸠、伏尔泰、潘恩、托克维尔们比……无论生命气质、人文视界、信仰方式、入世方向和精神重心，皆判然有别。而且，更大的缺失还在于：即使有零星的"虚"出现，我们也很难去鼓吹和表彰它，在现实社会中，我们罕有放大和推演它的可能。

总之，在对"虚实"的理解、消受和履践上，在对事物和行为之"用途"的价值评价上，东西文化传统有着很大的分野和歧趋。

(2005年4月)

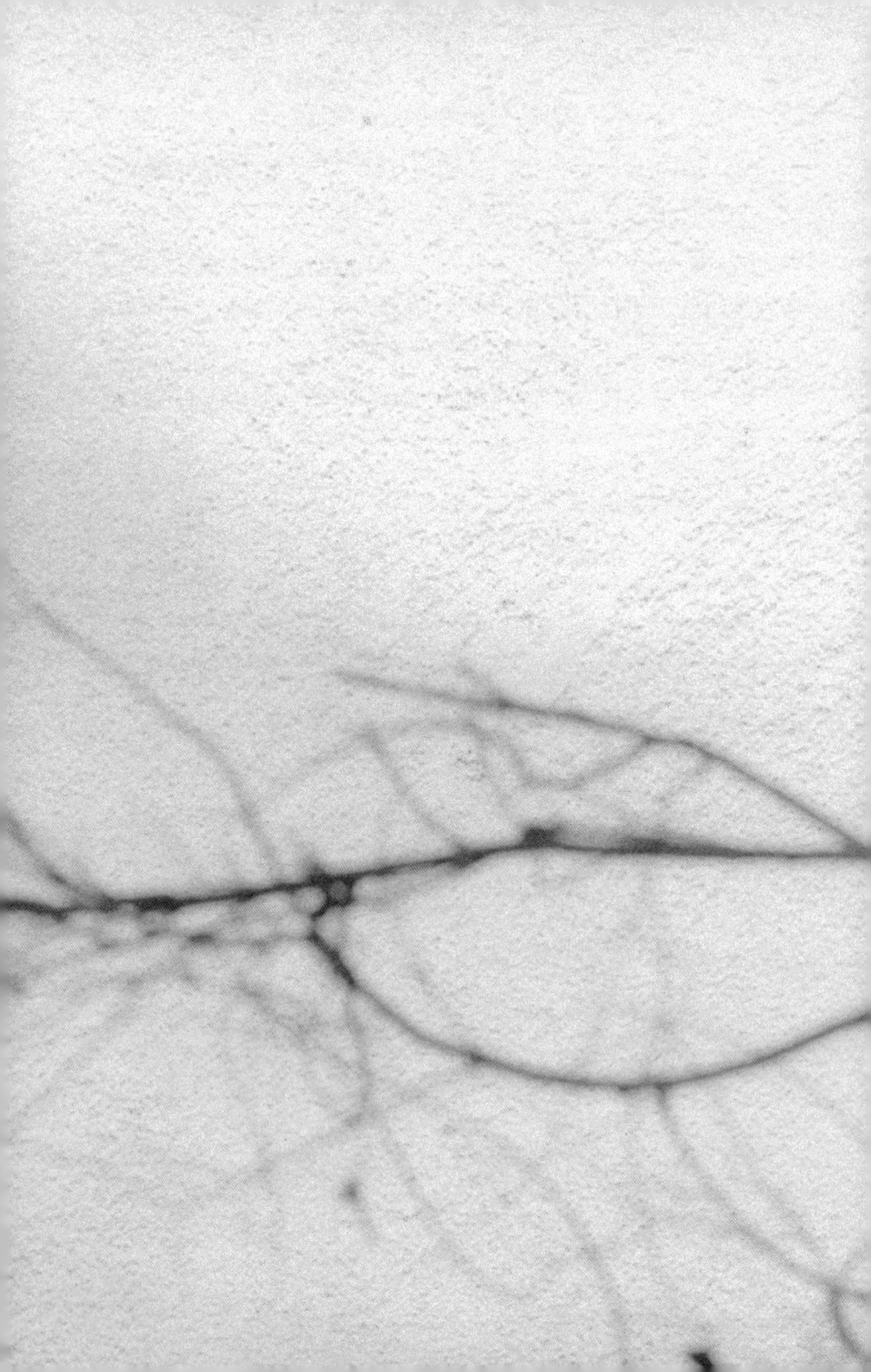

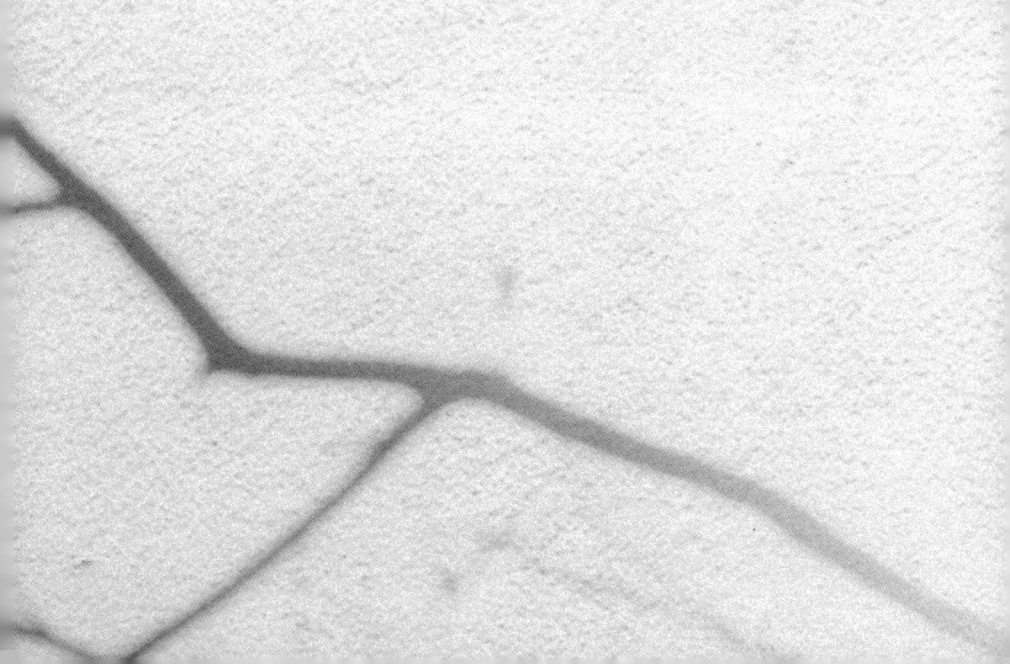

第三辑 精神路标

决不向一个提着裤子的人开枪

1936 年，英国作家奥威尔与新婚妻子一道，志愿赴西班牙参加反法西斯战斗，并被子弹射穿了喉咙。在《西班牙战争回顾》中，他讲述了一件事——

一天清晨，他到前沿阵地打狙击，好不容易准星里才闯进一个目标：一个光膀子、提着裤子的敌兵，正在不远处小解……真乃天赐良机，且十拿九稳。但奥威尔犹豫了，他的手指始终凝固在扳机上，直到那个冒失鬼走远……他的理由是："一个提着裤子的人已不能算法西斯分子，他显然是个和你一样的人，你不想开枪打死他。"

一个人，当他提着裤子时，其杀人的职业色彩已完全褪去了。他从军事符号——一枚供射击的靶子，还原成了普普通通的血肉之躯，一具生理的人，一个正在生活的人。

多么幸运的家伙！他被敌人救了，还蒙在鼓里。因为他碰上了"人"，一个真正的人，而不仅仅是一个军人，一个只知服从命令的杀手。那一刻，奥威尔执行的是自己的命令——"人"的命令。

杀手和杀手是有别的。换了另一个狙击手，他的裤子肯定就永远提不上了。而换了奥威尔在他的位置上,他肯定会毫不迟疑地扣动扳机,甚至发出一丝"见鬼去吧"的冷笑。然而,这正是"人"与士兵的区别,希望也就在此。

与其称之"奥威尔式"的做法,毋宁说这是真正的"人"之行为。任何时候,作为"人"的奥威尔都不会改变态度:即使正是该士兵,不久后将用瞄准来回报自己,即使他就是射穿自己咽喉的那个凶手,即使早料到会如此,奥威尔也不会改变,更不会后悔。

所有的战争,最直接的方式与后果皆为杀人。每个踏上战场的士兵都匹配清醒的杀人意识,他是这样被定义的:既是射击者,又是供射击的靶子……而"英雄"与否,亦即杀人成绩的大小。在军事观察员眼里,奥威尔式的"犹豫",无疑乃一次不轨,一起严重的渎职,按战争逻辑,它是违规的、非法的,甚至要遭惩处。但于人性和心灵而言,那"犹豫"却那样的伟大和珍贵!作为人类的一桩精神事件,应被载入史册才是。

这样说一点也不过分。

假如有一天人类真的不再遭遇战争和杀戮,你会发现,那值得感激的——最早制止它的力量,即源于这样一组细节和情景:比如,决不向一个提着裤子的人开枪……

这是和平之于战争的一次挑战,也是"人"对军人的挑战。

它在捍卫武器纯洁性的同时,更维护了人道的尊严和力量。

斗争、杀戮、牺牲、死难、血债、复仇……

如果只有仇恨而没有道义，只有决绝而没有犹豫，你能说今天的受害者明天不会变成施虐者？英勇的战士不会变成残暴的凶手？

你隐约想起了一些很少被怀疑的话："对敌人的仁慈就是对同志的凶狠""对敌人要像秋风扫落叶般严酷无情""军人以绝对服从命令为天职"……你感到一股冷。

一股政治特有的冷。匕首的冷。工具的冷。地狱的冷。

而不合时宜的奥威尔，却提供了一种温暖，像冬天里的童话。

(2002年)

女性气质

1

战争中，最美丽和宝贵的女性气质是什么？

坚忍、顽毅、决绝、恒力、牺牲的勇气？不，不仅仅。因为男人那儿同样有，且更应该有。看苏联电影《这里的黎明静悄悄》，姑娘们留给我的不仅仅这些，当下沉的李莎从沼泽中仰起脸最后一次注视阳光，当不愿拖累同伴的丽达把枪口对准受伤的躯体……不，不仅仅这些，那值得她们用生命去诠释和演绎的，不仅仅这些。还有别的，更重要的。

尤·邦达列夫在散文集《瞬间》中，有篇名为《女性气质》的短文，描述了卫国战争间一次对女性美的感受——

"我永远忘不了她那低垂在无线电台上的清秀面孔，忘不了那个营参谋长隐蔽部……我在快要入眠时，透过昏昏欲睡的迷惘，怀着一种难忍的愉快，看见她那剪得很短的、孩子式的金黄色头发周围有某种发白的光辉。"

在一片由男性躯体构筑的工事里，"女战士"，一幅多么神奇的剪影！一盏多么鼓舞夜色的灯！她让苦难和牺牲变得可以忍受，让焦土与黑雪难掩生命之春的勃发，让激战前的少年不再因恐惧和迷惘而大睁着双眼——从此，让他久久不能入睡的，是姑娘的羞涩，是她逼人的体温，是完全不同的异样气息，是白天她有意无意的一瞥或浅笑……

在这座钢筋水泥的掩体里，她，一朵蝴蝶样的柔软，掀起了大片喧哗，像石子落在水中，像一粒芽冲进了泥土。是她，悄悄把一味粉红色的迷幻埋进那些厚实的胸膛；是她，让每个喊着"报告"受令或完命而来的人，眼神里多了一番焰火般的急切搜索……

更是她，让一位受其目光送别的出征者，突然有了一份幸福的豪迈、一种惊人的战斗力、一股暗暗的抱定和决心：一定把胜利带回！即使不能亲自，也要托别人捎给她……让她骄傲，或者怀念。

她安静的存在，对粗犷的生命们来说，是一种奇妙的从感官到精神的抚摸，一股麝香般的温暖……既形而上，又形而下。

她是大家的女神。"喀秋莎"女神！

一天黎明，不幸发生了——

当三个德军俘虏被押进隐蔽所时，"我突然看见，她，无线电报务员韦罗奇卡，慢慢地，被吓呆似的，一只手扶着炮弹箱，从电台旁站起……"当其中一个献媚似的冲她笑时，"她的脸猛一哆嗦，接着，她面色苍白，咬着嘴唇走向那个俘虏，仿佛在半昏迷的状态中,她侧身解开了腰间那支'瓦尔特'手枪的小皮套"。

一声闷响。惨叫。倒下。

"她全身颤抖……双手掐住喉咙,恨不得把自己掐死,歇斯底里地哭着,抽搐着,喊叫着,在地上打起滚来。"

作为侵略者,她清晰地认得他:该死的!而作为俘虏,一个失去攻击力的人,他是陌生的。现在,这个陌生人遭到了袭击,即将死掉。

她骤然变了。

纤柔变成了粗野,恬静变成了狂暴,小溪发作成了洪水……那枪声无情地洗劫了她的美,惊飞了她身上某种气质,也吓傻了所有对她的暗恋和想象。仿佛瓷瓶褪去了最珍贵的光芒,沦为了黯淡糙坯……

大家痛心地看到:一盏曾多么明澈的灯,正在被体内的浓烟吞噬。像一只昏迷的动物在自我肉搏。这绝非战斗,而是撕咬,是发泄,是报复。

她成了一个病人,让人怜悯的病人。她甚至有了一副敌人的模样——那种凶悍的模样。

"此时此刻,这位苗条的、蓝眼睛的姑娘在我们面前完全成了另一样子,这副样子无情地破坏了她以往的一种东西……从此,我们对她共同怀有的少年之恋,被一种嫌厌的怜悯情绪代替了。"

愤怒,像一股毒素,会顷刻间冲溃一个女人的仪容,会将光洁的脸孔拧出皱纹,让安然的额头失去端庄。

她不再是一个完美的女人，不再是一名战士。战士是不会向手无寸铁者开枪的，她破坏了子弹的纪律，背叛了武器的纯洁性。现在，她只剩下一道身份：复仇者。

无论再深刻的缘由，已无济于事。

"谁都不知道，1942年在哈尔科夫附近被敌人包围的时候，她曾被俘，四个德国兵强奸了她，粗暴地凌辱了她——然后侮辱性地给予自由。"

"她出于仇恨确信自己的行为是正义的，可是我们，在那场神圣的战争中问心无愧地拼杀过来的人，却不能原谅她。因为她向那个德国人开的一枪，击毙了自己的天真柔弱、温情和纯洁，而我们当时所需要的，正是这种理想的女人气质。"

2

理想的女人气质？

细腻、温润、母性、单纯、宁静、无辜、柔软……这是士兵邦达列夫的全部答案？

我想，不仅仅。它们仅是一种天然性征，一种哺乳气质，一种由生理焕发出的美德。这是日常和通俗意义上的气质，而非战争环境中最佳的理想气质。

1999年，当我翻开诗人叶夫图什科的一本书：《提前撰写的自传》，里面关于妇女的一件事突然唤醒了我——

"1944 年，母亲和我回到莫斯科。在那里，我才第一次有机会看到敌人。如果没记错的话，那是 25000 名德国俘虏，排成一长列，通过首都的街道。"

"俄罗斯妇女做着繁重的劳作，手都变了样，嘴唇上没有血色，瘦削的肩膀上承担了战争的主要负担。这些德国人，很可能对她们每一个人都做下了孽，夺走了她们的父亲、丈夫、兄弟、儿子。妇女朝俘虏队走来的方向，怒目而视……走来的德国兵，又瘦又脏，满脸胡子，头上缠着沾血的绷带，有的拄着拐杖、有的靠在同伴肩上，都低垂着头。街上，死一般静。只听到鞋子和拐杖缓缓擦过路面的声音。

我看到一个穿俄式长靴的女人，拿手拍一下民兵的肩头：'让我过去。'

这女人声音里含有点什么似的，民兵当命令一般让她过去了。她走进行列，从上衣袋里拿出一块用手帕仔细包好的黑面包，递给一个疲惫不堪的俘虏……这一下，其他女人都学她的样子，把面包、香烟掷给德国兵。

这些不再是敌人了。已经是人了。"

人——诞生了。

她似乎在对那个满脸胡茬的男子说：活下去，永远不要再杀人！

我明白了那些俄罗斯妇女心底的理由：比胜利更宝贵的，是和平！把一个敌人变成"人"，比打败一万个敌人更重要！

我猛然醒悟：和平，"和平气质"——不正是最美丽的女人气质吗？

其实，无论宁静、柔软、母性、善良、慷慨，还是"无辜气质""哺乳气质"……它们都有一个更饱满更贴切的名字：和平。

显然，士兵邦达列夫所幻想的，正是这个。战争中最优雅的女人体息、最宝贵的母性气质，正是那种避开炮火磨损和仇恨侵蚀、不受血气浸泡——而完好保留下来的人性芬芳：天然的"和平气质"！无数男人的英勇杀敌和血流成河，要换取的正是她。

保卫女人，更要保卫她们的和平气质。没有比看到女性身上的"和平"芳香不被涂改，更令战士为之鼓舞和欣慰的了。

这比杀死一百个敌人更像战士的成就。

而对女人来说，保卫自己的"和平"气质，比亲手扣动扳机更伟大。

(2001年5月)

> 每一种制度都可以被看作是一些伟人影子的延伸。
>
> ——爱默生

请想一想华盛顿……

美国历史上，华盛顿及其伙伴们属于为自己的母邦开创了诸多伟大先例和精神路标的人。在那块荒蛮的处女地上，他们不仅垦辟了宪政共和的绿洲，还缔结出一脉清新的国家精神和榜样力量，犹如一团团"华盖"般的繁茂树冠，为后世撑起盛大的荫凉——二百年来，靠着这份殷实基业，这个移民国家的子嗣一直安稳地享受着新大陆的丰饶、自由与辽阔……

每一国家都有它群星璀璨的沸腾之夜，尤其在剧烈的社会震荡和思想激变之际。北美独立战争前后，正是这样一个经典性的辉煌时段：乔治·华盛顿、托马斯·杰斐逊、本杰明·福兰克林、托马斯·潘恩、帕特里克·亨利、约翰·亚当斯、亚历山大·汉密尔顿、詹姆斯·麦迪逊……《常识》《独立宣言》《不自由，毋宁死》《弗吉尼亚宗教自由法》《联邦党人文集》……这些纪念碑式的名字与言说，其密度之大、才华之盛、能量之巨，可谓空前绝后。短短几十年，他们为这个没有历史的国家所攒下的精神家底、理性资源，积累的政治得失和经验遗产，比后续几代人合起来还要多。他们不遗余力，以最高效和节约的手法，一下子为母邦解决了那么多难题，为后世省去了那么多麻烦和隐患，他们兑现了那么多令欧洲同行难以企及的梦想——关于法律至上和人权神圣的宪政设计，关于政教分离、军政独立、三权制衡的共和原则，关于联邦自治与两院共建的民主框架，关于言论、信仰自由和现代大学教育政策……其制订的1787年宪法和1791年《权利法案》，披沥二百年风雨被完好地沿袭至今，这样的建国水平，其投入的才智、胆识、美德——远远超越了造物主赋予那个时代的列国文明和政治素养的常态。

世界经验表明，最初创业者的一举一动，对该邦的命脉走向影响至深，就像锯齿在木料上咬开的第一道裂隙、手术刀在体肤上划出的第一丝刃口，它关乎整个事业的成败。

在这点上，北美人是幸运的。他们等来的是华盛顿而非拿破仑，是富兰克林而非俾斯麦，是杰斐逊而非罗伯斯庇尔或戈培尔……仿佛抓到了一副世上最漂亮的人物扑克牌，这批不知从哪儿突然冒出来的中年人，虽装束各异，却神态一致，额头和眸子里都闪烁着同样光芒：同样的理想主义，同样的使徒气质，同样的彬彬有礼，同样的激昂和爆发力……无论军中或议会，无论危急之时或成就之日，你都难觅小人踪迹。他们是焦灼的战士，而非斗狠的武夫，他们是热烈的绅士，而非狂妄的野心家。他们崇尚理性，信任谈判和争辩，擅长憧憬和行动，他们像晶莹的蝌蚪，来自四面八方，又不约而同地聚向同一片水草：独立、自由、平等……

这群清高而儒雅的北美人真是太富有诗意了，那种因理想和信仰而迅速达成的共识，那种群而不同、党而不私的自持，那种面对胜利果实而不口渴的淡定，真是一点不像那些遥远时空里的同行们：看不出狗苟蝇营的蠢蠢欲动，听不见密谋者的窃窃私语，察不到嫉妒者的血脉偾张，没有鸿门宴式的磨刀霍霍，更无"狡兔死，走狗烹"的祭牲血灾……这群高智商的"大号儿童"，深刻而富于幻想，理性又激情澎湃，勇猛且不失教养，喜欢考试却拒绝作弊，他们要通过手绘一幅叫"美利坚"的国家地图，以检验自己的智力、品格、浪漫与想象。

在这场浩大的建国工程中，发生了几件令人感动且影响深远的事。

一个新生国家的雏形，往往最早反映在国父们对权力的态度上。按一般的民族解放惯例，开国领袖应由斗争中最具领导力、表现最耀眼的人来担任，唯最高威望者才匹配这种象征"统一"的精神覆盖力和道德凝聚性，也就是说，须寻一位"镇"得住天下的人以罩天下。

其时的北美，此人无疑即乔治·华盛顿了。这位叱咤马背的将军，该如何面对唾手可得的王杖呢？历史学者有个说法：华盛顿是打下了一场美国革命，杰斐逊则思考了一场美国革命（后者乃《独立宣言》起草人和最高决策者之一）。按老戏里的套路，将军和参谋长一前一后登阶上位即罢，或干脆撒点儿野，像刘邦、赵匡胤那样——由一个干掉另一个（或一群）算了。熟悉历史的人都清楚，革命成功后最凶险的乃权力的分配与重组，常演绎得比革命本身更血雨腥风。从世界范围看，此时，革命的剩余激情少有不涌向阴暗、贪婪、狭私的方向，共患难岂能同富贵？安榻岂容他人之卧？你不这样想不等于人家不这样想——不等于不疑心别人这样想。树欲静而风不止，谁都清楚，值此乌云压城之际，谁掌控了军队即等于把国家抄进了自家袖筒，克伦威尔、拿破仑、袁世凯、苏哈托、波尔布特……无不把枪炮视为家产，他们的逻辑很简单：个人即政府——政府即军政府——军政府即国家。失掉枪杆子即失了命根子，犹如狼嘴被掏走了犬齿，大象被锯掉了象牙——按丛林法则，那真是一天也活不成。在政客心目中，政坛无异于莽野，让食肉动物放弃爪牙，形同自杀。

奇怪的是，在美国独立战争的功勋部落里，你竟找不到一丁点此类杂念，他们仿佛天生就不会这么想，压根就没有这基因，胜利的喜悦坦荡在每张脸上，彼此辉映，一起传递，谁也不想比别人据有更多。在这里，那些古老大陆的老皇历似乎失灵了。

此时的华盛顿心里想什么？

他在思考眼下这支军队和政府的关系。

1776年，《独立宣言》一诞生，大陆会议就把军权授予了华盛顿。当时这个纸上的国家并无一兵一卒，华盛顿临危受命，从无到有，缔造了一支属于"美国"的子弟兵，8年浴血，终将殖民者赶下了大海，使"美国"成为一个名副其实的地理实体。现在，建国者遇到了最棘手的问题：这些战功赫赫、九死一生的将士该怎样安置、何去何从？正义的召唤让他们纷纷将布衣换成了军服，可胜利后的当务之急是社会重建和修复生活，无须维持如此庞大的武力……怎么办？如何使军队转化为一支和平与稳定的日常力量？欧亚历史已证明：由残酷斗争启动并急速旋转起来的社会激情，战后若得不到及时终止，得不到妥善的转移和释放，那将极为危险，随时有被野心家、独裁者挟持之可能。

如何定义军队性质和在国家体系中的职能，这是能否避免恶性政治和专制悲剧的关键。

于其时的美国而言，实施这个理念并不轻松，在此问题上，有一个人的态度举足轻重：乔治·华盛顿。这位披坚执锐的美利坚军队之父，与将士的关系最亲密，彼此感情和信任也最深，按常理，双方的利益维系也最紧固，算得上"唇齿""皮毛"的关系了。此时，国家静静地等待他的抉择，代表们焦灼的目光也一齐投向他……

华盛顿显得异常平静，他说：他们该回家了。

这样说的时候，将军一点也没犹豫，但其内心涨满了痛苦和愧疚，要知道，这是一支刚刚挽救了国家的队伍，尚未得到应有的荣誉和犒劳，此时的财政一片空白，连军饷都发不出，更不用说安置费复员金了，尤其伤残病员，亦得不到任何抚恤……

如今，却要让他们回家——多么残酷和难以启齿的命令啊。

华盛顿做到了。他能做的，就是以个人在8年浴血中积攒起来的威望和信誉，去申请部下的一份谅解。那一天，他步履沉重地迈下礼台，走向排列整齐的方阵，他要为自己的国家去实现最后一个军事目标：解散军队！他的目光掠过一排排熟悉的脸，掠过那些随己冲锋陷阵的伤残躯体，替之整整衣领，掸掸尘土，终于艰难地说："国家希望你们能回家去……国家没有恶意，但国家没有钱……你们曾是英勇的战士，从今开始，你们要学做一名好公民……"将军哽咽了，他不再以命令，而是以目光的方式在请求。寂静中，士兵们垂下头，含泪沉默，当他们最后一次、以军人的姿势齐刷刷向后转的时候，将军再也忍不住了，他热泪盈眶，赶上去拥抱部下……没有这些人，就没有"美国"，但为了"美国"，他们必须无言地离去。

　一个理念就这样安静地兑现了。正直的第一代美国大兵，就这样循着统帅指定的最后行军路线，两手空空，一瘸一拐回家去了。

真是世界裁军史上的奇迹。

唯华盛顿们才想得出，才做得到，才行得通。

华盛顿也要走了。他要和部下一样，学做一个好公民。

先把行装打成包裹，托人送回老家，然后，他去找好友杰斐逊，他们要商量一件大事：战事既已结束，将军理应将自己的权力归还国家，刻不容缓。

在华盛顿们看来，此乃再正常不过的逻辑，毋庸置疑。可奇怪的是，这紧要关头，竟无人赶来挡驾，竟无好事者联名奏本——苦苦哀求"以天下社稷为重，万不可弃民而去"云云（不少屡屡心软的大人物不就被"民意"劝回去了吗？），美国毕竟辽阔，林子大了什么鸟都有，这类声音确实有过，只惜华盛顿耳根子硬，死活听不进。

近来翻阅一套丛书，"世界散文随笔精品文库"，美国卷的题目是《我有一个梦想》，忽见"梦想"中竟藏有华盛顿的书简一封："致尼古拉上校书——1782年5月22日寄自新堡"。此信缘于一位老军官尼古拉上校。独立战争激酣之际，他曾暗地里上书华盛顿，从头到脚大大捧颂一番后，小心翼翼献上一记金点子：望取消共和恢复帝制，由将军本人担任新君……

这是个于"国家安全"已构成威胁的信号，堪称精神犯罪，但此劣迹在人类史上屡见不鲜，在热衷威权的主子眼里，不失大功一件：往小了说，可见提案人的忠诚；往大了看，亦算一项"民意调查"，让主子触到了一份妙不可言的前景，不妨心中有数……

谁知，这盘蜜饯竟使华盛顿心情沉重，羞愧不已。如同一个突然被学生贿赂的老师，他感到自责、痛心：我何以使人恶生这样的念头？我究竟做错了什么，以至给人落下如此印象？

在这封"尼古拉上校大鉴"的信中,他忧心忡忡地疾问——

"您所说的军队里有的那种思想,使我痛苦异常,自作战以来,没有一件事令我这样受创。我不得不表示深恶痛绝,视为大逆不道。目前我尚能暂守秘密,若再有妄论,定予揭发。我过去所为,究竟何事使人误解至此,以为我会做出对国家祸害最烈之事,诚百思不得其解,如我尚有自知之明,对于您之建议,谁也没有我这样感到厌恶……若您仍以国家为念,为自己,为后代,或仍以尊敬我,则务请排除这一谬念,勿再任其流传。"

显然,华盛顿把这记从门缝里塞进来的"民意"当成了一顶屎盆子,厌其臭、恨其秽、怒其不争,一脚给踹了出去。

此时距独立战争结束仅剩一年。

在今天的美利坚国会大厦里,有一幅巨制油画,讲述的是二百年前华盛顿正式归还军权的情景——

在一间临时租借的礼堂里(国会尚无正式办公场地),代表们济济一堂,屏息以待那个历史时刻的到来。会场气氛肃穆凝重,大家已提前被那将要发生的一幕感动了,他们知道,片刻之后,在这场卸职仪式上,自己竟要接受国父的鞠躬礼——而作为受众,只需让手指触一下帽檐就可以了。这真有点让人受不了,但必须如此,它作为一个礼仪,阐释的是一种新的政治规范:将军是武装力量的象征,代表是公共意志的化身,任何军人,都要向"国家"和"公众"报以敬畏与忠诚。

精神明亮的人 / 194

华盛顿出场了，寂静中，其身躯徐徐弯下，幅度超乎想象，代表们无不动容，谁都明白，将军正竭尽全力——用身体语言——对这个新生的政治婴儿表达赞美与拥戴。

将军发言极简："现在，我已完成了战争赋予的使命，我将退出这个伟大的舞台，并向至尊的国会告别。在它的命令之下，我奋战已久……谨在此交出委任并辞去所有公职。"

他从前的下属，现任议长答道——

"您在这块土地上捍卫了自由的理念，为受伤害和被压迫的人们树立了典范。您将带着全体同胞的祝福退出这个伟大的舞台，但是，您的道德力量并没随您的军职一起消失，它将永远激励子孙后代！"

据记载，所有人都流下了热泪。

个人、权力、军队、政府、国家……政治金字塔周围这些粘连不清的蛛网，就这样被华盛顿们以一系列大胆而优美的新杠杆给予了澄清，它们的性质、职能、边界，被一一定格在最严厉的法律位置上，不得混淆或僭越。华盛顿向台下的鞠躬是为了让后人牢记一条常识：一切权力来自上帝和人民，武器的神圣性在于它只能用来保卫国家，军队不是个人或集团财产，作为公民社会的一部分，它只能献身国防而不可施于内政；领袖本人首先是合格公民，须随时听从国家召唤，其权力将随着阶段任务的完成而终止……

这是第一代美国人留给后世的最杰出的理念之一。犹如慈爱的父母在孩子胳膊上种下的一粒"痘",正是凭借这份深情的疫苗,美国政治才在肌体上避开了军事独裁的凶险,最大限度地保证了社会的稳定、自由与和平。

华盛顿鞠躬的油画悬挂了二百年,"国家绝不许用武力来管理"之理念,也在公众心里扎根了二百年。两个世纪以来,美国政治秩序未有大的动荡和恶性斗争——和该理念的在场有关,和国父们对军队的定位有关。1974 年 6 月,颇有作为的尼克松总统因"水门事件"倒了霉,当最高法院的传票下达时,白宫幕僚长黑格将军冒失地提议:能否调第 82 空降师"保卫"白宫?国务卿基辛格轻轻一句话即令这位武夫羞愧难当,他说:"坐在刺刀团团围住的白宫里,是做不成美利坚总统的。"

那幅画不是白挂的,那是一节历史公开课,一盏红光闪烁的警示灯,它镌铭着第一代建国者以严厉目光刻下的纪律。尼克松难道会自以为比华盛顿更伟大、更有号召力?谁敢把乔治当年交出的权力再索回来?

保卫白宫和保卫民宅的一样,只能是警察。美国宪法明示,任何政党、集团不得对军队发号施令,动用军事力量干预国内政务是非法的。军队只能是国防军,而不能沦为"党卫军""御林军""锦衣卫"。尼克松最终向这一理念耷下了高傲的头颅,他宣布辞职的刹那,脑海里会不会闪过华盛顿那意味深长的微笑?

绝对的权力绝对腐蚀人,僵滞的权力也僵滞一个国家的前行,权力者爱护这个国家最好的方式便是适时交出权力。凭借这些信仰和美德，华盛顿和伙伴们终于将"美利坚"——这艘刚下水的世纪旗舰——推出了殖民港湾，小心绕过浅滩和暗礁，引向飓风和深水，引向自由与辽阔……

仪式一完，华盛顿真就回家了，像一个凯旋的大兵，两手空空，吹着口哨，沿波托玛克河，回到阔别多年的农庄。

5年后，当美利坚急需一位总统的吁请下达，其休养计划中止。连任两届后，他坚决递交了辞呈，理由是：我老了，不能再耽搁下去了。他当然明白，假如自己乐意，即使再耽搁几年，是不会有人喊"下课"的，但那样一来，即背叛了自己的信仰，辜负了选民对自己的尊重……离职后不久，他在故乡平静地去世。

公民—将军—公民—总统—公民，这是世界政治史上最重要的人物履历之一。8年军旅，置生死度外；8年总统，值国家艰难之时，无福禄可享……每一次都是临危受命，都是听从国家召唤，履践一个公民的纯洁义务。

那个用"华盛顿"来为首都命名的提议，真是太英明了。

史上大人物的名字比比皆是，可真正禁得住光阴检验者却寥寥。有的凭权势煊赫一时，但验明正身后即暗淡无光，甚至沦为恶名。而"华盛顿"不，作为生命个体，他的清白、诚实及所有伟岸特征皆完整保持到了终点；作为一个精神名词，其内涵不会因时间淘洗而褪色，相反，却历久弥新，来自后世的敬重与感激，会随历史案例的积累和世界坐标的参照，而愈发强烈、挚深……

（2000年）

战俘的荣誉

1

近读军事史书，竟读出了两种截然相反的战俘命运。

如果说战争是一个政治受精卵的话，那在她的分娩物里，有一种最令其羞恼：战俘。战俘是战争的胎儿之一，哪里有厮杀，哪里即有战俘，这是敌我双方都无法避免的尴尬。

"杀身成仁"，似乎永远是英雄的标准贞操，也成了考核一个人对信仰、对领袖之效忠度的最重砝码。作为一枚有"验身"意味的朱印，它已牢牢钤盖在世俗记忆中，更被古今的太史公们一遍遍描红着。

苏德战争爆发后，由于苏联当局应变不及和决策错误（另一原因在于长期的"肃反"政策，据《西蒙诺夫回忆录》披露，早在战前五六年，红军的中高级将领已被清洗殆尽，战场上频频上演尉级军官代理师旅长的事），红军遭遇重创，仅1941年夏季被俘人员就有200多万，据俄罗斯联邦武装力量总参谋部统计，整个战争期间，红军被俘总人数高达459万。即便如此，并不能否认苏军官兵的顽强与勇敢，就连德军战况日志都证实，绝大部分苏军官兵是在负伤、患病、弹尽粮绝的情势下被俘的。应该说，他们为国家尽力了，哪怕在战俘营，也没有让红军的荣誉和国家尊严蒙垢。

但他们后来的遭遇极为悲惨，最不堪的并非法西斯的虐待和绞杀，而是来自祖国"除奸部"的审判。苏联前宣传部部长雅科夫列夫在《一杯苦酒》中回忆道——

"卫国战争一开始，当局甚至把那些在战线另一边逗留很短的人也当作叛徒，军队的特别处不经审判就处决形迹可疑的突围出来或掉队的官兵……苏联国防委员会还在战时就通过决议成立特种集中营，以审查从俘虏营获释的和在解放区发现的'原红军军人'……1945年8月18日，国家安全委员会通过《关于派送从德国俘虏营中释放的红军军人和兵役适龄的被遣返者到工业部门工作的决议》，根据该决议，他们悉数被编入'国防人民委员部工人营'，其性质和内务部的劳改营没甚区别。"

"苏联领导人对被俘红军人员的态度，早在1940年就已确定：苏芬战争一结束，芬兰将5.5万名战俘转交苏联当局。他们被悉数解送到依万诺沃州尤扎镇的特种集中营，四周布满铁丝网……大部分被判处了期限不等的监禁，剩余者于1941年春被押送到极北地带，后来的命运无从知晓了。"（《一杯苦酒》，新华出版社，1999年8月版）

显然，在当局眼里，出让生命是军人的天职，每一项军事任务都须以命相搏，当战事失利时，"活着"就成了罪过，不管何种理由何等情势，被俘都是一种耻辱，都是贪生怕死、怯懦苟且的表现，都是保守妥协、没有将力量耗尽的证明。二战结束后，每个苏联公民都要面对一份特殊表格的拷问："您和您的亲属有没有被俘过、被拘留或在敌占区待过？"其实，这和我们过去熟悉的"家庭出身"性质一样，皆为一种决定命运的政审试纸。

战争中，一个军人的前途不外乎三种情形：凯旋者、烈士或战俘。对于投身卫国战争的一名苏联士兵来说，能英雄般归来，当然最幸运，而一旦不幸沦为战俘，则落入地狱……即使获释，亦将陷入黑暗之中，一生背负那个象征耻辱的"红字"。

想起了哈姆雷特的难题：生，还是死？

或许，正出于对当局有着清醒的认知（"苏芬战争"那5.5万战俘的遭遇早已对未来者的命运作了残酷预演），二战胜利后，拒绝回国的苏联公民多达45万，其中17.2万是军人。

他们是怀着对国家政治的恐惧远离母邦和亲人的。

2

应承认，无论何时何地，奢望一个政权或民族，对战俘报以英雄般的礼遇，都是困难的。这从人性心理和世俗文化的角度皆可作答，但像苏联那样视战俘为异类的极端做法，则远非文化所能解释的了，它偏离了本能，超出了正常的世俗逻辑和文化线路……说到底，乃悖人道、非理性的极权所为，乃畸形政治性格和粗野意识形态所致。

庆幸的是，同样是接纳集中营出来的战友，在温煦的太平洋西岸，我看到了另一幕风景——

1945年9月2日，日本投降仪式在美军战列舰"密苏里"号上举行。

上午9时，盟军统帅道格拉斯·麦克阿瑟出现在甲板上，这个举世瞩目的时刻，面对数百名记者和摄影师，将军突然做出了一个意外的举动，有记者这样回忆：陆军五星上将麦克阿瑟在纳降书上签字时，突然招呼陆军少将乔纳森·温莱特和英国陆军中校阿瑟·珀西瓦尔，请他们过来站在自己身后。1942年，温莱特在菲律宾、珀西瓦尔在新加坡向日军投降，二人刚从"满洲"的战俘营里获释，搭飞机匆匆赶来。

此举让所有在场者都惊讶，都羡慕，都感动。二人现在占据着的，是历史镜头前最耀眼的位置，按说该赠予那些勋章满襟的常胜将军，但这巨大的荣誉却落在了两个在战争初期就当了俘虏的人肩上。

麦克阿瑟何以至此？其中或有深意：二人都是在率部苦战之后，寡不敌众、没有援兵且接受上级旨意的情势下，为避免更多青年的牺牲才终止抵抗的。我看过一幅仪式现场的照片：两位难友面容憔悴，和魁梧的司令官相比，身子薄得像生病的竹竿，可见没少了遭罪。

然而，在麦克阿瑟眼里，仅让他俩站在那儿还不够，更惊人的一幕出现了——

"将军共用了5支笔签署英、日两种文本的纳降书。第一支笔，写完前几个字母后递给了温莱特，第二支笔，获得者是珀西瓦尔。其他笔完成签署后，将分别属于美国政府档案馆、美国西点军校（其母校）、将军夫人……"

真是用心良苦！麦克阿瑟用这种方式向两位忍辱负重的落难者表示抚慰，向其为保全同胞生命而付出的个人名望的牺牲致以答谢。

与其说这是麦克阿瑟的温情表现，不如说这是价值观的选择——一种悲悯的生命态度和宽容的战争理念。它并非一时兴起，亦非私谊所驱，它是代表国家意志拥抱那些为战争作出特殊牺牲的人，而超常礼遇，是对其巨大自卑和精神损伤的弥补——在将军眼里，只有加倍弥补才是真正的弥补！那支笔大声地告诉对方：别忘了，你也是英雄！你们无愧于这个伟大时刻！

是啊，难道只有"死"，才是军人的最高境界、最高荣誉、最高贞节吗？才是对国家最彻底的效忠和尽职吗？提出这等要求的同胞岂非太狭私太蛮横了呢？爱惜每一个成员的生命，尊重个体存在的价值，不才是人道社会的诉求吗？

3

平时，我们在军事题材的小说或影视中，常见类似的诅咒性台词："除非……就别活着回来！""别人死了，你怎么还活着？"

当然，这样的粗话多由反方嘴里说出来。对正方的描写，虽在话语上避开了不雅，但在价值观上难掩相同的逻辑，无论编剧或观众，在对我军落败人员的命运前瞻上，都有一种熟练的定势：烈士，或叛徒。我们心目中的英雄，是绝不会老老实实做俘虏的，一旦落败，要么安排他虎口脱险，要么鼓励他拉响"光荣弹"（随着那声轰响，我们的灵魂也骤然获释，轻盈了许多——肉体的毁灭换来的是革命贞操的高潮）。

我们眼里，安排一个人牺牲，恰恰是对其荣誉的捍卫和价值维护？"赐死"，成了一种隐约的爱？

不错，放弃毁灭而选择被俘，是从"强者"向"弱者"的转化，也确是对生命的一种贪恋——说白了即"怕死"，可"怕死"有错吗？有罪吗？何以连这种不投敌不叛卖——最低标准的求生——也被视为一种怯懦、无能甚至不洁呢？乃至让一向器重他的人感到遗憾、难堪？

不禁问，我们对"英雄"预支的那份鬼鬼祟祟的期待，公平吗？抛开政治，是否也暴露了一种生命文化的畸形？

我们常在新闻中看到解救人质，在大家眼里，人质显然属于受害者、不幸者、弱势者，我们很少犯如是偏执：为何你老老实实作人质——却不去反抗、不和歹徒拼命？

其实，战俘的境遇和人质差不多。接受"被俘"这一事实，就是向"反抗"告别，向"强者"身份告别——同时，接受失败者角色，接受弱势身份，接受对方的控制。接下来，他最大的任务是：在肉体和精神的服刑中，努力保全生命——直至获释或遇救。

"战士"和"战俘"，确实隔着一条鸿沟，但那是军事鸿沟，而非道德鸿沟，更非政治鸿沟。而且在我眼里，这条鸿沟上是有桥的。

应有一座桥，让生命低着头走过去，平静地走过去。

苏联的做法，即在于它取缔了"桥"。它坚信那是道德鸿沟，是政治鸿沟！是深渊，是危途，是不归路。

4

我始终认为，一个人对国家的责任和义务，应是有限的、有边界的，他不应无条件无节制地被牺牲，他不应收到这样的指令和激励。

一位被俘士兵有权说：是的，我失败了，但我更战斗过！

"被俘"固然是一种失败，但它是军事意义的失败，是物质意义失败，是职业意义的失败，而非意志和信仰维度的。它是力量的悲剧，是肉体的悲剧，但仍不失为一种坚韧的存在，它并未丧失人格的纯洁和精神的硬度，它有尊严，它值得体恤、敬重和答谢。

生命的保全，对自身、对家人、对国家、对未来，皆有重大意义。这个意义是神圣而光荣的。

苏美战俘的不同境遇，折射着相反的战场伦理和生命态度：一个是把军事政治化和宗教化，号召牺牲；一个是让军事人性化和职业化，鼓励求生。前者的气质是森严、苛刻、阴郁，有苦难精神；后者的氛围是宽松、弹性、温情，氧气充足。

麦克阿瑟之举，无疑是在向战场多送一点氧气。

论及"不怕死"，恐怕没有比二战期间的日军更像优等生了。

偷袭珍珠港的"神风突击队"自不必说，在太平洋战争临近尾声、胜负已定之时，驻守科雷吉多尔岛的 5000 名日本兵几乎全部战死，只有伤残的 26 人被担架抬着做了俘虏，类似一幕也上演在硫磺岛……如此惨烈的亡魂阵容，如此"视死如归"的炮灰，让人瞠目，它足以让历史上任一个战争狂人都惊艳，都仰慕。

法西斯不仅有坚实的信仰，有堂皇的杀人逻辑，还有血腥的烈士美学，甚至虚幻的英雄人格，比起那些平庸之恶，其危害、罪孽不知要深重多少。

"生"（生命、生存、生活）是最宝贵的，它高于一切派生价值。

生命首先是生命自身，它本身就是正义。在生命的鲜活性面前，一切政治盔甲的包装和贞操面具都是对它的涂篡，一切"特殊材料"的命名和炼钢企图都是对它的异化。

人，是文明的首要目的。

人有害怕和惜命的权利。

生命比政治更神圣，人性比主义更可贵。

(2000 年 6 月)

> 在民法慈母般的眼里,每一个人就是整个国家。
>
> ——孟德斯鸠

是"国家"错了

1

一百年前的法兰西。正义的一天——

1898年1月13日,著名作家左拉在《震旦报》上发表致共和国总统的公开信,题为《我控诉》,将一宗为当局所讳的冤案公曝天下,愤然以公民的名义指控"国家犯罪",替一位素昧平生的小人物鸣不平……

这一举动震撼了法兰西,也惊动了整个欧洲。许多年以后,史家甚至视之为现代舆论和现代知识分子诞生的标志。

事件起于法兰西第三共和时期,1894年,35岁的陆军上尉、犹太人德雷福斯受诬向德国人出卖情报,被军事法庭判处终身监禁。一年后,一名与此案有涉的间谍被擒获,证实了德雷福斯的清白……然而,荒谬登场了,受自大心理和排犹意识的怂恿,军方无意纠错,理由是:国家尊严和军队荣誉高于一切,国家不能向一个"个人"——何况是一名犹太人——认输。这股逆流得到了激进民族主义情绪的响应,结果,间谍被释放,而德雷福斯——"为了国家利益"——继续充当替罪羊。

面对如此不义,左拉怒不可遏,连续发表《告青年书》《告法国书》,披露军方的弥天大谎,痛斥司法机器滥用权力,称之"最黑暗的国家犯罪",称法兰西的共和荣誉与人权精神正经历噩梦……尤其《我控诉》的问世,犹如重磅炸弹激起朝野地震,所有的法国报刊都卷入了争论,左拉更被裹至旋涡中心:一面是进步人士、良知群体的声援;一面是军方、民族主义者的谩骂和诋毁,甚至暗杀恐吓。

左拉没有退缩,他坚信自己的立场:这绝非德雷福斯的一己遭遇,而是法兰西公民的安全受到了他们所信任的国家权力的伤害;拯救一个普通人的命运就是拯救法兰西神圣的宪政原则,就是维护整个公民社会的道德荣誉和正义精神。在左拉眼里,他这样做,完全是履践一个公民对祖国和同胞的义务,再正常再应该不过了。

然而,那令人悲愤的一幕又出现了:一个真正的爱国者最初总是为他的国家所误解。同年7月,军方竟以"诬陷罪"起诉左拉。作家在友人的陪伴下出庭,他说:"上下两院、文武两制、无数报刊都可能反对我。帮助我的,只有思想,只有真实和正义的理想……然而将来,法国将会因为我挽救了她的名誉而感谢我!"

结果，左拉被判罪名成立而流亡海外。

左拉远去了，但这个英勇的"叛国者"形象，却像一颗尖锐的沙子刺激着法国人的神经，这毕竟是有着反强权传统的国度，这毕竟是率先签署下《人权宣言》的民族……终于，敏感的法兰西被沙粒硌疼了，并渐渐从"国家至上"的恍惚中醒来：是啊，难道不正是"个人正义"在维护着"国家正义"吗？难道不正是"个体尊严"组成了"国家尊严"吗？国家唯一能让国人感到骄傲和安全的，难道不正是它对每一个公民作出的承诺与保障吗？假如连这一点都做不到，这样的国家还有什么权威与荣誉可言？还有什么拥戴它的理由？

愈来愈多的民意开始反戈，开始向曾背弃的一方聚拢。在舆论压力下，1906年7月，即左拉去世后的第四年，法国最高法院重新作出裁决：德雷福斯无罪。

军方败诉。法院和政府承认了自己的过失。

在法兰西历史上，这是国家机器首次向一个"个人"耷下了它高傲的头颅。

德雷福斯案画上了公正的句号。也正像九泉之下的左拉曾高高预言的那样：法兰西将因自己的荣誉被拯救而不得不感激那个人——那个对母邦率先发难的控诉者！

作为一桩精神事件，德雷福斯案之所以影响至深，且像爱国课本一样广为传颂，并不仅仅因为它表现了"蚍蜉撼大树"的奇观，更在于它紧咬不舍的人本理念，在于它揭呈了现代文明的一个要

精神明亮的人 / 208

义：生命正义高于国家利益；人的价值胜过一切权威；任何蔑视、践踏个体尊严和利益的行为都是犯罪，都是对法的精神之背叛、对生命之背叛。

可以说，这是世界人权实践史上的一次重要战役，在对"人"的价值理解和保护方面，它竖起了一记里程碑。

2

国家是有尊严的，但这尊严不是趾高气扬的"面子"，它要建立在维护个体尊严和保障个体权益的承诺上，要通过为公众服务的决心、能力和付诸程度来兑现，它不能预支，更不能透支。在价值观上，国家权力与公民权益不存在孰大孰小的问题，个体永远不能沦为集体羽翼下的雏鸟或孵卵，否则，就会给权力者滥用"国家"名义谋集团之私或迫害异己提供可能。启蒙思想家孟德斯鸠早就说过："在民法慈母般的眼里，每一个人就是整个国家。"二百年前法国《人权宣言》、美国《权利法案》及半世纪前的《公民权利与政治权利公约》，都开宗明义地阐扬了这一常识。

如果为了国家利益可任意贬低和损害个体尊严，如果牺牲个体自由与权利的做法得到了宣传机器的大肆鼓吹，那么，不管这种国家利益被冠以什么样的"崇高"光环或"伟大"封号，其本质是可疑的。任何政府和部门之所谓"权威"，唯有在代表公意时才有合法性，才配得上民间之服从。在一个靠常识维护着的国家里,每一个"个人"都是社会的唯一性资源和席位,每一个人的幸福都是国家最重要的责任和保护目标——正是基于这种良好的同构、互动和彼此确认关系,个人才可能成为国家最有力的支持者,才会滋生真正的爱国者和"人民"概念。

任何权力都会出错,领袖会出错、政府会出错,躲闪抵赖本来即可耻,而将错就错、变本加厉地封杀质疑就更为人不齿了,也丢尽了权力的颜面。

有无忏悔的勇气,其实最能检验一个民族、团体或政府的理性素质和道德能量。

1992年11月,教皇约翰·保罗二世为17世纪被宗教裁判所处以火刑的伽利略正式平反。不久,他又致函教皇科学院,公开为达尔文摘掉了"异端"罪名。他在信中说:"进化论已渗透到现代科学的各个领域,它不再与教义为敌……"连素以"万能""无限"著称的上帝代言人都承认"寡人有疾",更何况俗世凡胎、尘间草木?同时也说明,这不失为一位胸襟辽阔、值得信赖的"上帝"。

1997年,美国总统克林顿正式为二战士兵艾迪·卡特平反,并向其遗属颁发了一枚迟到的勋章。艾迪是一位非洲裔美军士兵,曾在反法西斯战争中立下战功,却被误控有变节行为,被迫停止服役。1963年,艾迪抑郁而终,年仅47岁。事隔50年,美国政府终于良知觉醒,并为自己的错误向亡魂道歉。

曾在英国炒得沸沸扬扬的《抓间谍者》禁书案,经过长达三年的法院审理，宣布政府败诉。

不得不承认，在当今世上，让政府向个人认错、大人物向小人物认错、大国向小国认错……皆属不易之事。关键能否有一种良好的理性体制、一套健正的社会价值观和文化接受心理，既要有周严的法律保障，又要有公正而强大的民心资源和舆论力量。要坚信：错了的人只有当说"我错了"时——才不至于在精神和尊严上输得精光。所以今天，在美国前总统尼克松的私人图书馆里，最常听到的便是他的录音资料："犯下错误并不可怕，可怕的是掩盖错误……"谁也没有过多责备这位已陷入深深自责的老人，在他去世周年时，美利坚仍发行了印有其头像的纪念邮票。

3

对于德雷福斯案，至少有两点让一百年后的我尤为感慨，也是让我吃惊和敬羡的地方。

首先，话题的"可讨论性"如此之大。

这里包含"此类政治话题竟允许舆论公开参与"（可讨论问题的范围）和"社会参与的规模、幅度、持续性与热烈程度竟如此之大"（民众的响应能力）两层意思。一个世纪前，一个冒犯国家威权、对政府不恭的声音竟能顺利浮出水面，竟有报刊敢于"别有用心"地发表——却不受指控，确乎不可思议。而在一场对手是国家机器的较量中，竟又有那么多的民间力量汹涌而入，不仅不避嫌,不为尊者讳,反而敢于大声对政府和军方说"不",就更令人惊叹了。试想,在另一些国度和年代,即使有个把左拉那样的斗士站出来,可谁又保证会有《震旦报》那样不惧引火烧身的媒体呢?《我控诉》等檄文能公开问世并迅速地传播,至少证明了一点:在当时的法兰西,此类政治问题的讨论空间是相对存在的,或者说,言论自由是有较可靠的社会根基和法律依据的,连政府都没想过要去违背它——这一点确令人鼓舞。否则,假如话题一开始就受到权力封杀,"德雷福斯案"恐怕连成为街谈巷议的机会都没有了。而在别的地方和时代,让此类事情胎死腹中,秘密流产后再偷偷埋掉,是最容易想到和做到的事。

其次,事件的理性结局。

表面上,这似乎迎合了一个再朴素不过的公理:所谓"邪不压正""真理必胜"云云。但在实际生活中,要维持这道公式的朴素和有效却难之又难,"正义"从主观的道义优势到其客观的力量优势——中间有很长的崎岖和险势要走。可以说,个人挑战权威的骁勇例子并不罕见,但该挑战能迅速赢得社会的广泛同情和参与,升至一场全民性的精神运动——并最终获胜,就不是一件简单的事了。这其中,既有先驱者的孤独付出和民间后援力量的锲而不舍,又有来自国家权力的某种程度的精神合作与理性认同,否则,至多法兰西历史上又徒添几条为真理殉身的嗓子或烈士而已。而"我控诉"——这一行动本身的诉求却无法实现,德雷福斯之命运恐怕也和美国大兵艾迪·卡特差不多。该案的最终结果是令人欣慰的，它不仅帮助左拉实现了"控诉"的径直目标，且帮助"真理"在短短八年间就显示了它的力量、尊严和神圣性。

政府最终选择了真相，选择了理性一方，并以国家的名义公开维护了一个"个人"的声誉，纠正了曾对之犯下的过失——即使它是被迫的，乃"不得不"的让步，这个让步也是值得赞扬并有资格为后世所纪念的。它需要正视错误和敢于羞愧的勇气，需要文化、制度和理性的强大支持，甚至还受到了某种古老榜样精神的注视与鼓励……这与法兰西深入人心的自由传统和民主渊源有关，同制度自身的有机性和弹性有关。左拉的胜利实乃法兰西人权精神的胜利，在这一永恒的精神面前，在这样一个由无数人组成的"个人"面前，任何一个国家和政府都是渺小的。知耻近乎勇，承认过失乃维护自身荣誉的唯一方法和选择，想到并做到这一点，对一个诞生过卢梭、伏尔泰、狄得罗的民族来说，固然在信仰资源和精神背景上不是件难事，但它所费周折和代价也足以令人沉思、反省，比如曾将左拉逼入绝境的"国家主义"旋涡和"民族主义"激情……即使在一个优秀的民族内部，为何在问题开始时也公然上演"多数人"对"少数人"的迫害？

"德雷福斯案"距大革命已有一个世纪，早在那部由拉斐德起草的号称"旧制度死亡书"的《人权宣言》中，就宣告了社会对"人"应尽的种种义务——

"在权利方面，人们生来是而且始终是自由平等的。""任何政治结合的目的都在于保存人之自然的和不可动摇的权利。这些权利就是自由、财产、安全和反抗压迫。""凡权利无保障和分权未确立的社会,就没有宪法可言。""自由传达思想和意见是人类最宝贵的权利之一;因此,各个公民都有言论、著述和出版的自由……"

可左拉和德雷福斯一上来不仅丝毫没享受到这些条文的保护,反而遭及了同部宣言中"意见的发表不得扰乱法律所规定的公共秩序""法律有权禁止有害社会的行为"等条款的制裁,这种至今仍在很多社会司空见惯的荒谬暗示了什么样的危机和隐患?

英国宪法学者戴雪说过一句寓意深远的话:"不是宪法赋予个人权利与自由,而是个人权利产生宪法。"是啊,真正的法不是刻在大理石或纪念碑上的,而是生养于真实的社会细节和平凡人的生涯故事中。

说到底,"革命"本身的胜利不意味着所有"合理"的降临,比"革命"更重要的是制度,比《宣言》更宝贵的乃其履践和兑现程度——乃真正代表制度的清洁政体和公民社会的出现,以及能在国家权力运作中始终发挥作用的正义力量的形成,尤其作为中坚的自由知识分子群体和自由媒体的诞生。

这恐怕才是"德雷福斯案"之于后世的最大启示。

(2000 年)

我们能发出那个声音吗

1

"点灯的人也是黑暗道路上的匆匆过客,他们每个人把小火炬高举在头上,每个人在自己的小路上点燃灯光,活着时无人知晓,工作不被重视,随即便像影子一样消失。"(普鲁斯《影子》)

哪一位天才领受过他那个时代的荫护和惠泽?哪一块金子逃得脱灰尘的嘲讽与淹没?孤独而凄凉,不记名的遗产……这类道路从来就这样。

许多年以后,碰到较公正或记性好的时代,或许子嗣们能从尘埃中救出他的声音。"我们整个社会都是在十年之后蓦然回首,惊讶于顾准之先知,顾准之预见,而这个社会最需要思想家的时候,它产生的思想家即已早早地被扼杀了。"(朱学勤《迟到的理解》)

今天,当豪华本的顾准"日记""文集"火爆书肆,当遗产继承者们喜气洋洋活像哪家的"接收大员"——而不是些手捧骨灰盒的泪人时,我感到恍惚、茫然,长歌当哭,如此隆重的"隔世交流"何独体味不出悲剧思考的庄严与沉痛?

难道这就叫幸运——顾准的幸运还是后人的幸运？不公正之后的"公正"有多大诚意偿还上个时代的债务？其中包含着多少灵魂拷问和理性觉悟？未挖净的烂根是否仍在野地里恣肆汹涌……

再比如，面对一场大火，若非为了将火除去，而仅仅想从火里抢出点什么值钱的东西，此番英勇值得称道吗——这种"物质"的而非"精神"的做法！

不要做只盯住遗产而不讲痛感的"遗孀"！否则，那罪一百年后仍是罪，假寐的灰烬伺机还要复燃。

萧伯纳在《伤心之家》序中说："我们从历史中学到的仅仅是：我们从未由历史中学到任何东西。"话虽残酷，但于很多时代很多地方都是适用的。多少耻痣在岁月淘洗中流失了它的"质"，多少悲剧被作践地"以旧换新"。

多像一个频频堕胎的妇人，由于年轻时的荒淫放纵，当她真诚地想做一位母亲时，却落下个习惯性流产的病根。

对于后世，对那些无辜被消灭的孩子，这个母亲，不——这个自私的妇人该作何忏悔呢？

2

写下这个题目的冲动，缘于一幕偶得画面。

晚上看电视，见一部旧时西语片，我视力不佳，不关心那些密匝的旁白字幕。只是，只是有一会儿，我被那个黑人男子极度凛然的神情给紧紧抓住了——

法庭。黑人囚犯。法官和陪审团全是白人。冷漠华丽的白种。

当一纸判决被傲慢地宣读完，那个人——那个像桦树一样有着坚挺额头的青年——猛地站起，接着镜头完全摇向他，那张脸因激动、愤怒和某种绝望而骤然放扩，占据了整个画面。

他挥舞着手，疾速的语句像冰雹重重地撞击着什么，我听不懂，却看得懂。他内心的爆发全倾注在脸上——那是一张"人类的脸"，一张每个人见了都会信任的脸，那种表情，让它在任何时代的人群中都有着"身份证"的意义。

阳光斜洒上去，它那么生动，闪烁着颧骨的光辉。它那么美，美得孤单，美得叫人骄傲和担心。它强烈地扑击着我的视觉，我知道它在为谁辩护和战斗。那股烈性、那份精神硬度——只有被巨大正义感驱使的人才喷涌得出。我想起了林肯在国会山及斯巴达克斯在角斗场的宣誓情景……不，现在它比它们更生动。

那一刻，有几个单词被他反复地吼出，我忍不住贴近了屏幕去看，它们是："不能——这不公正！"

我隐隐动容。这不公正！这不公正……我突然觉得这是人类所能发出的最高贵、最壮美和惊心动魄的声音。

我感激它。所有正义的事业和无助的心灵都会感激它。

情势愈紧张和凶险，企图围剿它的力量愈强大与凶悍，就愈衬出这句话的价值……正因如此，它常意味着彻底的孤独和接踵而来的敌视、报复与牺牲。

闭上电视，在如漆的黑暗中，我久久抚摸着、体味着它，让那束仿佛来自天外的声音穿透我，如肖像般钉在墙上。

这不公正！不公正……

不禁问：我能发出这个声音吗？

3

"点灯的人，你从哪里来？在何处栖身？有没有妻儿母亲等着你回家？有没有向其倾诉苦闷和欢乐的朋友……你是否亦有和我们一样的要求与感情？难道你只是一个在黄昏出现、默默点燃路灯，随即又像影子一样消失的人吗？"（普鲁斯《影子》）

20世纪50年代即为华东财政部副部长的顾准，如果"心无旁骛"，顺着仕路走下去，似乎该有一个不错的前程等着他。但那样一来，中国当代思想史的天空中就会失去一盏巨大的光源，若没了那篇《从理想主义到经验主义》的檄文，半世纪以降的知识分子良心该会变得多么黯然、猥琐与贫困。

本该由一代文化集体共同挑担的义务却要让一个人独自奔赴，他的处境会多难啊——

"今天，当人们以烈士的名义，把革命的理想主义转变为保守的反动的专制主义的时候，我坚决走上彻底的经验主义、多元主义的立场，要为反对这种专制主义而奋斗到底！"

如此异端的声音何愁不被"重视"：三次冤案；两轮右派帽子；批斗审查撤销一切职务；与家庭断绝关系；妻子自杀，儿女遗弃；和老母同在一座城市却至死不能相见——当顾准生命只剩下17天的时候，白发苍苍的母亲挣扎着要去医院看儿子："已经10年不见，本想在我病倒时，让'老五'来跟前服侍我，想不到他现在竟要先我而去了。"可就连老人这小小的乞求，也被命运粗暴地拒绝了。

我握笔的手禁不住颤晃，泪水滚滚而下，顾准、顾准……

"这不公正！"

有谁发出过这个声音——哪怕只有一句？在天才未毁灭前，谁真正关心过活着的他们？有谁拦截过悲剧的车辙？哪怕仅仅减缓它的冲速——哪怕仅仅是螳螂挡道，后世也将多么感激这只伟大而无用的螳螂啊！

顾准终于没有这样的幸运。

所有人都像面对暗礁一样灵活地避开它。没有同情、理解，没有体恤、安慰，没有人知道他是先知，是为大家伙做事儿的圣徒，即使最善良的同胞也不对他的来历和价值感兴趣……缺少生命中真正的"同类"，缺少精神声援，缺少来自亲情和友谊的响应、哪怕暗中的关注——缺少了这些，犹如一株植物周围被扒光了所有的水和土，它还能挺立多久？

这个暗夜里的点灯人，吃的是草一样的冷馒头，吐出的却是被称为"血和奶"的"对中国未来前途之探索"。在旷日持久的煎熬中，孤独者的头发一天天长了，体重一夜夜减轻……

为什么优秀的生命总是难以被容纳？

为什么在深受愚弄和蹂躏下的同辈人之间竟没有相互理解、达成一致的可能？为何就连那个时代最无辜最善良的人也对自己的赤子施以感情的惩罚？何止没有同志，他还要提防来自身后营垒的冷枪和污水、盯梢、告密、陷害、幸灾乐祸、落井下石……

多年以后，某个阳光灿烂的时刻，人们失声痛哭，像怀念亲人那样祭奠死去的天才——遗憾的是，历史从不给缺席者以补席的机会，用不着了，用不着祈谅和道歉了，"活着时无人知晓，工作不被重视，随即便像影子一样消失"，这类道路从来就是这样。

作为一个20世纪60年代末出生的人，一个总不成熟又总是感情用事的思考者，我似乎总也做不到用更多的宽容和冷静的平和来对待父辈们的历史。是的，我无法不让自己激动地去想、去讨问……比如，我又在痴痴地想：中国传统知识圈赖以为傲的血性、风骨、义节哪里去啦？猛士的"不让"和患难扶助精神哪里去啦？在天才困厄之际，那庞大的一代文化集体暗地里做着什么，肋下夹着些什么？

10年后，顾准的女儿痛楚地说："人生只有一个父亲，可对于这样的父亲，我们做了些什么呢？"

可倘若世上仍活着这位父亲，是否一切都会改变呢？我不把她的话简单地划入一种自责，它是一团由泪水蜷缩成的"胎盘"，浸含着更隐忍和复杂的理性质疑。正如她进一步提出的——

"为什么我们和父亲都有强烈的爱国心,都愿意献身一个比个人家庭大得多的目标却长期视为殊途?"

这才是最可怕的诚实:同辈人之间相互理解方面的无能!

顾准真是太超前太不了解"国情"了。

但即便如此,以中国之泱泱,断言说竟无人能在思想上与顾准"暗合"与共鸣,竟无人能洞悉顾准头颅之价值——岂不太不敬了么?但何独没有一个声音站出来:"这不公正!"

于是又回到道德勇气和人格力量上去了。

4

近来,我常有意打量文化史上那些"著名友谊"和"营救者的故事"。

清朝初年,成百上千的书生被"文字狱"押送到东北,顾贞观为救老友吴兆骞,费尽周折攀识了当朝太傅的儿子纳兰容若,等时机一到,顾将自己为思念老友作的《金缕曲》呈上,纳兰没等读完即声泪俱下,说:"给我十年时间,我当作自己的大事来办,此后你完全不用再叮嘱我了。"顾急哭了:"十年?他还有几年好活?五年……五年行吗?"纳兰点点头。后来,此事终获成功。

顾准没有这样的幸运。当时的政治规则比任何时代都要戒备森严和酷冷得多,没有情理的可乘之机。

可以借比的倒是现代俄罗斯。

20世纪二三十年代,俄国知识分子的命运比之友邦的后来还要惨烈。在专制统治和国家恐怖肆虐之时,大批的作家、诗人、思想者和政治家被作为革命之"假想敌"施以清洗,但由于高尔基等优秀人物的在场,正义与良知并没有彻底缺席。

马克西姆·高尔基,"苏联无产阶级文学之父",列宁称其为"道德最完美的人"。十月革命后,由于他坚持"知识分子是民族的头脑,对他们要倍加爱护",从而与布尔什维克领袖们的矛盾日趋尖锐。他一面在自己主持的《新生活报》上大声疾呼"这不公正!"一面奋力抢救那些危境中人。他同五位作家联名上书彼得格勒契卡,要求释放著名诗人古米寥夫,强调其对俄国诗歌的贡献……但诗人还是被以反革命阴谋罪处决了。他为拯救关押在彼得堡要塞的两位亲王急往莫斯科找列宁,指出其中之一是著名的历史学家,当他拿着释放证兴冲冲地赶回时,却看到了俩人已被枪毙的告示……他还同卢那察尔斯基一起请求上面批准诗人勃洛克出国治病,遭拒后跑到政治局"大闹一场"。当作家巴别尔即遭不测时,他公开声称他是"最诚实的作家和人"……

高尔基利用自己的国际声望和著作的影响力不停地奔走呼号,最终触怒了那些执掌权杖和刑具的人。莫斯科苏维埃主席加米涅夫的妻子私下对人说:"高尔基是骗子,如果没有伊里奇(列宁),我们早把他关起来了。"就连列宁本人也不得不向其坦言:"您最好到欧洲的一个疗养院去,在这里,您既没有条件养好身体,又干不了工作……只是一味地奔忙，徒劳无益地奔忙。"

即使如此，强烈的正义感并没有使高尔基放弃哪怕"徒劳"的努力。他一次次败下阵来，又一次次冲上前去，这位伟大的"父亲"在官方和监狱之间疲惫地穿梭，承受着难以想象的夹力和痛苦。基洛夫遇害后，俄国政坛又掀起了新的肃反浪潮，高尔基愤怒地对秘密警察头子雅戈达说："我不仅要谴责个人恐怖，更要谴责国家恐怖！"难怪雅戈达背地里大骂："狼毕竟是狼，喂得再好也总想往森林里跑。"这样的话由狼嘴里发出来，足见高尔基对他们的妨碍之大。

若有人坚持以为高尔基的勇气得缘于他同列宁"牢不可破的友谊"，那么，值得一提的还有普通作家帕斯捷尔纳克们。

1934年，"天才诗人"曼德尔施塔姆被内务部下令逮捕，消息传出后，他的朋友们非但没有躲避，反而一个个挺身而出。帕斯捷尔纳克跑到《消息报》找布哈林，甚至直接在电话中对斯大林讲："我想同您谈谈生与死的事，关于一个人的生与死……"而女诗人阿赫玛托娃竟只身闯入克里姆林宫求援……他们这样做的后果是险些送命，他们几乎忘了这种"抱团"只会挑起对方更大的仇视和警觉，而于事无补。但血性和良知历来如此，勇敢者永远不聪明，永远做不好"审时度势""识时务"这些累人的活。

试想，在俄国政治最黑暗的时期，如果缺少了高尔基这样的"知识分子良心"和"父亲"式的保护，如果没有那一声声"这不公正"的呐喊及一幕幕惊心动魄的营救故事，如果每个人都争着用文学和艺术去抱政治的大腿……俄罗斯，这个伟大的苦难民族——她的文化名声和精神品格将遭受怎样的质疑，将被烙上怎样的耻辱标记？如果没有那些良知的在场和清醒见证，又怎会在剧痛中分娩出像《日瓦戈医生》般激动人心的作品？

卓越者的道德勇气和人格魅力，在历史最龌龊的暗夜里总能闪耀出清洁的光辉。正如爱因斯坦所言："第一流人物对于时代和历史进程的意义，在其道德方面，也许比单纯的才智成就方面还要大。"二战时被称作"世纪公民"的罗曼·罗兰和茨威格也属此列，他们在世界范围内承担起了"营救者"的职责。

"这不公正！"——一切正义的生命行为都发轫于这记冲动，一切崇高的事业都从维护这个记号开始。在一个民族所有的文化声音中，这句话俨然成了一个标识，它发生的次数、频率、强度和普及性，直接验明了这个民族的素质、底蕴、品格、醒悟能力及命运前途……

它永远那么孤独、悲壮而神性，闪烁着青铜的尊严和不朽的意味。

5

我们的年代终究没能贡献出像高尔基、帕斯捷尔纳克那样"舍我其谁"的人物，顾准亦没有曼德尔施塔姆式的友谊……然而，顾准绝望了吗？在屡遭了那么多的不公之后，他是否也收到过一份小小的公正？

1974年11月15日，在顾准口授的遗嘱中，有一段耐人寻味的话："请六弟选择一些纪念物品代我送给张纯音同志和她的女儿咪咪……祝福我的孩子们！"

"咪咪"是谁？一个少女的名字竟如此牵动垂危者的神经？

与此同时，一位19岁的姑娘正噙着眼泪趴在桌上写信，这也是顾准最后一次收到来自人间的问候——

"我不能失掉你，你是我的启萌（蒙）老师，是你教给我怎样做一个高尚的人，纯洁的人，一个对人类有所供（贡）献的人……我知道泪水救不了你，只有用我今后的努力和实际行动来实现你在我身上寄托的希望……咪咪。"

顾准读完后，在病榻上抽泣不止。

徐方，小名"咪咪"，中科院经济所张纯音女士之女。1969年11月，经济所南迁，15岁的咪咪随母同往，在干校生活期间，这个未成年的孩子给予了顾准最难得的关心和照料，她常把自己的奶粉省下来偷偷送给这位放逐者……渐渐，顾准成了她一生中最敬仰和难忘的师长。

这是两代人的幸运。

历史将永远记住那些简易的奶粉——没有它，那个年代对天才欠下的债务将更加还不清……

感谢"咪咪"，感谢那叠泪湿的信笺，它给落日前无比凄凉的苍穹涂上了一缕人性温暖的彤晖。像寻踪而来的萤火，她使顾准这盏巨大的光源在行将熄灭之际,竟奋力地抬起头来,绝望中看到了希望……

这是思想家在遭历了那么多的冷落、歧视和不公之后,得到的最大补偿。比起后世那些——当危险彻底消失之后姗姗来迟的"理解",她不知要珍贵多少倍!

美丽的"咪咪",你几乎替一个时代挽回了颜面,怎么感谢你都不过分。

(写至此,脑子里突然冒出一句:这封信是代表全体中国人的。又几乎同一瞬间,我意识到这想法的可耻,我为自己的鲁莽感到羞愧,这不是抢劫是什么?这不是掠夺是什么?

亲爱的"咪咪",看好你的收藏,别让垂涎它的人骗了去。)

其实,早在动笔之前,我就决意一定要把"咪咪"事件留作"最后的话"。我看重它,不仅因为它曾那样深挚地感动过我,更由于它是"青年的",它来自青年又必将回到青年。我需要它来拯救,拯救我在断断续续的行文中积下的乌暗情绪。

这有故作"美好"之嫌,但我愿意保护这个缺陷。或者说,这个梦想。

为了顾准之"祝福我的孩子们",为了鲁迅曾经的《希望》——

"然而现在没有星和月光,没有僵坠的蝴蝶以至笑的渺茫,爱的翔舞。然而青年们很平安。"

然而,然而,青年意味着什么呢?

(1997年10月)

"我比你们中任何一个更爱自己的国家"

在一处国土上,当受害者和潜在的受害者越来越多,当那种惨痛脸孔和被病毒折磨的样子逐渐膨作一种"国家表情",甚至连他们之间也开始厌恶地皱眉、嘲谑、幸灾乐祸——进行恶劣的心理折磨和欺压(就像乞丐之间、精神病人之间、狱犯之间发生的那样),这只能说明,最可怖的事发生了:"对善与恶可耻的漠不关心!"(莱蒙托夫)

这才是民心最大的腐败。它显示,一个民族赖以生存的理性和道义资源已被蛀蚀一空。

在20世纪40年代的德国,战争已把这个以意志和哲学著称的剽悍民族逼到了自缢的边缘:饥饿、伤病、抓丁、宵禁、灯火管制、空袭警报、阵亡通知书、盯梢告密揭发、习惯死亡的麻木……一切正常的生活都废除了,一切美好的情感和愿望都散失在瓦砾废墟中,每个人都成了被霉病折磨的叶子,神情灰暗,垂头丧气——但几乎所有人都咬定这仅仅是战争失利所致。

偏偏这时,假若不知从哪儿突然爆出一句:"我们是害虫!"接下的事会怎样呢?众人莫不大惊失色(怀疑自己的耳朵听错了),但镇静后的第一个反应是:"他叛变了!他叛变了!"随即人堆里便炸开了锅(俨然羊群里混进了狼),纷纷做愤怒状,作势不两立和讨伐状。

于是，德国就有了一批被称作"叛徒"的人。以我们今天的眼光看来，他们不过是一些表达了个人观点——且没有被自己的诚实吓破胆的青年，但在一个极不正常的年代，"个人"多么稀缺，他的处境立马变得多么凶险——因为"他们有那么多，而我只是一个"（陀思妥耶夫斯基《地下室手记》）。

有一组军人的名字应被其同胞记住。今天，他们已不在人间，但半世纪前，他们都曾宣称：我们——日耳曼人自己，是国家的害虫！他们皆认为，该是由德国人自己来结束这场灾难的时候了，于是便有了"个人"的行动……这种事发生在"圣战"最酣的当口，发生在每个人都把命运、价值、荣辱与"元首的梦想""德国的最后胜利"绑在一起的关头，无疑被视作对民族主义和国家主义的恶毒挑衅。

"叛徒"们的名字是：国防军上校施陶芬贝格伯爵，他从前线潜回柏林，因拒绝执行元首命令而执行了自己的命令——刺杀希特勒（他差点就成功了）——而遭枪决。20岁的列兵沃尔夫冈·博歇尔特，因写了几封"危害国家安全"的私信被判死刑（后改赦，但因战争摧残于战后翌年死去），他把"必须要说的话"匆匆写进一本叫《拒之门外及其他短篇小说》的小书里。还有一位即后来的诺贝尔文学奖得主、当时的德国军人海因里希·伯尔，在《给我儿子的信或四辆自行车》中，他追述了自己是怎样借"开小差""造假证""偷自行车"等一系列不光彩行径——来逃离战场和躲避杀人任务的。

身着制服，却拒绝执行一个军人被规定的职责，从职业属性上看，他们全是混账小丑，按战场纪律该枪毙。时至今日，想必亦没有哪家队伍敢接纳这些不安分的家伙。但他们却是合格的人，是持个人头脑的真正合格的生命！在一个拒绝执行命令为高尚的年代，他们分别以个人的方式捍卫了生命尊严和自由意志，而没被"国家主义"所挟持。他们清醒的血肉之躯——显得与那套褐色制服多么不协调，正因这些不协调，正因很多命令没有被执行，许多人才死里逃生，许多村庄、楼房才免遭焚烧……按伯尔的说法："违抗命令不愧为光荣的过失！"有时候，"过失"就是良知，"渎职"就是正义。

爱祖国，但不应闭着眼睛爱祖国。爱人民，但不该随随便便就爱上人民的某个样子，尤其他"昏迷或粗野时那种不雅的样子"（高尔基）。

在纳粹德国，最振聋发聩的叫嚣就是"爱国主义""人民主义"这类词语，其深入人心的程度犹如犁铧对国土的耕占，刻骨而深沉……

影片里，常见纳粹党卫军和冲锋队施虐的场面，但若以为战争中参与杀人的仅仅是这些贴着职业标签的人，那就大错特错了。在战时德国，几近所有的人力资源都被政治最大限度地征用了，前线在厮杀，后方则活跃着一支支庞大的志愿警察队伍：维持秩序、监视告密、缉拿叛徒、搜捕漏网的犹太和盟军间谍……一边是母亲们"并不怎么心疼地、甚至怀着激动的心情让她们14岁、16岁的儿子朝着死亡跑去"（伯尔），把生命献给元首；一边是她们争气的孩子将立功和英勇杀敌的捷报传回家乡。美国新版的《自愿的刽子手——普通人与大屠杀》一书中，展示了一幅泛黄的旧照：一德国士兵站在离一位犹太妇女不到三米的地方，按步兵操典的规范，举枪瞄准，而女人怀里则紧紧抱着一个婴儿……作者提出的问题是：为什么一个士兵会把杀害一位母亲的照片寄给另一位母亲？怎么会这样？至少有一点是无疑的：这个德国青年深爱自己的母亲并想使之骄傲。那么，能否说，他正是按照或猜度着另一个母亲的愿望来杀害眼前这个母亲的？

伯尔清楚地记得，党卫军头子希姆莱在战争的最后几周里颁布了一纸命令，其中包括"一个德国士兵如果在听不见枪炮声的地方碰到另一个士兵，可就地处决他"。这意味着"每个德国人都成了另一个德国人潜在的法庭"。于是，就有数以万计的军人在光天化日下被自己的乡亲、邻居、朋友甚至陌生人以叛逃罪消灭了。要知道，担负这项行刑的仅仅是一些身份极普通的人，一些老实巴交、看上去一生都不会做坏事的人，他可能是你在大街或乡村小路上碰到的任何一个同胞，他昨天还只是一个司机、一个矿工、一个厨师、一个送奶人、一个鞋匠或售票员，甚至是一个以正直著称的教师……可今天，他却光荣地扮演了一个"国家监护人"的角色。伯尔回忆说："有一个我认识的下级军官叫凯勒尔，他从前线溜回来探望父母，某个合法的德国谋杀者抓住了他，在这'远离枪炮声的地方'……当时'事情'（指处决凯勒尔）进行得很快，连一只公鸡也没有为他打鸣。"

一个国家究竟需要什么样的"爱国主义"（仅仅是人们习惯的那种"爱政府主义"吗）？真正的爱国使命应当由什么样的人民以什么样的方式来实施？

那么，"人民"又是一个怎样的概念？它仅仅是一个模糊的数值集合——由所谓"大多数"组成的人丁概念吗？在政治舆论家那里，它常常被封授一种至高的俯视一切、审判一切的权力，被谄媚的语言描绘成一副无可指摘、先天完美的"万岁"幻身，其权威和不容违抗的意志永远被说成是先验的，无须设问和讨论。谁一不留神得罪了它，就会被冠以"人民公敌"，死无葬身之地。

说到底，这是一种阴险的政治贿赂。一旦"人民"心安理得享受起了这种恩惠，就会不惜辱没自己的主人身份——甚至怀着感激、溢美和报答之情忠实地听从施主的吩咐，仰领袖鼻息，充当政治"英勇的打手"……对此，高尔基痛苦地叹道："这些人非常可怕，他们能成就自我牺牲和毫不利己的功绩，也同时能犯无耻的罪行和卑鄙的强盗勾当。你会仇恨他们，也会全心全意地怜悯他们。你会觉得你无力理解你的人民阴暗心灵的腐烂和闪光。"（《不合时宜的思想》）

一旦"人民""祖国"仅仅被充当政治权力的"虎符"而不再作为理性和文化范畴的语汇来使用，那么独裁专制和斗争霍乱就会接踵而至，"人民""祖国"这些硕大的词就会沦作刀俎和砧板。大革命时期的法兰西、现代德意志、俄罗斯等，都流行过这种癫狂的"唯人民论""唯国家论""唯领袖论"。

一个真正爱国、爱人民的人，应该与他的祖国和人民如何相爱？这种"相爱"的实际可能性究竟有多大？

恰达耶夫在《疯人的辩护》中表达过一种"否定方式"的爱国行为，他说："对祖国的爱，是一种美好的感情，但是，还有一种比这更美好的感情，就是对真理的爱。"只有理性意义上的爱，才是一种长远和深沉的爱，精神与灵魂的爱。他又说："请相信，我比你们中任何一个更爱自己的国家，我希望它获得光荣……但是，我没有学会蒙着眼、低着头、闭着嘴爱自己的祖国。我发现一个人只有清晰地认识了自己的祖国，才能成为一个对祖国有益之人。"

做一个词语和表情上的爱国者是很方便的，也极易赢得喝彩和犒赏，而要做一个不受干扰的本质上的爱国者就难了。在"相爱"实不可能的情势下，"单相思"是要以误解、诽谤、报复甚至流血为代价的。"具有歇斯底里情绪的人给我来了一些信：威胁要杀死我！我明白，在一个长期以来所有人都习惯于收买和叛卖的国家里，一个捍卫无望事业的人应该被视作叛卖之人"（高尔基）。

苏格拉底的死刑很说明问题。他死于大爱和先知，死于对文明最殚精竭虑的担忧，死于对所挚爱的雅典最深情的关怀与怜悯，死于心碎之爱。天才的前瞻与时代的低能——彼此之间的错位和落差，导致了这场人民杀死赤子的悲剧。但作为历史成本，这悲剧又是必需的，社会进步和启蒙运动的车轮，正是一次次由这种交替不绝的"错位"作拉杆来驱动。

正如茨威格在哀泣尼采时所说："一个伟大之人将会被他的时代驱赶、压制、逼迫到最彻底的孤独中去！"是啊，命运总要将真正的思想者送至无援的绝境，风声鹤唳，四面楚歌，孤独像美德一样地燃烧……而时代对他们的搜寻与怀念又总是姗姗迟至，有时竟晚上几个世纪，甚至永远。

丹东，这位诗人气质的斗士也是这样罹难的。他对法国大革命提出了"个人观点"，与罗伯斯庇尔发生了冲突。领袖坚信只有"正义的恐怖"才能换回"人民自由"，而丹东怀疑这种自由跟妓女一样，是"世上最无情无义的东西，跟什么人都胡搞"。这种犯众犯上的话将丹东送上了断头台，斩牌上写着：人民公敌！

当德国青年们激情难挨地效忠元首、眼热"铁十字"勋章的时候,大学生汉斯和肖尔兄妹却因散发反战传单而被处死;当海德格尔们每天小心翼翼地打系"爱国主义"领带时,慕尼黑的哲学教授胡伯却因异端邪说锒铛入狱……和伯尔们一道,这些德意志民族的"逆数",不仅没给自己的时代丢脸,反而维护了这个理性民族的传统荣誉。他们不仅是历史上真正的爱国者,而且还是救国者。

还有鲁迅、顾准,还有高尔基、帕斯捷尔纳克、肖斯塔科维奇和索尔仁尼琴……他们的《药》《中国问题之探索》,他们的《不合时宜的思想》《日瓦戈医生》《见证》《古拉格群岛》……

真正的爱国者有时干脆就是那些"叛国者"和"流亡者"。他们始终敢于:批评不敢批评的"人民"!怒视不敢怒视的"革命"!

"人民",应是一个永远成长中的不断自我反省和完善的主体,而非一座业已退休的大功告成的纪念碑。它应有一副允许批评、保持谦逊和涵养的知识面孔,而非一个骄横无礼、被溜须拍马宠坏了的肥胖官僚模样。"人民"应和真正爱它的人一道,用理性照见自己的背面与缺陷,秉心相爱,执手同行……

但这样的良性时代尚未真正到来。"人民"仍被自己的假象蒙在鼓里,"叛徒"们仍背着沉重的"红字"和斩牌一个接一个倒下……

风雨如晦,鸡鸣不已。"叛徒"们的事业将永垂不朽,永不陨落。历史作证。星灿作证。生命作证。

(1998 导)

"你有权保持沉默"

看美国电影,每逢警察对嫌疑人宣布拘捕时,皆可听到这样一副段子:"你有权保持沉默,否则你所说的一切,都可能作为指控你的不利证据。你有权请律师在你受审时到场。如果你请不起律师,法庭将为你指派一位。"

开始还以为是蹩脚的台词秀,假声假气个没完,更瞧不上那些导演,就不能让警察大叔们来句别的?后来,陆续读到一些美国司法故事,不禁羞愧万分,方知自个儿浅薄,冤枉了人家。这段繁琐的格式化语录并非哪位警察的即兴发挥,而是"米兰达法则"在作祟,作为美国一句日常司法用语,它早就被纪律化、制度化了,你不这样说,反会被亮红牌,同时,美国观众也会觉得你犯了愚蠢的低级错误。

"有权保持沉默",乃美国宪法第五修正案早就明确了的。为保护嫌疑人权利,修正案规定:任何审讯中都不得要求嫌疑人自证其罪。但上述警察语录的正式诞生,却是1963年后的事了。

1963年,22岁的无业青年恩纳斯托·米兰达,因涉嫌强奸和绑架妇女在亚利桑那州被捕。审讯前,警官没告诉嫌疑人有权保持沉默、有权不自证其罪等常识,米兰达文化程度低,此前也没听说过"宪法第五修正案"这玩意儿,两小时审讯后,他老老实实在供词上签字画押。法庭上,检察官向陪审团出示了米兰达的供词,作为指控的重要证据,但律师认为:根据宪法修正案,米兰达的供认是在缺少必要提示的前提下发生的,所以应视无效,不应成为庭审依据……最后,陪审团认定米兰达有罪,判刑20年。米兰达和律师不服,一直上诉至美国最高法院,1966年,终审裁决出来了:地方法院审判无效!因为警方在审讯前、没告知嫌疑人享有的宪法权利,即沉默的权利。同时,最高法院重申了嫌疑人应被告知的详细内容:一、你有沉默的权利;二、你的供词将可能被用来起诉你;三、你有权请律师;四、如果请不起,法庭将免费为你请一位。

著名的"米兰达法则"由此诞生,相伴而生的即那段不厌其烦、咬文嚼字的语录了。米兰达案的后来我不得而知,或许他真的有罪,那就有赖于警方另取证据了。"米兰达法则"的出台,自然给警方带来了诸多不便,甚至影响到办案效率,但它却充分体现了宪政的要义和严谨魅力,尤其在"目标正义"面前——"程序正义"的恪守价值。遵循宪法、保护人权不是空泛套话,若不能依法维护一个嫌疑人的权利,那保障正常人的权利也就沦为一种奢谈,因为每个人在特殊情况下都有被诬陷和冤枉的可能。

《读书》曾刊发陈伟先生的一篇文章,在谈及美国"保护罪犯人权"的社会心理时,他指出:"在美国历史和文化的深处,深藏着对官府的极度不信任以及对警察和法官滥用权力的极度恐惧。"而宪法修正案的核心，"即以公民权利来限制和制衡政府的权力"。众所周知，美国司法史上曾有过一桩著名案例："辛普森案"。由于警方取证时在技术细节上违规，尽管嫌疑人犯罪可能性极大，但法庭还是判其无罪，虽然从事实和结果看，未必符合正义的诉求，可能真的放跑了一个坏人，但它却是不折不扣的法的胜利，通过对程序正义的捍卫，它最大限度地维护了法律尊严和司法公正——进而从这个意义上，保护了全体公民的长远利益。对此，可援作者的一段话作注脚："律师钻法律空子的现象并不可怕，因为它的前提是承认法律，是在司法程序规定的框架中挑战法律。而真正可怕的是有法不依、知法犯法、以权代法和无法无天。法律法规中的漏洞可通过正常的发展程序予以修补，而有法不依、执法犯法的口子一开，想堵都难以堵上，最终会冲垮民主法制的大坝……美国最高法院大法官霍尔姆斯有句名言：'罪犯逃脱与官府的非法行为相比，罪孽要小得多。'……民主法制和保障人权也不是人类通向人间天堂的康庄大道，它只是防止人类社会跌入专制腐败这种人间地狱的防护大坝而已。"

回想最初对警察语录的误解，亦颇给人省策。

在我们的经验中，常飘荡着一些义愤填膺的声音："对害群之马谈何道理""以牙还牙，以暴制暴，以恶惩恶""朝死里整，看他下次还敢……"可以说，此类话已比比皆是、深入人心了（甚至大快人心），而"目标大于手段"的逻辑定式和"痛打落水狗"的文化心理，也多少渗入了现实的司法行为中，比如逼供、诱供、违规甚至非法取证等。日前有媒体称，多年前某省一青年被控犯罪嫌疑，法庭竟把"测谎仪"的结论作为"有力证据"判其有罪，直到前不久真正的罪犯意外落网，方知"测谎仪"说了谎。虽然我们的司法程序中，找不到像"警察语录"那样醒目的话语格式，但嫌疑人权利的定义还是有的，只是我们的一些执法者——包括老百姓在内的许多人，对"程序正义"的理解和接受，尚远不够彻底和到位。

或许，我们现在和将来的司法定义，都不会和"米兰达法则"完全重合，但普及同样的司法理念和执法信仰，则完全必要，且迫在眉睫。作为一个警察或法官，不管你打击犯罪的欲望多么迫切，同情受害者的心理何等强烈，若不能忠实地保护一个嫌疑人的权利，那就背离了正义立场和法律本位，你所使用的工具方法与罪犯也就如出一辙了，还有什么代表法律的资格和威严？

当年国共相斗时，曾流行一个口号："宁肯错杀一千，不可漏网一个！"其实，这种不惜代价和歇斯底里的狂暴，除却恶性政治因素外，也公然体现了封建传统中蔑视个体的文化遗传和习惯"株连"的统治基因，也算有其深厚的受众心理基础了，所以在"圈子"里贯彻起来也驾轻就熟、畅通无阻。

(2002年)

"坐着"的雕像

1

1999年6月15日,美国国会的圆形议厅里掌声雷动,克林顿总统将一枚金质荣誉奖章授予一位黑人老妪:86岁的罗莎·帕克斯,感谢她以公民身份对国家人权事业所做的贡献。在参议院提名中,她被誉为"美国自由精神的活典范"。事情应追溯到44年前,她在阿拉巴马州的遭遇——

1955年12月1日傍晚,蒙格马利市,劳累一天的帕克斯立在寒风中,她疲惫不堪,焦急地盼着回家。车终于来了,是一辆破旧的公共汽车。上车后,帕克斯一点点朝厢尾挪,虽然前面有空位,但肤色决定了那不属于她,因为州法规定,在公共汽车上,黑人只能坐车厢尾部,前座留给白人。所幸的是,帕克斯很快轮到了一个座位。

上车的人越来越多,站立者中依稀有白皮肤在晃动……突然,昏昏欲睡的帕克斯被一声呵斥惊醒,车子停下了,驾驶员指着四个黑人,命令站起来,将座位让给白人。帕克斯一下子清醒了,知道自己已被选中,看看身边三个同样皮肤黝黑的人,她失望了,她从同类的眼神里看到了慌乱、惊恐和服从的本能，直觉得血往上涌……终于，四人中站起了三个，唯一继续坐着的，正是帕克斯。

坐着的人被捕了。转眼又被解雇。罪名是：蔑视本州的种族隔离法。

4天后，蒙格马利市数千黑人拒乘公共汽车，步行上班。更多的人被老板开除。这时，他们听到了一个沉雄有力的声音，一位年轻的黑人牧师马丁·路德·金告诉自己的同胞："美国民主的伟大之处在于为权利而抗议的权利！"他大声疾呼：人，为什么要自卑？上帝子孙的权利为什么有"白""黑"之分？伟大的美国怎样才配得上它的伟大……在这些滚烫的声音烘烤下，全市5万黑人沸腾了，开始咆哮，开始喷发压抑已久的黑色怒火。

但金告诫着火了的同胞："我们不能容许这具有崭新内容的抗议蜕变为暴力行动！我们要不断地升华到以精神力量对付物质力量的崇高境界中去！"静坐、集会、上诉、长途游行，黑皮肤们没有让怒火蜕变为物质的黑烟，他们以和平方式对公交车进行了300多天的抵制。翌年12月，美国最高法院作出裁决：蒙哥马利市在运输工具上实行种族隔离法，背离了宪法精神，属违宪行为。

由此，一场波澜壮阔的黑人民权运动拉开了序幕。它的第一章节，竟是由一位黑人妇女拒绝站起——这一身体语言来写就的。金说："她坐在那儿没有起来，因为压在她身上的是多少日子积累的耻辱和尚未出生的后代的期望。"

帕克斯出狱后，奋然投身于民权运动，为此工作了 14 年。此间，她多次受到种族主义者的死亡恐吓，多次被迫搬家。

1963 年 8 月，在华盛顿的林肯纪念碑前，20 万人见证了这篇声音——

"我梦想有一天，这个国家会站立起来，真正实现它信条的真谛：'我们认为这些真理是不言而喻的：人人生来平等！'……我梦想有一天，在佐治亚的红山上，昔日奴隶的儿子将能和昔日奴隶主的儿子坐在一起，共叙兄弟情谊……我梦想有一天，我的 4 个孩子将在一个不是以他们的肤色、而是以品格优劣来评价他们的国度里生活。"

这就是被载入"美国赖以立国文本"的《我有一个梦想》。作者，马丁·路德·金。

这正是千百万帕克斯的梦想。正是她当年"坐着"时怀揣的那个梦想。为纪念这一梦想，为缅怀为这一梦想而被子弹染红胸襟的作者（和一百年前《黑奴解放宣言》的作者——林肯——同样的命运），从 1986 年起，美国政府规定，每年 1 月 5 日，即其生日这天，为"马丁·路德·金纪念日"，全体公民都要重温这篇演讲词。这是继华盛顿后，第二个获此荣誉的人。

2

认真地生活，有尊严地活着且追求着，这多么可敬，也多么不易。有时就连捍卫身体的支配权都需付出代价，比如被勒令"举手""鞠躬""鼓掌"时的无动于衷，当被勒令下跪时的"站着"，像帕克斯那样被呵斥起立时的"端坐"……

一个柔弱的妇女，她安静而凛然地坐着——如一尊塑像，坐在上帝赋予的位置上，这个表面上极正常的姿势，那一刻却惊心动魄，它撼动着整个车厢，震颤着一座城市一个国家的权力建筑和民心广场的地基……以至40年后，竟值得这个国家用一枚重量级的黄金来答谢它。

那一刻，她清楚自个的正确，但从未想过做着一件多么了不起的事，就像她所说："我上那辆公共汽车不是为了被逮捕，我上车只是为了回家。"

那一刻，威胁和压迫她的，除了白人的盛气凌人和骇人的司法权力——那几乎无人敢说"不"的国家机器，还有那三位同胞的服从，他们的"起立"俨然一种精神围剿，是对那"坐着"的灵魂之最大伤害。这股本应成为支撑帕克斯的最近的力量，像逃兵一样，突然溜离了自己的母体……

一个人，做着和人群同样的事或动作并不难，难的是当众人背叛了"共同体"的神圣契约，只剩下"个"的时候。

那一刻，她是悲壮的。孤独而凄凉。

我认为，帕克斯是有资格获得一座雕像的人。一座普通的"坐着"的雕像。我更相信，她获得的是一份平民奖，而非精英奖。仪式上，帕克斯太太说："这个奖是鼓励大家继续努力，直到所有的人都有平等的权利为止。"有媒体说："显然，今天的美国黑人要想真正站起来，同样需要44年前罗莎·帕克斯太太拒绝站起来的勇气。"

当被勒令起立时，人应是坐着的。当被呵斥下跪时，人应是站着的。

她是人群中的"一个"，却代表着人群中最珍贵和最有希望的那部分。这样的"一个个"，在任何时代和国度，都是公民社会和正义事业最牢固的基石与脚手架，是酿成奔流的那最早的一滴水。

若每个人都坚持让自己的声音钻出身体，都以不亢不卑的行为和姿态，在天空中传播一种自由气息，这样生活就有望了。

还应该说，在弥补过失、自我校正的能力和效率方面，美国社会是优秀的。它有一种刨子般向着理想掘进的朝气和蓬勃，一项良知申请、一缕权利投诉，在它那儿，阻力或许是最小的……

当每一株草都挺直了茎秆，昂扬起尊严的头颅和长发，那你看到的风景就不再是匍匐的草坪，而是雄阔恢宏的草原了。帕克斯就是这样一株野草罢。

(2000年)

权利的傲慢

耶路撒冷有一间名叫"芬克斯"的酒吧，面积仅 30 平方米，却连续多年被美国《新闻周刊》列入世界最佳酒吧的前 15 名。究其奥妙，竟和这样一则故事有关——

酒吧老板是个犹太人，罗斯恰尔斯，在其悉心经营下，酒吧小有名气。一天，正在中东访问的美国国务卿基辛格来到耶路撒冷，公务结束后，博士突然想光顾一下酒吧，朋友推荐了"芬克斯"。

博士决定亲自打电话预约，自报家门后，他以商量的口吻说："我有十个陪同，届时将一同前往，能否谢绝其他顾客呢？"按说，出于安全考虑，是可以理解的，何况这样的政要造访，对一家商户来说，求之不得的幸事。

谁知老板不识抬举，他接受了预约，但对国务卿的附加要求却不接受："您能垂幸本店，我深感荣耀，但因您的缘故而将他人拒之门外，我无论如何也做不到。"博士几乎怀疑耳朵听错了，气冲冲挂了电话。

第二天傍晚，"芬克斯"的电话又响了，博士语气柔和了许多，对昨天的失礼致歉后，说这次只带三个同伴，只订一桌，且不必谢绝其他客人。

"非常感谢您的诚意,但还是无法满足您。"

"为什么?"博士惊愕得要跳起来。

"对不起先生,明天是礼拜六,本店例休。"

"但,我后天就要离开了,您能否破一次例呢?"

"作为犹太人后裔,您该知道,礼拜六是个神圣的日子,礼拜六营业,是对神的亵渎。"

博士闻后,默默将电话合上。

读完这则故事,我默然良久,为那栋叫"芬克斯"的小屋怦然心动。

我想,基辛格博士是不会轻易忘掉这件事的。

这样的事既令人沮丧,也令人鼓舞。人人生而平等,人最重要的权利即拒绝权力的权利……博士从这位傲慢店主身上领教到的"公民"涵义,从一份商家纪律中感受到的"尊严"与"权利",比那些镌在纪念碑、印在白皮书上的,显然更深刻,更有分量。

权利,面对权力,应该是傲慢的。

后来,我竟莫名地打量起它的真实性来,会有这等傲慢发生吗?

很快我明白了,疑心完全是"以己推人"的结果。是对自己和周围不信任的结果。是在一个完全不同的文化和制度环境中深陷太久的结果。无论地理还是灵魂,耶路撒冷,都太遥远了,像一抹神话。

一件小事，仔细品味却那样陌生，那般难以企及。从开始到完成，它需要一个人"公民"意识的长期储备，需要一种对尊严和规则牢固的持有决心，需要一个允许这种人、这种性格、这种人生——安全、自由、稳定生长的环境……

坦率地说，我对这等事发生在自己身上不抱信心。即使这个故事让我倍受激励，假如我有一间"芬克斯"，便能重复那样的傲慢吗？（哪怕是作秀，哪怕是一个市长）作为一记闪念，或许我陡然想对权力说不，但该念头是否顽固到"不顾世情""不计弹性"的地步，是否有足够的决绝以抵御惯性的纠缠——而绝无事后的忐忑和反悔？我真是一点信心没有。

我是我环境的产物。我的一切表现都是环境和经验支付的，我实在拿不出有别于他人的"异样"。从发生学的角度看，遗传的力量总是大于变异。

我向往，但我不是。

(1999 年)

英雄的最后

普罗米修斯把光亮偷出来送了人,所以被锁在高加索最寒冷的岩石上,让兀鹫吃他不断长大的肝脏。

后来呢,后来怎样了呢?

卡夫卡暗示过一种可能——

"人们对这种变得枯燥无味的事感到厌倦,神变得不耐烦,兀鹫也不耐烦,伤口也渐渐愈合了。"

再后来呢?

再后来就只剩下一种事实:老普被本就不喜欢悲剧的世人给忘了。

大伙改了口味,不愿再从事严肃思考或抚摸什么苦难,太累,太抽象,一代代新人恋上了感官,迷上了娱乐和调侃——这该叫甜心哲学或享乐主义罢。老普不再像英雄那样被传颂,他的事很少被提及,偶尔在极冷僻的书中遇见,也权做一件古董,一桩小幽默,甚至有瞎编和危言耸听之嫌……

总之,一切都远去了,一切又都回来了。

那些曾被视为荒谬的、隐患的、斗争中被打碎的——又被时间捡回来了,被重新整合,组成新的权威和秩序。而那些发生过的,看上去好像从未发生。或者说，白发生了。

在这个彻底松弛的时代，老普成了一堆破烂。孩子们贪婪地享受火带来的美食，却只会感激火柴盒。

兀鹫呢？有人关心起下岗人员来。

可以肯定，它不会再做高加索狱卒了。伙食单调不说，陪这个冥顽不化的活死人太没劲，做个业余"普学家"也没意思。下海得了，凭一身武艺何愁谋不到肥差，比如给富豪看家护院做个保镖啥的，趁机也可以会会别的兀鹫，长长见识谈谈恋爱……

兀鹫的前途可谓光明得很。

最后，最后的结局是——

由于兀鹫失踪，老普连续数月得不到惩罚，而新肝脏仍本色不变，源源不断地生长，愈积愈多，渐渐超过了体重……

终于，一个阳光明媚的清晨，高加索附近的农民发现，可怜的老普竟给硕大如山的肝脏——累死了。

这是神做梦也没有想到的。

(1996年)

影子的道路

"就在这样一个时刻,行人稀疏的街道,出现了一个奇怪的影子。他头上举着一支小火炬,在每盏路灯下停一下,引燃灯油,随即又像影子一样消失。"

读普鲁斯的《影子》,我总久久陷入一股虔敬、哽咽的圣徒情绪中。他用缓慢的牺牲的语调讲述了一则寓言——关于"国家街道"和一个迅速生活过的"点灯人"的故事。我读它的第一感觉是:那些文字刚流出来就凝固了,像橡树的伤口裸露在冬天里……

那背景是巨幅的,无声,苍凉,岁月的沙丘向远移动……天穹像旧时代的海盗旗,有着猩红的暮色和盐的咸味,犹如沉船上捞起的囚衣——这类幕景适于排演早些时候、比如蒙昧时代或中世纪宗教剧的章节,而普鲁斯却把它献给了自己的19世纪。

夜霾低徊。月光,像猪尾巴弯向大地。如果说腐烂亦能让什么肥沃的话,那就是它了:昏迷的大地。

隐约的地平线上,立着几棵獠牙树、仙人掌和向日葵。它们是罪恶、绝望、富庶、理想——飞沙走石与欣欣向荣的遗迹。

之后,一个国家的王城开始浮现。

透迤的街道，看上去像被遗弃的盲肠，空洞又愚蠢。正值饭后时分，散步的人突然冒了出来，情侣、乞丐、马车夫、公务员、女眷、密探模样的人……稀稀拉拉，像烂土豆泌出的芽粒，然而很快你会发现，他们身体里装的不是"散步"，而是紧张、迷乱、狂躁、焦虑、恍惚、恐惧之类的玩意儿。

　　有路灯。但全无亮色。原来这也是假的，那路灯只不过是一些柱子，冰凉的摆设，"光荣"和"盛世"的假象。正如那些散步者，他们只把"散步"像假肢一样绑在腿上，胡乱地抖动而已——以显示日子的悠闲、美好和太平。

　　这个国家需要阴霾和沉沉的长睡。需要路灯，但不需要灯光。光，会让人不甘于沉眠。

　　月亮遁入了云层，他们开始急急逃回家。抵紧房门、挡板，将窗户裹严，塞塞窣窣，像鼠类那样过一丁点可怜的私生活。

　　这时候——

　　一个神秘的影子闪了出来。一个幽灵。一个随时处于危险中的叛使。他要做的是对夜晚威胁最大的事：把路灯点燃！

　　点灯。为此降临、生活和死去。临行前，他向神请求火种，回答是：没有可拿在手上的东西，火种就在一个人的体内，必要时，请把你的肋骨拆下，用它去引着灯油……

　　于是他赤条条来了，寻着可以刺杀的暗夜。但没有被赋予任何多余的东西，没有铁器和用以搏斗的实物，除了随身的少量肋骨。

249 / Simple Bright Man

如果不能永远生活,那就迅速地生活。

这个黑暗的敌人,这个为播光而必须减寿的孤独者。在市民集体入梦之时,在空荡的国家街巷中,在积雪和落叶的路面上,踽踽而行……无人知晓他是谁,他的来历和任务。

那些紧闭的窗户,那些冷不丁瞅见他的人,只把他当作流浪的瞎子,不惧寒冷的乞丐。

就这样夜复一夜,肋骨一寸寸减少。

终于有一天,在往常那个时刻,激动人心的影子迟迟没露面,街道仍是死寂和阒黑……

究竟发生了什么?

普鲁斯决心去找他,弄清他的住址和生活,并致以敬意和答谢。因为他确信,这不仅是个影子,还应是个具体的名字,一个和大伙一样的人。

终于,普鲁斯找到了,实际上并没找到。

因为,那人死了。

他已被下葬到一群不知名的穷人中间去了。

"昨天才下葬的。"房东正色道。

"点灯人?谁知道他埋在了哪儿?昨天就埋了30个死人。"掘墓人不耐地说。

"不过,他是埋在最穷的人那个区域。"泪流满面的普鲁斯提醒他。

"这样的穷人昨天就埋了25个。"掘墓人的语调听起来比墓穴里的铁铲还要冷。

"要知道，他的棺材没上漆。"

"这样的棺材昨天就来了 16 副。"掘墓人头也不抬地继续挖土。

就这样，普鲁斯只知他是个穷人，一个替穷人做事的影子，一群最默默无闻者中的某一个——某个肋骨不全者。

最后，普鲁斯以怀念亲人的语气凄叹——

"点灯的人也是人生道路上的匆匆过客。活着时无人知晓，工作不被重视，随即便像影子一样消失。"

影子怎会有"影子"外的存在呢？他只会把不记名的遗产留在世间。

这类道路从来就这样。

但我确信，神已收回了他，而另一个影子已悄悄上路。不久，夜里就会再次出现火炬，贫民窟就会再现他的兄弟……

一个一个地走，正如一个一个地来。

影子和我们的区别在于：沙漠里，他愿做一滴水，一滴迅速被瓜分和吃掉的水。而我们只甘为一群沙粒。我们感激、怀念并吃掉它。

沙粒是沙漠表面的主人，实质上的奴隶。

一滴水。默默无闻的先知。

(1997 年)

> 共和国的精神是和平与温厚。
>
> ——孟德斯鸠

独裁者的性命之忧

1

从1989年12月中旬开始,在"打倒人民公敌""独裁者滚下台"的愤讨声中,尼古拉·齐奥塞斯库,这位几天前还"深受爱戴"的罗马尼亚总统成了一只丧家犬,惶惶然在遍布自己塑像的国土上东躲西藏,正像四十年前他亲口咬定的那样:"任何专制的暴力一旦与人民的正义之师交战,必将粉身碎骨。"始料不及的是,不仅民众唾骂他,连亲手培植的爪羽——国防军和基层"党之家"也背弃了他。当齐氏和任第一副总理的贤内助慌不择路时,几乎所有罗马尼亚的广播都响起了这样的声音:"各位市民请注意,人民公敌齐奥塞斯库和埃列娜正劫持一辆黑色达契亚轿车逃跑,请予以缉拿……"

齐氏更没料到,在亲手缔造的这个"民主、团结、欣欣向荣"

的大家庭里，竟会上演这样的事：从12月22日晚被捕到走上刑场，只相去3天！

虽身陷囚笼，但"喀尔巴阡山的雄鹰"并未死心——

不是要审判我吗？既然封我"人民公敌"，至少公审公判吧？至少面对广大人民吧？他暗暗打定了主意，只要国际媒体的镜头盖一打开，只要电视直播的摄像机一启动，即用那滔滔不绝、极富煽动性和号召力的口才（整整24年里，这口才曾赢得了多少暴风雨般的掌声）——同政敌一决雌雄，他甚至连腹稿和表情都准备好了。

但，他太异想天开了，他万万没料到，等待他的压根不是什么人山人海的旁听席，没有政坛显要和国际观察员，没有高规格的审判团和律师团（审判长只是个司法部的小局长，波帕·吉克，一个闻所未闻的名字），从押解车里爬出来，他走进的是一间只有原告、被告和军警的屋子。

没有任何表演的机会，臆想中的舞台根本不存在。

只有绝望，空荡的绝望。

1989年12月25日，当耶稣诞辰的钟声响起时，一个混含着仇恨与蔑视的嗓音在一间与世隔绝的屋子里回荡："人民公敌尼古拉·齐奥塞斯库一案，证据确凿，事实清楚，根据《罗马尼亚刑法》第162条、第163条、第165条和第357条，被告犯有故意杀人罪、危害国家安全罪、破坏公共秩序罪、贪污罪、受贿罪——数罪并罚，判处尼古拉·齐奥塞斯库死刑立即执行，没收全部财产，不准上诉。"

他心爱的女人也将共赴黄泉。

秘密审判，不准上诉，从被捕到毙命，仅三日之隔，这已远非正常性质的审判，甚至携恐怖之嫌。为何会发生这种极端呢？原因只一点：仇恨和恐惧！对民众来说，是仇恨；于政敌而言，则是恐惧——那种一天也不敢让独裁者多活下去的恐惧！他们太紧张了，太熟悉对手的报复手段了，其神经已像拉簧一样绷到了极限。

可这对齐氏来说，又有什么惊愕的呢？难道这不正是您一贯的铁腕手法？您不是坚定地认为"目的高于手段"吗？每每将司法程序省略到极点的，不正是您自己吗？除却"齐奥塞斯库"几个字，判决书中的每个词不都是您耳熟能详的吗？当气急败坏下令向游行青年开枪时，当督促坦克不顾一切冲上大街时，您想过"法治""人权"这些字眼吗？当在镇压令上签字时，您可曾有过一丝犹豫和忐忑？

更诡异的是，对此非常态的审判，人民群众竟毫无异议！偌大一个国家，竟无一人公开质疑和阻拦。正应了一句老话：以其人之道还治其人之身。

其实，早在45年前，齐奥塞斯库夫妇的命运就在一对意大利人身上预演过了：墨索里尼及情妇克拉雷特。战争尚未结束，一支衣衫褴褛的游击队就匆匆宣告了两人的死刑，然后，意大利历史上最著名的一组尸首，便像动物一样被吊在米兰广场上，等待仇恨的鞭子来抽打。单就这一场面，完全是恐怖了，但问题是：

在你亲手打造的这个半岛上,他们还能想出比这更高效的办法对付你吗?要知道,他们像害怕恶魔一样怕你,害怕再被你刀架着脖子,甚至迷信到担心你复活,为了活下去,他们只好表现得比你更疯狂更决绝。

这是江湖的力量,是仇恨的力量,更是恐惧的力量。

对于齐氏们,像纽伦堡或海牙那样的法庭,简直就是天堂了。在那儿,有辩护、有上诉、有旁听、有票决、有探视……论运气,他远不及另一位同行——东德领导人昂纳克,后者面对的不是政敌的恶性报复,而是相对公正的西德司法程序和国际法准则。

我想,在独裁者坐以待毙时,他对民众最大的期许恐怕是:这些人若文明一点——若奉行民主与理性该多好啊!可惜,要让自己的百姓在短短几天内通晓司法公正与人权理念,简直缘木求鱼。太晚了,他们从你这儿得不到的,你也休想从他们那儿讨得,对方身上压根没机会生长那些玩意——直到最后一刻你才怀念的东西。难道不正是你,早早即把酝酿它的种子和土壤给踩烂了吗?从这个意义上说,你死于自己,死于自己的历史。

2

靠暴力维系的权力,最终埋葬它的,不会是别的,唯有暴力的掘土机。

长期恐怖的社会氛围,招致反恐怖的手段也是恐怖的。"恐怖导致与恐怖作斗争的人也变得残忍,它使温和的人也学会了暴烈莽撞。"(路易斯·博洛尔)。而理性——即使尚剩一点残渣的话,也早被仇恨的浓烟熏得睁不开眼。真实情况是:长期的政治高压,对人权信息的封锁,对自由文化的防范,对知识分子的迫害……使得这个国家的百姓和其法老一样性情粗野,缺乏公民精神的滋养,缺乏民主教育,没有合法审判的经验和参照,没有诉诸理性和法律的习惯——除了以恶惩恶、以牙还牙的血性,他们头脑中就再没注入过别的。

那么,是否仍不乏一支(哪怕再微不足道)试图阻止施暴的力量呢?比如会不会发生这样的事:几位记者或律师不顾一切地站出来,向同胞大声疾呼——再罪孽深重的人也有权得到公正审判?或许曾有这可能,但现在没有了。因为,那些高尚的持有理性和不计私利的头脑,那些最早鼓吹司法精神和民主政治的人,早已成了独裁的祭牲,被不容异端的权力绞杀了。剩下的,唯有对民主的无知,对人权的冷漠,对暴力的崇拜。如今,再没有谁出来拦截那冲向独裁者的拳头和棍棒了(假如前者活着,本有希望这么做的。也就是说,那些被独裁者提前消灭的人,恰恰是唯一可能在未来使之免遭侵害的盾牌)。

不宽容导致新一轮的不宽容,暴虐衍生新一茬的暴虐。在将最优秀的政敌(比如法国大革命中恳赦国王的"吉伦特派")斩草除根之后,迎接杀戮者的只能是更激烈的施暴。当把一个国家最宝贵和最稀缺的"温和派""理性派"推进坟墓时,也就提前把自己送进了坟墓。独裁者应从仆倒的身体上看见自己未来尸首的影子——因为那些死者，本是唯一主张以人道和法律方式审判自己的人——在未来，在仇恨的烈焰冲来时，本应由他们为奄奄一息的自己筑起"防火墙"和"隔离带"。

历史上，如是情形屡见不鲜：独裁与反独裁，使用的竟是同一工具和手段。反抗者压根不会，也想不出别的法子对付仇人。而且，在收割了暴君的头颅之后，那块土壤还会疯长出新一茬的剃头刀，正像法国十八世纪末的上演：从"三级会议"到"国民公会"再到"热月政府"和"督政府"，从"执政帝国"到"百日事变"再到"波旁复辟"，从路易十六到马拉和夏里埃，从罗兰、丹东、德穆兰到罗伯斯庇尔和圣鞠斯特……头颅如椰子般滚进大革命的草筐，最终人们发现：这筐子竟是漏底的！

3

罗马诗人查维纳说："没有一个专制暴君能安享天年。"

古代暴君，多被宫闱和朝堂所弑；近现代的独裁者，多为愤民所杀。希腊人把诛戮暴君当作义务，罗马人将之奉为美德，连西塞罗、弥尔顿等文豪也盛赞有加……可以说，在几千年推崇"德政""明主"的政治史上，"暴君当诛"，一直深受民间舆论的鼓吹，甚至也得到了权力的抬轿（多为新君所用）。直到十九世纪中期，随着对法国大革命的反思，才有所改观。

在现代理性看来，这些不择手段只求目标、不计历史成本只图正义快感的行为，无疑应受谴责。事实上，收纳大多数人私意的"众意"——一种杂乱的"民主"，和代表法理及历史正义的"公意"常常是不符的，这也是现代文明在"民主"和"自由"之间更牵挂后者的原因。

法律、公正、人权、人道，其服务对象是全体人，是不预设政治或道德身份的。对一个"坏人"、哪怕一个暴君的施暴也是恐怖，这种恐怖，若被美化为正义，即会重蹈法国大革命的悲剧：一面宣布永远结束专制，一面迎来更杂乱的野蛮生长。

现代以来，美国涌现过那么多有争议和得罪人的政治家，但其卸任后，罕有遭报复的，为什么？因为他们不是国王，不是独裁者，很少有滥权的机会（制衡设计会大大减少权力的过失），政治过错很少被看作个人之事，其人身安全也不是靠权力维系，离开了公职，恢复为常人反而更安全。即便像尼克松那样被起诉，其命运也是由司法来决定，而非由大众情绪或街头政治所掳获。

在宪政和有限权力的社会，一个脑子正常的不同政见者，他或许会去焚烧国旗、游行罢工，但不会以消灭某个当权者的肉身为目标，因为他清楚：自己反对的东西，来自这架国家机器，又往往是权力合议的结果，并非私人意志，权力者本人只是个符号，即使肉体上令之毁灭，也无助于改变事实。同时，因为像游行示威之类的行为受法律支持，所以，即使再激烈的敌意，由于得到了及时发泄和疏导，也不会酿出极端后果。

唯有在绝对人治和无限权力的环境，仇恨才会冲着权力者本人而去，因为大家清楚，残酷现实种种，皆由垄断权力的人一手遮天所致，政府之事即斯人之事，国家意志即斯人意志，那么，人们会自然地联想：只有斯人的毁灭，才会给民生带来福音，给国家带来转机。于是，"弑君"——作为一股隐秘的历史愿望和民间冲动，早就在私下磨刀霍霍了。

民主社会的权力转移，通常在选举系统内发生，作为一种理性与温和的方式，其能量和形态是"法律式"而非"革命式"的，是"意见式"而非"肉体式"的，它远离暴力和刀剑，故历史成本最低。而极权社会的权力角逐，情形则大变：以身家性命为赌注，以"成王败寇"为逻辑，以"斩草除根"为目标。在一个完全拒绝谈判与协商的社会，任何理想的实现都只能靠肉搏——就像奴隶主欣赏人兽戏、而斯巴达克则把奴隶主关进狮虎山。以恶抗恶，以暴制暴，作为一种古老的习俗，这种粗陋的"物质性—肉体性"反抗，贯穿了人类的大部分历史。

独裁者不仅死亡风险高，统治成本也大得惊人。虚弱的权杖离开了死刑和武力，几乎一天也撑不下去，比如非洲"食人皇帝"博卡萨，这个马基雅弗利亚主义者，最信奉《君主论》上的名言："军事问题应是君主唯一专业，忽视它就会亡国，精通它会让你赢得整个国家。"他颁布《优军法案》，使全国总人口的二十分之一成了军人，国家预算的一半成了军费。可惜，马基雅弗利亚忘了告诉他：君主愈嗜暴，暴死的危险即愈大。很多时候，独裁者死于自己的刑罚，死于自己的逻辑和规则，刽子手常常扮演自己的刽子手之角色。1987年，在博卡萨被判死刑前，有人替之算了笔账，按他亲定的《刑法典》：其左手将被剁掉三千次，右手将被砍掉两千次，耳朵将被削掉一千回，而脑袋，将被砍掉六百遍……

应该说，从《刑法典》出笼的那一刻起，博卡萨的"死"，就被提上了历史日程，列入了民间的叙事年表，接下来，只是时间问题了。历史上的大独裁者有几个善终的？不是暴毙，就是流亡。从恺撒大帝到拿破仑，从查理一世到路易十六，从墨索里尼到特鲁希略，从马科斯到波尔布特……他们无时无刻不有性命之忧，只要手中的权杖稍有闪失，即有血光之灾。

民主社会的情势则完全不同了，由于司法理性的在场，政客即使犯罪，也会受到相对公正的审判。日本前首相田中角荣，因涉嫌受贿于1976年7月被捕，后被保释，对此案的调查竟持续了7年之久（与齐奥塞斯库的"三天"多么大相径庭），最终判处4年有期徒刑。再者如韩国"世纪大审判"，虽早有传闻，前总统全斗焕和卢泰愚，很可能被判重刑，但理性告诉大家，他们是不会被处死的，喋血的"光州起义"不会以血债的方式向历史索要对称的祭坛，在韩国，几十年风起云涌的民主浪潮和人权运动所确立的社会理性和文明底限，已让所有仇怨都得到了严格的监视与存放。

事实证明了这点：从1995年10月韩国检察机关立案调查，此后9个多月里，两人先后35次被提审，据悉，光调查卷宗的数量，即可载满百辆卡车。1996年8月26日一审判决,两人以军事政变、受贿、镇压民众等罪名被判死刑和无期徒刑。同年12月16日,汉城高等法院宣布为全、卢减刑,前者由死刑改判无期徒刑,后者由无期改为有期徒刑17年,理由是:全、卢政权和平交接避免了流血。

消息公布,少有人意外。并非习惯了政治舞弊和官官相护,而是大家清楚,像韩国这样一个步入稳定民主期的社会,无论人道考虑,还是政治理性,对两位前总统执行死刑都是不可能的。韩国"世纪大审判"的意义和诉求,并非要将独裁者送上绞架,而是要彻底告别一个军政府时代、一个武力威胁人权的时代。

一个政治宽松、理性温和的国家,社会治理成本、法律运行负担都会大大减轻,处罚也将受到最大克制。进一步讲,若一个时代取消了死刑(基于人道和宗教考虑,许多国家已废除死刑,如奥地利、荷兰、比利时、意大利、瑞士、芬兰等),所谓的"性命之忧"又从何来呢?那时,就只剩下"不自由之忧"了。

(本文为节选)

(2002年)

> 无穷的远方,无数的人们,都和我有关。
>
> ——鲁迅

为何我们没有自己的"大师级"

1

1986年,哥伦比亚作家加西亚·马尔克斯与秘鲁同行巴·略萨有过一场"作家责任"的激烈争论,前者表示:"不管怎么说,我是一个负责任的作家。我把责任分成两种:一是对故土的责任,一是对同胞幸福所负的责任。"

是啊,对同胞幸福的责任,这正是一个大写的人的标志!

无论思想还是艺术,表达和拯救的都是人,服务的都是生命。那隐藏在思想和艺术最深处最本质的东西,一定是个体的自由愿望和权利诉求,一定是神圣的生命特征和最广泛的人道主义。

何谓"生命作家""人类良心"?其内涵和意义皆于此。反抗暴政,维护人权,为正义辩护,为自由而呼……这是一个作家、艺术家、学者、科学家——一个真正的普通人的天职。

没有灵魂责任、没有对民生的义务、没有为共同体服务的冲动、没有天然的反抗精神，一个人的激情、创造力和人格能量即会被削弱和压制（尤其自我压制），就不会诞生真正的艺术和思想。伟大的艺术，只会在常识性的劳动中产生。

伏尔泰、卢梭、贝多芬、米开朗基罗、拜伦、潘恩、左拉、雨果、陀思妥耶夫斯基、托尔斯泰、罗曼·罗兰、高尔基、茨威格、爱因斯坦、奥威尔、布罗茨基……我们很容易开出一长串名单，来支持上述逻辑。

他们关注的是"人"本身，是最广泛的人类命运和前途。他们服务的是民主与公正、自由与和平、人道与安全，而非一己、一域、一党群的利益。他们捡起的无不是普世意义的大命题，即最普通、最普及层面的精神愿望和建议。

这正是被前捷克总统——剧作家哈维尔称为"责任"的那种东西。

苏联流亡诗人、诺贝尔文学奖得主布罗茨基在致哈维尔的信里建议："你处于一个很好的位置，不仅要把你的知识传达给人民，某种程度上还要医治那种心灵疾病，帮他们成为像你那样的人……通过向你的人民介绍普鲁斯特、卡夫卡、福克纳、普拉托诺夫、加缪或乔伊斯，也许你至少可以在欧洲的中心把一个国家变成一个有教养的民族。"

2

1919年3月26日，为抗议欧洲文化界在战争中各自"报效祖国"的丑行，由罗曼·罗兰起草的《精神独立宣言》在法国《人道报》上发表，文章说："知识分子几乎彻底堕落了……思想家和艺术家替荼毒着欧洲身心的瘟疫增加了不可估量的恶毒的仇恨，他们在自己的知识、回忆和想象力的军火库里搜索着煽起憎恨的理由，老的和新的理由……起来吧！让我们把精神从这些妥协、这些可耻的联盟以及这些变相的奴役中解放出来……我们只崇敬真理，自由的、无限的、不分国界的真理，无种族歧视或偏见的真理。"很快，爱因斯坦、萧伯纳、罗素、泰戈尔等140多位名人在其上签字。

每个年代的角落里，都会响起这样的嘀咕：为何艺术家不专心致志搞专业、偏选和艺术无关的事来做呢？有一次，贝尔纳去拜访纪德并请他为"德雷福斯案"（一位法国犹太军人的受迫害案，左拉曾为之辩护并坐牢）签名，客人走后，纪德大叫："多么可怕！竟有人将某种东西置于文学之上！"

没有什么比文学更重要吗？请一位有影响力的人为受害者说句公道话即绑架文学了吗？那么，文学之目的又是什么？

法国作家杜拉斯，以私人化写作闻名，在我印象里，该小姐满脑子只有"情人""床""沙滩""做爱"这些软软的词，但近来翻她的书，惊见一篇《给范文同主席的信》，她替一位在押政治犯鸣不平：

巴黎，1986年3月19日。玛格丽特·杜拉斯。致范文同先生，越南社会主义共和国，委员会主席——

……他关在您的监狱里已有十年之久了，却没受到任何控告，也不见打过什么官司……我给您写信是想让您记起他的存在，提醒您别把他忘了，他仍在押，病了，也老迈了。我想随意监禁人对国家不仅没有半点好处，相反还会使它声名扫地。放眼世界，长久地隐瞒一个人的存在是不可能的……我并非在要求您释放他，我只想把自己的声音加入到其他人的呼声中去，他们要求您别忘了，在您任主席期间，尚有一位哲人、作家关押在您的牢房里，他没有犯过任何罪过，只是本着他的良知生活罢了。还要提醒您，先生，本世纪所有的"政治犯"今天都成了英雄，而审判他们的"法官"相反都永远地成了杀害他们的凶手，这是值得记忆的。

祝好，先生，还有我的关心。

M. 杜拉斯

我想，仅凭这封短札，即使她再没别的作品，"杜拉斯"这个名字也将被世人记住。这在其缠绵而漫长的写作生涯中，恐怕是最不浪漫的一次了。也是最闪耀的一次。

3

除了物理学，爱因斯坦还发出过此类声音——

"只有在自由的社会中，人才能有所发明，并创造出文化价值，使现代人生活得有意义。"(《文明与科学》)"科学进步的先决条件是不受限制地交换一切结果和意见的可能性。"(《自由和科学》)"宪法的力量全依赖于每个公民捍卫它的决心""每个公民对于保卫宪法所赋予的自由都应承担起同等的责任。不过，就'知识分子'这个词的意义来说，他的责任更为重大，因为他受过专门训练，对舆论能发挥特别重大的影响。"(《答公民自由应急委员会》)

"我不同意您的看法，以为科学家对待政治问题——在较广泛的意义上来说就是人类事务——应当默不作声。""关心人的本身，应始终成为一切技术奋斗的主要目标……当你们埋头于图表和方程时，千万不要忘记这点！"(《科学和幸福》)

翻翻爱因斯坦年表，立即会发现，这位科学史上最繁忙的人，竟参与了那么多与"人类事务""生命事务""良心事务"紧密相连的事：1914 年，为反对德国文化界为战争辩护，在《告欧洲人书》上签名，并参与反战团体"新祖国同盟"。1915 年，写信给罗曼·罗兰，声援其反战立场。1927 年，在巴比塞起草的反法西斯宣言上签名，参加国际反帝大同盟，当选名誉主席。1928 年，当选"德国人权同盟"理事。1932 年，与弗洛伊德通信，讨论战争心理问题，全力反对法西斯。1933 年，撰文指出科学家对重大政治问题不应沉默，文集《反战斗争》出版。1950 年，发表电视讲话，反对美国制造氢弹。1954 年，通过"争取公民自由非常委员会"，号召国人同麦卡锡势力作斗争，抗议对奥本海默的迫害，为此他被污蔑为"美国最大的敌人"。1955年去世前,同罗素通信讨论"和平宣言"问题,并在宣言上签名……

"科学家通过其内心自由、通过其思想和工作的独立性所唤醒的那个时代,那个曾使科学家有机会对同胞进行启蒙并丰富他们生活的年代,真的一去不返了吗?"(爱因斯坦《科学家的道义责任》)

若知识带给知识者的信仰与人格保险——不足以成为他们关心"人类事务"最有力的武器和驱动,那么,科学和艺术究竟有何用呢?她用什么来答谢人间寄予的期冀和伟大赞誉?仅仅是产品、技术和娱乐吗?仅仅是在细节上丰富大家的业余生活吗?

若真这样,若知识者以为自由地算出"2加2等于4"就算有自由的话,那就太可怕了,也将意味着哈维尔斥责的那个"自由时代"的降临:"一种自由地选择何种型号的洗衣机和电冰箱的自由","生活陷入了一种生物学的、蔬菜的水平"。

从"蔬菜"到人,宇宙耗费了多少亿年光阴,可如今,仍有多少人被当蔬菜一样来栽培和管理?当然,并非他们自愿留在那种水平上,而是权力者绞尽脑汁使之匍匐在那条红线上,稍有挣扎,便是呵斥和棍棒。

4

"你可以不做一个诗人,但必须做一个公民。"涅克拉索夫说。

费希特在论述学者的职责时称：你们都是最优秀的分子，如果最优秀的分子都丧失了自己的力量，那又用什么去感召呢？如果出类拔萃的人都腐化了，那还到哪里去寻找道德善良呢？"

文学、艺术、理性精神……绝非插花一样的装饰，它包含着人类文明系统中最宝贵的元素：自由、梦想、人道、平等、秩序……它应保持对一切灵魂事务和生命原理发言的习惯，这是专业外更大的责任。连自然科学也不例外，它的起点是理性精神，即力求公正、客观、逻辑、不捏造、不撒谎的真相精神。这同属人道精神，科学与艺术一样，同是呵护生命、服务公共的事业。

而在我们的地盘上——尤其半个多世纪以来，为何少有——甚至没有——诞生和世界文明同步的大师级人物？

何为"大师级"？这是个专项成就问题，更是个生命业绩和精神体量的综合考核问题。二者从来即胶和、共生的。在大师级人物那儿，无论哲学家、科学家，还是艺术家，你都会发现一共征：他们的生命关怀力、精神能量大得惊人！除学术成就或艺术贡献，其身上总有众多的"外延"，比如反极权、反恐怖、反战争、反迫害、反种族歧视、反言论限制……总之，凡涉及人类生存的根本性、日常性问题，他们很少缺席。其精神之浩瀚、视野之辽阔、生命行为之丰富、人格之璀璨——与专业成就是成正比的。荣格说："学术的最终成就是人格成就。"大概也是这意思。

而我们，早已养成处处缺席的习惯、仅仅服务于单项的习惯。

我们的眼皮底下，从不乏学富五车的学者、著作等身的作家，可著作之外呢？他们参与了什么？是怎样的生命格局和灵魂状态？

尽是些单向度的专业户，尽是些领门户风骚的圈内练家、把式艺人、文化操盘手，连高大点的人影也难寻，连古代清流的"风声雨声读书声"，也只剩下了"研究生"……

我们的生命关怀力、精神爆发力、信仰执行力——远远不够，不够高亢，不够辽阔，不够硬朗和健正。我们缺乏生命投入的完整性和彻底性，缺乏"必须"的责任和义务，缺乏宗教般的虔敬和行动，精神松散、灵魂懈怠、气力不济，对什么都睁只眼闭只眼……说到底，病灶仍出在信仰文化和生命习惯上，我们习惯了作壁式的旁观、蒲团式的打坐、倒挂式的修身，在我们的文化传统和国民精神中，对"自珍""清虚""无扰"的标榜与消费一直高高在上，自保性、私己性、妥协性、附庸性——稍有挣扎和反叛，即视为越位和另类。人类的普世价值从未正式指导过我们的生活。现代公民意识和自由理念，除了流萤般的照面（这要感谢胡适、储安平们的引入和传播），几乎从未在我们的文化卵巢中着床过。缺少普世价值观和公共信念支撑的中国文人，能为自己确立的对立面小得可怜，他们很少树敌，很少被真正的文明之敌所重视、所忌惮。

到处是缺席、失语、噤声，自宫自阉，根净叶除。其状况正像托尔斯泰当年愤怒的那样："只是一些散发着懒散气息的作品，其目的是取悦同类的懒散……它什么也没有告诉人们，因为它漠视人们的幸福。"在无数涉关人权、自由、公正的问题上，听不见表态，看不见表情，似乎那已真的和科学、艺术无关，远在他们的优雅的学术和"德高望重"之外。

总之，一个精神干瘪、灵魂舞弊的人，是尽可以借艺术"内外"和学术"内外"，为自己找到一间舒适的隐蔽所的。较之域外和历史上的大师，我们对生命的投入、使用和付诸程度远远不够，良心份额远远不够。

在这样的背景下，精神受孕的机会自然极低，也就无法分娩出真正的大师级艺术和思想。

"五四"后的自由知识分子运动是个例外，是个惊喜，它本是最有"新纪元""新中国"气象的一支精神急流，但生不逢时，很快被战乱腰斩、被政治拦截了，剩下个孤零零的上游，供岁月追溯。

(2002 年)

第四辑

深夜翻书

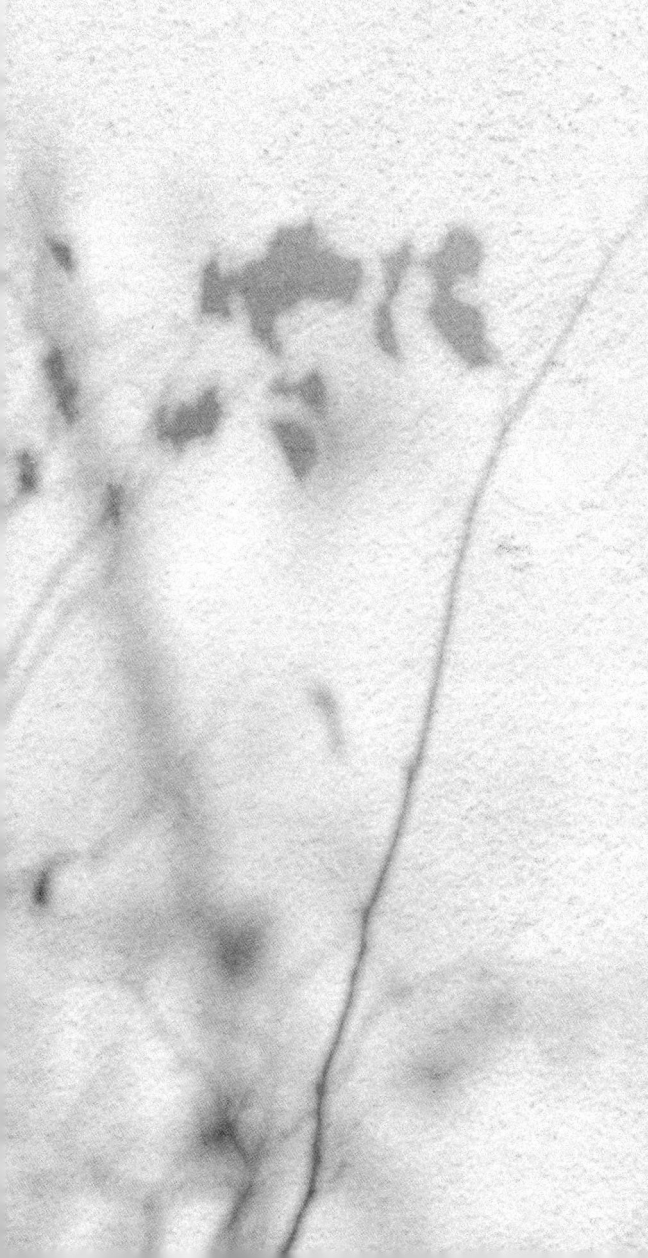

> 什么时候我们能责备风，就能责备爱……
> ——叶芝

"当你老了，头白了……"

当你老了，头白了，睡思昏沉，
炉火旁打盹，请你取下这部诗歌，
慢慢读，回想你过去眼神的柔和，
回想它们昔日浓重的阴影……
多少人爱你青春欢畅的时辰，
爱慕你的美丽，假意或真心，
只有一个人爱你那朝圣者的灵魂，
爱你衰老的脸上痛苦的皱纹……
垂下头，在红光闪耀的炉子旁，
凄然地轻轻诉说那爱情的消逝，
在头顶的山上它缓缓踱着步子，
在一群星星中间隐藏着脸庞。

威·勃·叶芝（1865—1939），英国象征主义诗人，剧作家，爱尔兰文艺复兴的领袖之一。

世纪之交，叶芝以饱满的激情为故土事业而忙碌。政治上他拥戴爱尔兰自治，但又是一个保守派和渐进论者，他反对暴力，主张改良，憎恶杀戮与复仇。这位物质与精神的贵族，在性情和生命实践上，堪称一个温美的理想主义者。

1889年，对诗人来说永生难忘。爱，降临了。

他与美丽的茅特·冈第一次相遇。她不仅仅是个著名女演员，更是位"朝圣者"——其时的爱尔兰民族运动领导人之一。关于那惊鸿一瞥的触电，诗人忆云："她伫立窗畔，身旁盛开着一大团苹果花。她光彩夺目，仿佛自身就是洒满了阳光的花瓣。"

《当你老了》，即叶芝于1893年献给茅特·冈的。不幸的是，诗人的痴情没有换来对等的回报，他得到的是冷遇。这一年，诗人28岁。

和那些幽幽的"静物"型美人不同，茅特·冈性格外向，追求动荡和炽烈的人生。除了灵慧的艺术细胞，上帝还在其血液中注入了旺盛的冒险因子，她是一个敏于政治、主张在外向行动中赢取生命意义的女子。

惊人的美貌和桀骜不驯的性情、温柔的躯体和狂热刚韧的意志、艺术才华和披坚执锐的欲望、舞台上的优雅婀娜和狂飙突进的政治爆发力——种种混血特征，种种不可思议的品质，一起融就了神秘的茅特·冈！注定了她在女性花园里的稀有，注定了她在爱尔兰历史上的叱咤，亦注定了她在诗人心目中的唯一与永远。

叶芝是诗卷和云层中的骑士，地面上却不然，他更多的是一个先知,一个歌手,一个社会问题的冥思者和文化旷野上的呼喊者,而非身体行动和广场风暴中的骁将,其天性决定了这点。所以现实中,他的手上不会握有射出子弹并致人死命的枪管,其鹅毛笔上也不会沾染谁的鲜血。英国诗人奥登,在《怀念叶芝》里即有"把诅咒变成了葡萄园"之说。

敏细、多情、犹豫、矛盾重重……叶芝性格中沉淀着宁静的理性和智者的忧郁,太贵族太书卷气,无论体魄还是气质,都缺乏结实的"肌肉感"和外向扩张力。而诸如起义、暴动等物质方式的斗争,是需要易激易燃的肌肉元素做柴薪的,需要那些以狂野、粗糙、冲动、彪悍和"酒神"精神为生命特征的勇士……

所以他永远都够不上茅特·冈倾心的那种斯巴达克式的雄性标本。虽彼此尊重和敬佩,但"朝圣者"的政治原则和独立主见,使之不会在感情上接受诗人天生的柔软。她一次次拒绝叶芝的痴情,即使在自己最落魄的时候,即使在对方荣誉最盛之时。

1903年,"朝圣者"最终选择了一位军人作为法律上的丈夫:麦克布莱德少校。她的婚礼也让人瞠目结舌:没有婚庆喜乐,却有军鼓、号角和火炮轰鸣;不见婚纱彩车,却飘扬着各色旌帜和指挥冲锋的三角旗……

这确是同志的婚礼。也是诗人爱情的第一次葬礼。

从美学上看,俩人的生命气质恰好构成了一种反向的凸凹。作为理性向下深"凹"的他,无法不被对方浑身洋溢的那种"凸"的饱胀和英勃之姿所诱惑,所俘虏。更要命的是,她美!美得罕见,美得过分!这种"凸"的攻击性竟生在一副妖姬般的肢体上。如果她长得一点不美,或美得不够,事情就简单多了。

他远离茅特·冈的战场，却一步也未走出过她的情场，走出她作为女人的雷区。

在接下的数十年光景里，从各式各样的角度，茅特·冈不断地撩动诗人的神经，他感伤、失眠、沉思、动容，为她的事业所激越，为她的安危所牵绊，为她的偏执所忧虑……总之，他摆脱不了斯人的影子，其音容笑貌，像雪巅无人区的脚印一样，深深收藏在诗人脑海里，成为挥之不散的灵魂印章。"每当我面对死神／每当我攀登到睡眠的高峰／每当我喝得醉醺醺／我就会突然看到你的脸。"（《一个深沉的誓言》）。其一生中，至少有几十首诗是因茅特·冈而作，就连晚年最重要的诗集《幻象》也莫能外，在该书献辞中，他说："你我已30年没见，不知你的下落，很显然我必须将此书献给你。"

在一首题为《破碎的心》的诗中，他感慨万千："为你一个人——认识了所有的痛苦！"这痛苦对普通人来说可谓不幸，但于诗人的艺术生涯而言，却属福祉。现实之死，正是艺术的开始。苏格兰诗人绍利·麦克兰在《叶芝墓前》里说："你得到了机会，威廉……因为勇士和美人在你身旁竖起了旗杆。"

"勇士"，当指爱尔兰自治运动中那些武士般的激进者。"美人"则由茅特·冈领衔主演了，她甚至身兼双职。那"机会"，指的是一个时代所能给一个天才提供的精神资源和能量。

1916年复活节，爱尔兰共和兄弟会揭竿而起。暴动失败后，包括麦克布莱德在内的众多起义者遭处决。对于起义，叶芝虽理性上无法接受，但在喋血和绞架这些悲壮的符号前，诗人被震撼了，牺牲本身那种天然的纯洁性、所辐射出的信念硬度和恢宏的生命气势——都向诗人传递着一种高尚的悲剧美、一种礁石搏击旋涡的高潮之美……就连麦克布莱德——这个昔日情敌兼"酒鬼"的形象也陡然高大起来,"一切都变了,一种可怕的美已诞生!""我们知道他们的梦,知道/他们曾梦过,死了,就够了……"(《一九一六年复活节》)

从历史的公正角度说,叶芝那些让茅特·冈不屑、甚至讥为"冷漠""软弱"的理性,无疑是充满智慧和远见的。不仅对19、20世纪之交的爱尔兰,就是之于整个世界、之于20世纪的无产者运动和民族激进革命,也属犀利的批评和深邃洞见。比如那首《伟大的日子》:"革命万岁!更多更多的炮声!/一个骑马的乞丐鞭打步行的乞丐,/革命万岁!更多更多的炮声!/乞丐们换了位置,但是鞭打依然。"

这种对乌托邦革命的讽喻,这种对"武器的批判"的批判,完全源于一颗赤子之心,源于对民族和同胞的深爱。"长久以来,他追随了那使他自己成为祖国的翻译者的精神——这是一个很久以来就等待着人们赋予一种声音的国家。把这样一生的工作称为伟大,是一点也不过分的。"(诺贝尔文学奖授奖词)

但对历史有用的,对爱情却未必。对人类整体有用的,对一个女人却未必。

爱是风。一场让人害热病害癫痫的风。她能酥化骨头,使之发痒、变软、变得飘然、恍惚、昏沉……到头来,却是浑身发冷、牙齿打战,丧失对事物的抵抗和分辨。

1917年,诗人竟转向茅特·冈的养女伊莎贝尔·冈求婚。

这次匪夷所思的示爱,毋宁看作一幕时隔半生的、变相甚至变态的——向"朝圣者"的再次跪拜。和30年前一样，诗人又撞到了墙上。

1919年2月，叶芝的女儿出世（当时他已和一个追求者乔·海·利斯结婚）。此时，诗人54岁。激动之余，他写下了《为我的女儿祈祷》，诗中祈求女儿能够美丽，但一定不要像茅特·冈那样美！他认为那样的美反而得不到幸福和安宁，就像希腊的海伦带来的是特洛伊战争……"愿她成为一棵树，枝影重叠／她所有的思想像一只只红雀，／没有什么使命，只是到处撒播／它们的声音辉煌又柔和，／那只是一种追逐中的欢乐，／那只是一种斗嘴中的欢乐……"

显然，他想让女儿远离像茅特·冈的人生模型。但，这毕竟是对女儿的期许，而非对待爱人的标准。同时，是否也更佐证了那位女神对诗人的影响和主宰？

1921年，爱尔兰获得了自治领地位。叶芝出任参议员。

1923年，叶芝获诺贝尔文学奖。

1939年，叶芝病逝。

那些"当你老了"的诗句，那关于"勇士""美人"的故事，将替他继续生活，继续在时间中飞奔、跌宕、飘扬……

茅特·冈，永远住在了他为其亲手搭建的诗歌积木里。

从这个意义上说，他和她永远一起了。

(2001 年)

爬满心墙的蔷薇

——读巴乌斯托夫斯基《金蔷薇》

巴氏在形容对契诃夫的爱时，用了一个特殊的词："契诃夫感"。许多年来，在我一遍遍阅读巴氏的过程中，也反复涌上一股感受："巴乌斯托夫斯基感"。

《金蔷薇》，一册薄薄的散文体小书。一打开它，扑面而来的森林、溪水和冰雪气息立即让我安静下来，童话般的语境仿佛置身于缪斯的圣诞夜，而巴乌斯托夫斯基，便是那个挨门逐户送祝福的白胡子老人，他的礼物是诗、是激动人心的月光、是欢悦生命的美……

它的开篇叫《珍贵的尘土》：善良的退伍老兵夏米，相貌丑陋，以清理作坊为生。一天，他遇见了早年照料过的一位姑娘，并再次伸出援手，后来，他突然被一股"依依不舍"的情感所折磨，他自卑、怯懦、羞愧……他暗暗祈愿姑娘能遇到真正的爱情，并冒出一念头——送一朵传说中能带来幸福的"金蔷薇"给她。从此，每天夜里，夏米都背着一个巨大的垃圾袋回家，里面装着从银匠作坊里扫来的尘土，他用筛子不停地扬着……终于有一天，他捧着一小块金锭去找老银匠。当"金蔷薇"终于诞生的时候，姑娘已去了异国，且没留下任何地址。不久，他去世了。

"每一分钟,每一个无意中说出来的字眼,心脏每一次不易觉察的搏动,一如杨树的飞絮或深夜映在水洼中的星光——无不都是一粒粒金粉……而作家,以数十年光阴筛取这种微尘,不知不觉将其聚拢一起,熔成合金,然后铸出我们的'金蔷薇'——小说,散文,长诗。"

这是对文学劳动最深刻的诠释和忠告了。从触及它的那刻起,我知道自己踏上了一条多么艰辛、费力且没有承诺保障的路,或许一辈子都要像夏米那样背驮麻袋,汗流浃背地扬尘,无数个不眠夜后,连夏米的幸运都没等到——我筛得的粉末尚不足完成一盏幼小的"金蔷薇",等来的只是他的不幸,心爱的女人已擦肩而过……最后又像他一样寂寞地死去。

但我宁愿,为了那朵皎洁的"蔷薇梦"。

试想一下,有谁能像安徒生那样痴爱童话和森林——以至迷狂的境地?我想,巴氏应是最具竞争力的一位,他们的精神气质和艺术秉性那么相似,仿佛灵魂的孪生兄弟。透过巴乌斯托夫斯基文学客厅的窗口,你几乎可以瞥见那个时代所有的俄国文豪,但倘若里面只有一位客人的话,那一定是:汉斯·安徒生。在巴氏笔下,这个丹麦人无疑是被描述最多、最动情的——

"这个腼腆的鞋匠在炉边蟋蟀的歌声中溘然长逝,他是一个极普通的人,然而却把自己的儿子——一个童话作家和诗人献给了世界。

安徒生喜欢在树林里构思……每根长满青苔的树桩,每一只褐色的蚂蚁强盗(它拽着一只长有透明绿翅的昆虫,就像拽着掳掠来的一个美丽公主),都能变成童话。

他是穷人的诗人,尽管国王们都把握一握他那枯瘦的手视为荣幸……任何地方都没有像丹麦那样宽阔而绚丽的彩虹。"

对这位早生一个世纪的外国人,巴氏有一股特殊的亲情,他7岁时遇到了安徒生童话,按他的话说,这是其生命旅途邂逅的第一朵金蔷薇,"这一点我很久之后才懂得:在伟大而艰辛的20世纪的前夜,我能结识安徒生这位亲切的怪人和诗人,简直是走了运"。安徒生童话之于他,有着生命磁场般的意义,"人类的善良品质,犹如一种奇妙的花香,从这本镶金边的书里飘了出来"。

和安徒生一样,巴氏的才华受孕于其善良性情和对生活巨大的憧憬——一种月光般的能量——由对世界的悲悯、对苍生的关爱、对草木的体恤所喷涌出的一种深切的激情和美德。

善良有多深,才情就有多深。

酷爱自然,几乎是俄国作家的共同品质,而像《金蔷薇》这样执著地寻访文学与地理、精神与自然的关系,即不多了。在《洞察世界的艺术》中,他描述了一位画家的举止:"每年冬天,我都要到列宁格勒那边的芬兰湾去,您知道吗,那里有全俄国最好看的霜……"我现在还能觉出最初撞上这句话时的激动和羞愧,因为我从未意识到"最好看的霜"之存在——这是一记多么惊人的美学发现啊!自己的日常感受原是多么粗糙!

"假如雨后把脸埋在一大堆湿润的树叶中,你会觉出那种沁人心脾的凉意和芳香……只有把自然当人一样看,当我们的精神状态、喜怒哀乐与自然完全一致,我们所爱的那双明眸中的亮光与早晨清新的空气浑然一体时,大自然才会以其全部力量作用于我们!"

和许多俄国同行相比，巴氏似乎是一个例外，他很少——几乎没有卷入时代的政治伦理旋涡中去。像果戈理、陀思妥耶夫斯基、托尔斯泰、帕斯捷尔纳克等人，都是在一种巨大的精神压力和令人窒息的苦难气罩下，以反抗、挣扎或悲愤姿态完成灵魂突围的，但巴氏不，理想、唯美和诗意乃其与生俱来的打算，他从未想过因某种原因在这些方面打折扣。正像他解释安徒生时所说："是的，我们需要幻想家，是停止对这三个字进行讥笑的时候了。""童话不仅为孩子，也是为成人所需要的。""对生活的宽容态度往往是一个人丰富内心的可靠标志。像安徒生这样的人是不愿把时间和精力浪费在世俗纷争上的，因为周围闪耀着鲜明的诗意，不要放过春天亲吻树木的那一瞬间……"诗人气质、理想人格、生命美学的纯粹、对永恒价值的守护、对细微事物的体谅、突破时代圈栏的行走……这一切奠定了他写作上的巴氏风格，一种知识和精神上的"百科全书"风格。

或许，也正是基于这种高尚的巴氏风格，这种完美的人道主义风范，1965 年，他被提名诺贝尔奖候选人。

多年来，我已习惯于将《金蔷薇》搁在枕边，就像孩子总把最爱的糖果安排得触手可及才行。睡前随意翻开某页，无论内心曾多么浮躁、闷热，这时你都会安静下来，连室内空气都变得像书中森林里的那样：流畅、清澈、湿润，有一股沁人心脾的薄荷的静，雾的涟漪，绿的香味……

它将有益于你的精神，你的呼吸，你的肺……在有益于身心健康方面，我认为巴乌斯托夫斯基是最令人难忘的一位。

（本文为节选）

（2000 年）

> 她属于任何要她的人。
>
> ——《印度之歌》

有毒的情人

——怀念玛格丽特·杜拉斯

你抚摸了我

1996年3月3日,玛格丽特·杜拉斯去世。

她登上梦中无数次出现的白客轮,她起航了。

杜拉斯说过:"有时,我重新读自己的书,不禁落泪。我问自己这究竟怎么回事,我是怎么写出来的,怎么能这样美呢?"她并未夸大其词,这样说话的她,比任何时候都要诚实。

20世纪80年代末,我第一次读《情人》和《蓝眼睛,黑头发》,那种激动得说不出话的感觉!那种急得大汗淋漓却找不到表达的感觉!甚至想迁怒杜拉斯——她表达得那么好,简直过分!我从未读过如此散漫又这般周严、极度紊乱且一丝不苟的小说,感觉自个正遭受一种美的折磨,幸福的阅读莫非也是一种受伤?

某天，与一初识的书友聊天，无意中扯起"最喜欢的作家"，当对方冒出"杜拉斯和茨威格"时，我眼前突然跃出一道光，突然被照亮！后来成了极好的朋友。杜拉斯就像文学收藏者之间的一个密码，一记接头暗号，它让交流省去了很多客套和试探性的麻烦，使问题突然变得简单，让两个陌生者一下子就能从人群中认出对方……那时，杜拉斯远未流行，甚至很偏远，很角落。

从此，我几乎真爱上了她。少女杜拉斯！中国情人杜拉斯！甚至把她想象得和电影女主角一样楚楚动人。不，比她们更美！

"写作就是我。因此，我就是书。"

她表示没有自身之外的写作，不存在虚构，或者说生活即最大虚构。

我只读过她七十多部书的十分之一。我想够了。对一个分不清写作和现实、靠文字呼吸、沉溺于思绪幻象中的人来讲，她作品的每个部位都称得上全部了，就像一截毛发足以鉴定一个人的基因。

她一切都开始得很早，爱或写。其风格几乎一生从未更变，但这并不意味着她在重复，相反，正如她所说："真正的做爱并不重复，而是唯一的恋人、唯一的欲望中发现那陌生的、无法替代的新鲜东西。"她拥有最忠实和稳定的追随者，从不用担心他们会掉队。就像爱上一个人，意味着将领受其全部，她赤裸裸的全身特征：温情和粗野，优雅和邋遢，沉静与疯狂……

她的书有一种特质：你根本无须打量标题，随便翻开某一页，或任风吹起哪一页，都会津津有味地看下去……

"我们又来到单身公寓。我们是情人，我们不能停止相爱。"

"她先前闭口不谈的事现在说了：我遇见过一个人，他的眼睛就是这种蓝，你无法抓住他目光的中心点，不知那目光从何而来，仿佛他在用整个蓝色看东西。"

其故事就这样，任何地方都是开始，亦会随时结束。每一段，每一句，都有完整的全局性含义，都有告别的意味在里面。其语句有一种巨大的浓缩性和放射性，像铀。词就是矿。每个词都辐射。

"她用很低的、含糊不清的声音呼唤着一个人，仿佛那人就在这里。她似乎在呼唤一个死去的生命，就在大海的另一头……她用所有的名字呼唤同一个男人，回声中带有东方国度呜咽般的元音。"

跟随她的词，你被一种温软而尖锐的东西小心包裹着，侵略着。你与她，像两具亲密身体间的胶合与缠绕。而有时你会觉出疼，某种悲怆、惘然和屈辱的泪水，从文字中汩汩而出，像橡树汁。

你或许想不到，她最多的情绪竟是：哭。

"她在哭泣。这是由于她处在一种极其愁苦和沮丧的状态中，这不会折磨他人。她在悲伤，但这悲伤会和某种幸福携手同行。他明白，在这种情形下，他永远无法同她叙谈。"

"他走向露台。天色很暗。他在那儿，他在看。他在哭。"

加缪说：你必须生存到那想要哭泣的地步。

写，写，总是写

"什么都要读出来，空白也是这样，我的意思是：什么都要重新找到。"

"您可以看到，我在阅读文本时，丝毫不想去加深它的含义，不，一点也不想，我要的是文本的原貌……含义在过后就会出现，它不需要我的帮助。"

她在大声地教，教别人如何读她，爱她。如何做才令她更满意。

她谈论最多的是爱、性、暧昧、欲望、死亡、疲惫。她只写熟悉的东西，甚至只写自己。但那些东西之于读者，会觉得正是自己，她说出了每个浑然不觉的我们。正如有评论说："她会把最内行的读者带到失去平静的地步。"

"我对他说：我愿意他有许多女人，我是她们中的一员，和她们混在一起。我们互相望着，他忽然明白了我在说什么。他目光变了，变得虚伪，伴着邪恶和死亡。"

像一位灯光师：她懂得何时让该物清晰，怎样去照亮，以防误解；何时让该物变暗，变得模糊、隐匿，从而更生机勃勃。

尽量给表达留下空白，尽量再现"不可表达和不敢表达之物"。

"我知道，一本书里必须有更多东西，必须知道人们心甘情愿地不知道什么东西。"

她有时让人狂喜（那是因为刚得到了某种佐证和声援），有时让人恼羞（因为她露骨地说出了大家不愿公开承认的秘密）。

更多时候，一个读者会对她既想亲近又想疏远，而少有人能做到对她不理不睬。

"夫妻间最真实的一点，是背叛，任何夫妻，哪怕成绩最好的夫妻，也不能促进爱情。"

"假如人未曾被迫屈服于肉体的欲望，也就是说，假如人没有经历过激情，他将一事无成。"

其闺中密友米歇尔·芒索说："她敏锐得让人吃惊，使人看见本来能独自看见却偏偏没看见的东西。我们由于懒惰或习惯不能达到的那一步，她却自然而顽强地一下子就抵达了。"

"假如你只愿意同一个人做爱，那是因为你不喜欢做爱。"

诡秘的逼视与穿透力，像一抹意味深长的灵猫的微笑，令人陌生、不安和感到危险。她小说中有句话："她觉得他陌生得像是尚未来到这世上一般。"

我钦佩她吐舌的勇气、自如与滑翔之美。然后是精湛和深邃。

"写作必须很强大，须比作品更强大。"她答道。

"她竭力把灵感的第一时刻及'难以忍受的强度'和'无法表达的乐趣'同别人的以及首先是她的阅读时间联在一起。她的作品硬是要理解无法理解的东西……并再现一种时刻。在这种时刻，写作成为偶然的叙述，作为一种'无意识的完美'的本能走向远处的'有意识的不完美'。"（拉巴雷尔《杜拉斯传》）

"她把她刚才对他叙述的一切都给了他，为了让他夜晚孤独一人时用这一切来做他想做的事。"

"他们睡着,背对背。一般都是她先入梦乡。他看着她渐渐离去。忘掉房间,忘掉她,忘掉故事。忘掉一切故事。"

任何细节都是最微小的整体——杜拉斯要的就是这。这随心所欲的难度:让每个句子都变成别有用心的东西。

"我喜欢你。真好。我喜欢你。突然又那么缓慢。那么温柔。你不会明白。"

不期而至的短句子,恰如其分的断裂,水银一样的节奏、语感、步履,随心所欲的急停、顿挫、陡转……奇怪的是,这一点也不削弱语意的丰满,甚至更完整。果敢、决绝,少有人敢于并能够这样做。最奇妙的是:她明明做得那么好,却浑然不觉,完全不是故意。

"我写作时处于精力特别分散的状态,我无法控制自己,我的脑袋就像漏勺一样。"

是啊,瞧瞧这些随手拈来的标题吧:《右翼,死亡》《走开!》《我母亲有……》《明天,人类》《她写了我》《就像一场婚礼弥撒》《我不怕》《还是褒曼,总是褒曼、褒曼》……

"写作中,她使用两种类型的地点。一种是开放的,海滩、河畔、花园,另一种是封闭的,酒吧、客轮、卧室。第二种地点表示'秘密性,是一种特别的劝诱',而写作本身就是一件秘密的事。"(《杜拉斯传》)

"昏暗的花园中出现这位孤独的男子,景色顿时为之黯然,大厅里女人们的声音也减弱了,直至完全消失。继这黄昏之后的黑夜,美丽的白昼便如大难临头,顿然消殒。这时候他俩相遇了。"

"她停住了,看了看他,然后告诉他,在刚刚见面的时候,她就知道她开始爱上他了,正如人们知道自己开始死去那样。"

陌生、邂逅、身体、对视、害怕、房间、迷乱、性爱、睡眠、永诀……是杜拉斯的主元素。她的文字永远飘散着一种特殊的"感官"气息,一种可触摸的柔滑,仿佛水晶充满了体温,血液弥漫着酒,空气荡漾着花瓣……有黑色静物的特征,有扑朔迷离的动感。仿佛一种叫夜来香或昙花的神秘伤口,幽幽地、安详地,在只有俩人的夜晚绽放……身体也在练习绽放,哆嗦着,勇敢地。唯有空气在一旁,绽放是不需要帮助的。

"房间里,那两个身躯重新倒在白色的床单上。眼睛紧闭着。

后来,它们睁开了。随后,它们又闭上了。

一切均告完成。房间里,他俩周围凌乱不堪。"

作为读者,你会觉得生活中突然多了些东西,又似乎少了些东西。

这情景既美好,又充满不祥的告别气息。

她太熟悉词了。像熟悉肚子里的蛔虫。清楚它们暗地里喜欢做什么,谁渴望与谁在一起。她摆弄语言的方式像小孩子吸吮自己的手指,又像是她在和语言做爱,又像是教唆词和词之间做爱。

"他走近她时,我们发现,他和她的重逢充满了欣喜之情,但又为将再次失去她而感到绝望。他脸色很白,与所有的情人相仿。一头黑发。他哭了。"

她的语言天生有一种"巫"和预言的味道,一列黑天鹅绒的楼梯气息,它使你情不自禁地踩上去,有种危险,有种刺激,有种猩红的类似唇膏和脚踝的亢奋。你会感觉自己正配合她分泌一种东西,一股不知不觉流出来的黏稠和湿热……这是她在邀你分享。你感激她。

"他占有她就像占有他的孩子……他和孩子的身体玩耍,他把它翻过来,又重新盖上她的脸……只要一下,她请求着……他叫着他不要她了,不和她玩这个了。他们又被恐怖攫住了,然后这恐怖消失,他们向它让步,在泪水、绝望和快乐中,让步。"

她对每句话的使命都非常敏感。她总能让一句话把该负担的含义全部担起来,而不会被压弯。即使偶有闪失,后面的句子也总能及时补上。所以她的每句话往往不是一句话,而是一个"库",就像一块石头不是一块石头,而是一块"矿"。一座"资源"。

杜拉斯的"写"究竟算怎么一回事?

我最快的说法是:杜拉斯乃一种"口型"。在寻找"口型"上,我认为有两个人最出色:马尔克斯和杜拉斯。而他们对时间的理解又有着惊人的共鸣感,比如《百年孤独》和《情人》那两个纪念碑式的开头。

杜拉斯曾问:造成一部书区别于另一部书的东西到底是什么?

我想,应该是口型。说话的口型(语言的神情、节奏和散发的气味）。我认为正是这口型，决定了你接下来究竟想、会、能——做些什么出来。

爱，爱，永不退休

玛格丽特，您在生活中最喜欢什么？

她说："这很容易回答，爱。"

爱是故事的唯一真相。在她眼里，没有爱的时间是无权被记住的。

小说始终重复一幅画：一个男人朝一个女人走去，一点一滴靠近，贴紧，稍稍挣扎，再靠近，贴得更紧……消逝。

"即使到了80岁，我也还能爱。"所以她在《情人》开头就说——

"当我年华已逝的时候，一天，某个大厅里，一位陌生男子朝我走来。他微笑着说：'我认识你，永远记得你。那时你还很年轻，人人都说你美。我来是特地告诉你，我觉得你比从前的时候更美……'"

这是缠绕其一生的图景。爱和被爱。永不退休。

爱就是旋涡，投身爱就是要把时速、狂风和浪尖造出来。

杜拉斯作品中每次发生的爱都是为了冲上浪尖——从读第一行起，你就能嗅出那股令人屏息的酝酿爱的气味，像一桩公开的阴谋。有人说：她的文字让人的身心会产生一种轻微的"不适"。不错，这是爱的紧张，爱的前兆，因兴奋和过度绷紧而起的冒汗或痉挛……她邀你跟随她的身体和灵魂一起去冲浪，一程程颠簸，一程程焦虑、思念和害怕。一次次攻占和沦陷，一次次胜利和投降。

"大海，无边的海，汇集，消散，重新汇聚……我一次又一次要他做下去，要他做。他做了。真是快乐得要死。这样做真是快乐得要死……一种更大更汹涌的气息埋葬了白天发生的事。沙滩上将什么都留不下。"

"她问他这是不是最后一夜。他说是的，这可能是最后一夜，他不清楚。他提醒她，他对任何事物向来就是一无所知的。"

爱即创口，这创口唯"离别"才能关闭，仿佛花要借凋零方能合上。所有的爱都是分手。相遇就是别离。

"他醒了。他像是请求原谅似的说：我累了，我好像正在死去。"

情欲孵化着新生，也启动着它的死亡。爱之原理是：像球，靠"离去"实现每一次滚动。

"作家的身体也参与写作。""欲望撞开了所有的门，包括……创作的门。"

她鄙夷对身体显出漫不经心的那类人。"当人们听到身体发出的声音，听见身体怎样撞击或让周围的一切沉默……我说那是欲望，说穿了那是人身上最专横的东西。"

谈到《情人》她说："对我而言，那个到城里上学的小姑娘，走在电车道的马路上,走在市场上……其目标就是要走向那个男人,她有责任委身于情人。"其实,她的每一部故事都是对这个"目标"和"责任"的最新描述和诠释。

"男人与女人之间,是最具想象力的地方。"

她从不神话爱和性,她只求能找到它们,只求听到那震荡身体山谷的美妙的撞击和回音。她熟悉感官,重视所有部位,比如一截头发、颈窝和肋骨,经她注视后总有一种动荡不安、摄人心魄的威力。在她眼里,每个不经意的动作都放射一股静电,窝藏最忐忑的真相和意义。

"皮肤光滑细腻,身体瘦弱,没有肌肉。他可能得过病,正在恢复期。他太弱了。他好像受了侮辱一样……她抚摸他、感受他肌肤的温馨,抚摸着黄皮肤,抚摸这未知的新奇。他呻吟了,啜泣了。他在不可救药地爱着。"

"他的身体将重新盖住她的身体……他将缓缓陷入中心地带那温暖的淤泥深处。他在那儿一动不动。他将等待他的命运……"

语无伦次的梦呓,像一种奇特的叶子在夜里的簌簌声……男女躯干在桑叶般宽大的床或沙滩上蠕卷或翻滚,笨拙而灵活……不,是蛇和树,鼠和洞,汗水和眼泪,厮杀和抵抗,骄傲和屈辱,野蛮和温柔,毒和毒……灵魂,像一缕香气袅袅升起,弥漫成月光,到处是氤氲,到处是幽幽的闪烁……

崇高而无耻,妖冶而纯真。她就要这个。

"大海,没有形状,无与伦比。"

亚洲最大的情人

"女人们不在欲望的地点写作,就不会写作,只会抄袭。"

杜拉斯的情欲地点常选择在海上、沙滩、轮船、密林……但有一点,她最喜欢亚洲。亚洲是最令她欲望高涨的地方。那种潮湿、杂芜、溽热、黄皮肤……总能使她焕发少女的激动。

"让我再告诉你,那时候我15岁半。一条渡船在横渡湄公河。"

她生于越南南部,18岁迁居法国。"一个人不会因搬家而同自己的童年时代脱离关系……我的出生地点已被粉碎。即使这样,它也不会离我而去。"

茂密的叶子、三角洲、窝棚、雾、青春期、害怕、自卑、早恋、贫困、母亲和哥哥、死亡、海水、暴雨、破产……童年的景象决定了杜拉斯小说的氛围、元素和构件,塑造了她诡秘的词语气质。那种少女式的犹豫、怯惧和怀疑态度,呈现在叙述上就是词的闪烁和飘移,是意义的不确定……

"有一件事我是会做的,那就是凝视大海。"

水的威严、诱惑和后果,充斥着少女的情怀。既害怕,又幻想投身;既想逃,又试探着贴近。"我的那些噩梦,总是同海潮和海水的涌入有关。"她一生都被迫面对汪洋,她的身体终生都浸泡在海的气氛中。还有深不可测、埋葬光线的丛林,"我害怕森林时,就害怕我自己。""我一生从未独自在森林里走出五百米而不感到害怕。"

她一生的小说似乎都在补充和繁殖自己的少女经历。

还有日本。

爱情、死亡、历史、遗忘……是杜拉斯生命印象中最牢固的东西。为此，她专门写了剧本《广岛之恋》，并亲自为电影设计了片头——

两具贴在一起的裸体，两性欢爱的汗水，不断与原子弹侵蚀人体后弥漫的灰尘、露珠重叠……

故事大意：1957年，广岛，日本男人和法国女人相遇。女人是演员。她从法国小城讷韦尔来，拍一部关于广岛的和平宣传片。二战间，她曾爱上一名纳粹士兵，战争结束，恋人被处死，她也被剃了光头，躲进了地窖。在广岛，她想通过日本男人重新体验与敌对者的恋情，但最终明白一切都是徒劳，自己的爱早已死在了法国……结尾是没有名字的男女互相以对方的地名作为称呼："你的名字叫广岛！""你的名字叫讷韦尔！"

在死亡的背景和瓦砾场上演绎有毒的爱——典型的杜拉斯性格。

还有印度。

"她只能生活在那里，她靠那个地方生活，她靠印度、加尔各答每天分泌出来的绝望生活。同样，她也因此而死，她的死就像被印度毒死。"

有意思的是，杜拉斯虽一生只在印度待过两个小时——那时她才18岁、站在驶向英国的船头上，却写出了"印度系列"四部小说：《副领事》《爱情》《印度之歌》《洛尔·V. 斯泰因的迷狂》。并成就了其创作生涯的"印度高原"。

还有中国。

她的第一个情人（即《情人》中的青年）来自中国。而她最喜欢的小哥哥，抗战期间也死在中国。某种意义上说，杜拉斯更是中国的情人。

越南、日本、印度、中国……如此喜欢把东方纳入爱情领地的女作家，欧洲似乎只有杜拉斯。另一位是个美国人：赛珍珠。

老迈的少女

"她的每一本书都像一条私人信息，使我可以找到她。""在她的书中可以找到一切……正如生活中的她一样：掩盖或揭示空虚，同样都滔滔不绝。"（《闺中女友》）

"15 岁时我就有了一副享乐的面孔，那时我却不知享乐为何物。这副面孔很容易看得出来。母亲也该看得出来……我的一切就是以这种方式开始的：光彩照人、疲惫不堪的面孔，与年龄、经历不符的黑眼圈。"

法国作家克·鲁瓦说："她总是过着只增不减的生活……她从来不会不爱，即使爱得断断续续。"杜拉斯一生爱过的人（尤其精神上的）确难统计：某中国青年，罗·昂泰尔姆，某德国军官，狄·马斯科罗,扬·安德烈亚,法国总统密特朗……

1980年,她70岁时,27岁的扬·安德烈亚成了她最后一届情人。据这位年轻人说:"她比我更年轻。她猛冲猛杀,什么都不在乎……我,扬,我不再是我,但她以强大的威力使我存在。"

临去世前,玛格丽特羡慕地嘱咐他:"你什么都不用做了,写我吧。"

"她更多地与乔治·桑相像,富于行动,能一本接一本地写书,不放弃对男人、植物、艺术、食物、迟归的晚会的热情。""她的自信使她变得专横,但同时也变得才华横溢。""她到我家来吃饭,总两手空空。她有一次这样说:'我把我自己带来了。'……人们说她吝啬,其实她以别的方式献出。"(《闺中女友》)

C. 鲁瓦在《我们》中曾给杜拉斯画像:"她的狂怒和食欲都漫无止境,像山羊那样粗暴,却像鲜花那样纯洁……像猫一样温柔,又会像猫那样疯得毛发竖起……贪婪、快活,又稳重,脚踏实地。"

创作上敏捷、锐利、节省、绝对、整洁、不间歇、永不疲倦,生活中却邋遢、健忘、含混、喋喋不休、偏执、孤芳自赏、暴风雨似的焦灼、自相矛盾……一会儿像闪闪发光的小女孩,一会儿像又丑又凶的老太婆。一会儿像叫花子,一会儿像富翁遗孀……小妇人的刻薄、多疑、矫情、吝啬、虚荣心、表现欲、神经质,她一样不缺。

"她不放过任何东西,尤其能使她发笑的东西。"在罗马,法国大使馆邀请她去喝茶，她出来的第一句话是："你们见到大使夫人的毛衣了吗？她把毛衣穿在衬衫里面！"尽管她说："很奇怪，人们考虑年龄，我从来不想它。"但仅仅因为米·芒索在书中提到了其真实年龄，她竟不顾那随自己一次次搬家、伴她喜怒哀乐30年的友情，至死不谅解对方。

或许这更能说明她强大而脆弱的内心，作为普通女人和优秀作家的立体与全景。她说："作品不是叙述故事，而是叙述一切。"是啊，一切的杜拉斯才是真实的杜拉斯。

"她没有主张，她只有幻觉。""在她作出过激行动时，我总发现其中有一道微光，她没有证据，没有准则，但她有直觉。"（《闺中女友》）

我敢打赌，杜拉斯绝对算得上说话最多的女人之一。她一生说过无数让人瞠目结舌且佩服之至的话，混乱却不失精辟，句句珠玑又自相矛盾。比如她说："不可获得的爱情是唯一可获得的东西。""我觉得世界上任何爱情都不能代替这种爱情，即爱情本身。""写作，也是对鲜肉、屠杀、消耗力量的渴望。""不消灭已存在的东西，人们将一事无成。"

她写信给朋友、法国总统密特朗："打倒哀愁。让金钱流通，因为它最活跃。是的，当然，无产阶级，但金钱也是……"

缺损而完整，荒诞而正确，怪僻而生动。

一切那么神奇，一切合理得不可思议。

杜拉斯——富饶的女人！大仓库般的女人！海边废弃的大仓库！永远有新的物资，吐纳不完的货，抖不完的发现和秘密……仓库般的身体和仓库般的大脑：堆满无数真实和虚拟的男人，堆满横七竖八的奇特玩意，垃圾和宝石一样多。"仓库"也可用来形容她的小说：语句扑朔迷离、杂乱无章，情绪扔得到处都是，令人亲切的混乱，猝不及防的露骨……任读者挑拣，各取所需。

正像她在《印度之歌》里说："她属于任何想要她的人。"

杜拉斯把自己献给了任何想要她的读者。为他们生活、抽烟、酗酒、取乐、调情、恶作剧、大笑和死去。她有一种罕见的才华：让文字发出一种"邀宠"的暗示，一种"求欢"和"调情"的气味（如法国香水），很容易使人把她当成暗恋目标，激起非分之想……当然，这也是所有女作家都追求的境界。

"作品穿过一切。""我死了，还可以继续写。"

她的话被证实了。无数关于她的故事在她死后出版。无数她的作品被拍成电影。无数文学青年在她的感染下练习说话。

"当一个作家死的时候，只有肉体去了。因为他已在每本书里慢慢献出了自己的生命。"

直到她去世，我才从某期《世界文学》封面上目睹她的芳容。第一眼看她，我大吃一惊，害羞得想逃走。我一直觉得她的模样应像电影《情人》或《广岛之恋》中的女主角……这说明了我的浅薄和势利。

我知道，这是真实的杜拉斯。酒精里的杜拉斯。被香烟和毒品毁容的杜拉斯。被文学消耗过度的杜拉斯。

后来,读了她的大量传记和生活照片,对她的精神感受才慢慢超过了物质印象,她也一天天美丽起来……

"玛格丽特认为自己长得很普通。这个几乎对一切都透过现象看本质的人,对自己却犯了个错误。她绝非普通,她很美,有时甚至很漂亮,像一道光。但当酒精充满她的身体时,她变得很可怕,像癞蛤蟆。"(《闺中女友》)

粗鲁的杜拉斯!光荣的杜拉斯!

瑟瑟发抖的杜拉斯!

光彩照人的杜拉斯!

"她睡得像青春年少的人一样,又沉又长。

她变成那种不知道有船驶过的人了。"

(注:除注明外,本篇中所有引文部分皆出自杜拉斯作品。)

(2000 年)

> 我反抗，故我存在。
>
> ——加缪

《鼠疫》：保卫生活的故事

——"非典"时期的阅读

一个天性美好的人，一粒灵魂纯正的种子，日日夜夜受困于令人窒息的菌尘中，他将如何选择生命姿态？如何保证人性的正常不被篡改和扭曲？不被周遭强大的恶质所吞没？

逃走是快捷简易的方法，也是一条消极而危险的方法，因为随时都有被瘟神从后面追上并杀死的可能。且"逃走"本身就是可耻的，它意味着存在的制度，意味着把配属给自己的那份苦难留给了同胞，由此而生的自鄙与罪恶感足以将一个稍有尊严的人杀死。正确的选择是：留下来，抗争，至最后。"挺住意味着一切"（里尔克），唯有挺住，才能保卫人的尊严和生命权利。"挺住"，既是生存，也是荣誉；既构成方法，亦造就价值和意义。

面对专制恐怖和法西斯瘟疫的肆虐，加缪的立场正是坚守与反抗。他参加法国的地下抵抗组织和各种人权活动，领导《共和国晚报》《战斗报》，既反对纳粹主义，痛斥政治暴力，又谴责不负责任的虚无论调。他高呼："第一件事是不要绝望，不要听信那些人胡说世界末日！""让我们宣誓在最不高贵的任务中完成最高贵的行动！"不仅如此，他还在自己的小说《鼠疫》中，为主人公——里厄医生及其朋友选择了这一挺立的"人"之姿势和平凡的"高贵行动"。

20世纪40年代的某一天，灾难直扑向了一个叫"奥兰"的平庸小城。一场格杀毋论的鼠疫訇然爆发。在一名叫"里厄"的医生带领下，人与死神惊心动魄的对峙开始了——

混乱、恐惧、绝望、本能、逃散、待毙、求饶、祷告……人性的复杂与多元、信仰的正与反、灵魂的红与黑、卑鄙与高尚、龌龊与健正、狭私与美德皆敞露无遗：科塔尔的商业投机和受虐狂心理，他为鼠疫的到来欢呼雀跃；以神父巴纳鲁为首的祈祷派，主张逆来顺受，视瘟疫为人类应得的惩罚，最终自己送了命；将对一个人的爱转化为对"人"之爱的新闻记者朗贝尔（为了远方恋人，他曾欲只身逃走，但在与医生告别的最后一刻改变了主意，毅然留在了这座死亡之谷）；民间知识分子塔鲁，他对道德良心的苦苦追寻、对人类命运的忧患与同情，使其一开始就投身于战斗，成为医生最亲密的助手和兄弟，他的牺牲是所有死亡中最英勇和壮烈的一幕："无可奈何的泪水模糊了医生的视线。曾几何时，这个躯体使他感到多么亲切，而现在，它却被病魔的长矛刺得千孔百疮，被非人的痛苦折磨得不省人事，被从天而降的仇恨的娇风吹得扭曲失形……夜晚又降临了，战斗已结束，在这间与世隔绝的房间里，这具已穿上衣服的尸体上笼罩着一种惊人的宁静。

他给医生留下的唯一形象就是两只手紧握着方向盘,驾驶着医生的汽车……"然而,这不是普通的汽车,而是一辆冒着烟的、以赴死的决心和照明全速冲向瘟神的战车,你有理由确信:正是这"刺刀"的意志令对方感到了害怕,感到了逃走的必要。

里厄医生,一个率先开始保卫生命、保卫城市、保卫尊严的平凡人,一个有着强烈公共职责和义务感的人道主义者。他不仅医术高超,也是这座城市里对一切事物感觉最正常和最清醒的人。他临危不惧,始终按照自己的信仰和原则来行事——唯有这样的人才真正配作"医生"。坦率地讲,他本人对取得这场战斗的胜利一点也没把握,但其全部力量都在于:他知道一个人必须选择承担,才是有尊严和有价值的(承担有多大,其价值就有多大)!他知道为了生活必须战斗,必须为不死的精神而战——即使在最亲密的战友塔鲁倒下时,他也毫不怀疑和动摇。这信仰是生命的天赐,是地中海的波涛和阳光、是相濡以沫的母亲和深情的妻子用爱教会他的。他不膜拜上帝,相信天地间唯一的救赎就是自救!正是这峰峦般高耸的理念支撑着奥兰摇摇欲坠的天幕,并最终挽救了它。

良知、责任、理性、果决、正常的感觉、尊严意识——正是这些优美的元素雕塑了一群叫"里厄"的头颅。正是医生、职员、小记者这些默默无闻的小人物(而不是什么市长、议员、警察等国家机器人)——以自己结实的生命分量、以情义丰饶的血肉之躯筑就了奥兰的精神城墙。

故事最后,是里厄收到妻子去世电报的情景(而全书开头,是丈夫送病重的她去火车站）。读它的那一刻，一股冰冷的潮湿贯通我的脊椎，仿佛又看到医生那苍白瘦削的微笑——这凄恻的笑容几乎每天都写在那张脸上。

"母亲几乎是奔着给他送来一份电报……当她回到屋内时，儿子手中已拿着一份打开的纸。她看了他一眼，而他却固执地凝视着窗外正在港口上演的灿烂的早晨。

老太太叫了一声：'贝尔纳。'（医生名字）

医生心不在焉地看了看她。老太太问：'电报上说什么？'

医生承认：'就是那件事……八天前。'

老太太把头转向窗户。医生沉默无言。接着他劝母亲不要哭。"

内心里，我低低地向那个沉默的男人致敬。加缪说过："男人的气概并不在于言辞，而体现于沉默中。"里厄，正是加缪心目中的男人。山峰般的男人。

阅读这部保卫生命的故事过程中，我脑子里不时矗立起两座纪念碑式的声音，仿佛从遥远的神祇山顶上飘来——

"人可以被毁灭，但不能被打败！"（海明威）

"我拒绝人类的末日。因为人类有尊严！"（福克纳）

它们仿佛在为里厄的战斗做着画外音式的现场解说。一刻不停地诠释着、声援着、鼓励着、温暖着……我深深明白，这是女娲补天、夸父追日的飞翔的声音，是普罗米修斯的燃烧和西西弗斯推动滚石的声音。正是这声音，捍卫着人类最后的一线生机、希望与荣誉。

灾难本应成为人类最好的课本。不幸的是，大劫之后，人们往往只顾得庆幸,只忙着庆功,只盼着伤疤早日完消,却将皮开肉绽的痛给忘净了。这也是让里厄忧心忡忡的那种情景——

"他们如醉如痴,忘了身边还有世界存在,忘了那些从同一列火车上下来而没有找到亲人的人……"黄昏的街头,幸存者尽情狂欢,"钟声、礼炮、音乐和震耳欲聋的叫喊……当然,亦有一些看起来确实神色安详的漫步者。实际上,他们中的大部分人是在自己曾受苦的地方进行着一种微妙的朝圣。他们不顾明显的事实,不慌不忙地否认我们曾在这样的荒谬世界中生活过,否认我们经历过这种明确无误的野蛮,否认我们闻到过这种使所有活人都目瞪口呆的死人气味,最后,他们也否认我们都曾经被瘟神吓得魂飞魄散。"

这与鲁迅所说"久受压制的人们,被压制时只能忍苦,幸而解放了便只知道作乐"有何二致?

其实,关于"鼠疫"是否真的已经消逝,小说在尾声已做了预言……

"里厄倾听着城中震天的欢呼,心里却在沉思:威胁欢乐的东西始终存在……鼠疫杆菌永远不死不灭,它能沉睡在房间、地窖、皮箱、手帕和废纸堆中耐心地潜伏,也许有朝一日,瘟神会再次发动它的鼠群,选择某一座幸福的城市作为葬身之地。"

正是从这一意义上,我们认定加缪和他的作品不会过时,只要世上还有荒谬,还有现实或潜在的"鼠疫"威胁,我们就需要加缪和他的精神,他的医学方法,他的里厄和塔鲁们的在场。

(2003年)

亲爱的灯光——怀念别林斯基文学小组札记

——读巴纳耶夫《群星灿烂的年代》

19世纪,是俄罗斯现代精神启蒙的高涨时代,亦是其文学力量参与社会变革最疾猛的岁月。从"十二月党人"开始,一茬茬的贵族和平民知识分子运动风起云涌,文学犁刀对民族土壤的楔入之深,辐射之强,能量之巨,皆举世罕见。

这须归功于文学批评。19世纪俄罗斯文学能有如此光芒,多亏了它自身诞生的批评家及其激烈的呼啸,多亏了别林斯基、赫尔岑、杜勃罗留波夫、车尔尼雪夫斯基、皮萨列夫……正是这些忠诚于信仰和理想的生命圣徒,为一个世纪的俄罗斯文学扶匡着结实的现实主义之路,使文学青年们的热量不至于白白虚掷、不至于无谓浪费于祖国命运之外。

巴纳耶夫《群星灿烂的年代》,向我们敞示了19世纪30至50年代的文学生活图景。其中,最令我迷醉和神往的,当属别林斯基小组聚会的那些章节——也是让我的灵魂最感明亮和欢愉的部分。

巴纳耶夫自1834年在《杂谈》上第一次发现别林斯基的文章(《文学的幻想——散文体哀歌》)起,即强烈地被吸引住了:"它那大胆的、最新的精神……这不就是我许久以来渴望听到的那种真理的声音吗?""读完全文后,别林斯基的名字对我来说已变得十分珍贵……从此,再也不放过他的每一篇文章了。"

1839年春,巴纳耶夫决定去莫斯科。"当车驶近莫斯科时,一想到再过几小时就可见到别林斯基,我的心就欢快而剧烈地跳动起来……我即将进入一个新的环境,它同我过去的那个环境毫无共同之处……多亏了别林斯基和他的朋友们,我才有了一生中最美好、最幸福的那些时刻。"在别林斯基们的影响下,巴纳耶夫的创作由浪漫主义转向批判现实,成为40年代俄国"自然派"的重要成员。

别林斯基小组的前身是由斯坦克维奇(1813年—1840年)发起的"文学哲学小组"。该小组1831年创始,主要由大学青年参与,斯坦克维奇是小组的灵魂和榜样,他超前的胆识、高贵的理想和完美人格对别林斯基影响至深,可这位优秀的生命仅27岁就夭逝了。"每个人在回忆他时都满怀虔敬之情,每次别林斯基眼里都噙着泪光……"

别林斯基、巴枯宁、卡特科夫、克柳什尼科夫、阿克萨科夫……这一班人几乎每晚都聚集在包特金家,讨论文学、美学、哲学的各种问题,朗读自创或翻译的作品,并试图对世上所有问题发表见解。虽观点不一,甚至有严重分歧,但灵魂的亲近总能使他们及时地消除误解。这个心灵家族是自由、充实而快乐的,他们的性情与能力总能神奇地互补,"每个人得到的东西都成为大家共同的财富。"激烈与宁静、冷峻与温馨、苛刻与宽容、凝重与诙谐……巴纳耶夫看到了一片浪漫而庄严的精神风光。

"我永远也忘不了这些晚间聚会。为了探讨那些在今天、即二十多年后看来可笑的问题,他们花费了多少青春的时日、朝气蓬勃的精力和智慧啊!有多少次热血沸腾,又有多少次彷徨于迷途……然而这一切没有白费,它造就了一批最热情、最高尚的活动家。"

别林斯基滚烫而笔直的秉性惊动了巴纳耶夫,他清晰地觉出这位同龄人血管里那股由俄罗斯命运巨石激起的澎湃。"他站在我面前,苍白的脸变得通红:'我向您发誓,任何力量都收买不了我!任何力量都不能迫使我写下一行违背信仰的字来……与其践踏自己的尊严,降低人格或出卖自己,倒不如饿死了更痛快——何况我本来就每天冒着饿死的危险。'(说到这他苦笑了一下)"

其时,别林斯基生活上极为窘困,他参与的《莫斯科观察家》已入不敷出。"他开始向小铺赊欠。他吃午饭时我不止一次在场:一盆气味难闻的汤,撒一把胡椒粉……当然喽,别林斯基不会饿死,朋友不会让他饿死。"

1839年10月,经巴纳耶夫力荐,别林斯基赴彼得堡主持《祖国纪事》评论专栏,开始了他一生中最璀璨和成熟的创作生涯。

19世纪30年代的莫斯科,除了"斯坦克维奇—别林斯基"小组外,还有赫尔岑、奥加寥夫主持的小组,后者更注重对社会民生和体制问题之研究。1834年,该小组的主要成员一并被捕,数年的流放之后,赫尔岑、奥加辽夫、别林斯基、格拉诺夫斯基、巴纳耶夫等人正式团聚,彼此倾心相待,结下兄弟般的情谊,赫尔岑坚定的现实立场对别林斯基们影响尤深。

继早逝的斯坦克维奇之后,格拉诺夫斯基是对莫斯科小组作用最大的人之一。他1839年一回国便填补了别林斯基的空缺,莫斯科青年狂热地追随他,迷恋他那种"一心追求自由的西方思想,即独立思考和为争取独立思考的权利而斗争的思想"。格拉诺夫斯基是历史学者,但毫无学究气,他利用莫斯科大学讲坛和报刊宣传自己对现代公民社会的认识。他性情温蔼,思维精致,身上"总有一种令人赏心悦目、使人神往的东西,就连那些对其信仰持敌视态度的人,也无法不对他抱有个人的好感"。赫尔岑极推崇他:"格拉诺夫斯基使我想起宗教改革时期一些思想深沉稳重的传教士,我指的不是像路德那样激烈威严、在愤怒中充分领略人生的人,而是那些性情开阔温和、不论戴上光荣的花环还是荆棘的冠冕都泰然处之的人。他们镇静安详,步履坚定,却从不顿足。这种人使法官感到害怕、发窘;那和解的笑容使刽子手在处死他们后将受到良心的谴责。"格拉诺夫斯基的特质于赫尔岑、别林斯基恰是一剂最有益的滋润和营养,于小组的异见分歧起到了通融弥合的作用。(在阅读中我深深觉出:格拉诺夫斯基与斯坦克维奇委实太相像了!仿佛精神上的双胞胎兄弟!莫不是上苍为弥补夺走斯坦克维奇的过失而返还给俄罗斯的又一天使?)

小组的规模和影响日益扩大。但随着个人理念的逐渐成熟和各自一生中重大精神拐点的到来,别林斯基、赫尔岑们与昔日伙伴的分歧也愈发难以修葺——青春的友谊再也无法弥合事业上的裂隙。至40年代中期,这个在俄国历史上将留下辉煌刻记的小组迎来了它难以接受的落日时分——

"我永远难忘在索科洛沃度过的那段时光。美妙的白昼,温暖的黄昏,在那里散步,在房前宽阔的草地上就餐……谁也不想睡觉,谁也不愿分开,连女士们也通宵不寐……大概谁也没料到,这是青春最后的欢宴,是对最美好的前半生的送别;谁也没料到每个人已站在了一条边界线上,线的那边,是同友人的分歧,是各奔东西和预料之外的长别离,以及过早逼近的坟墓……

然而1845年在索科洛沃度过的夏天,确实是以别林斯基、伊斯康捷尔(即赫尔岑)和格拉诺夫斯基为首的这个小组的落日时分——但这落日是壮美的、辉煌的,它以其最后的光芒绚丽地照亮了所有朋友……"

作为读者的我,读到这儿绝没料到:该"落日时分"距别林斯基去世仅3年之隔。

19世纪40年代的彼得堡,在别林斯基生命的最后几年里,像雨后蘑菇圈一样,围绕这棵大树又迅速冒出一簇更青春的额头:雅泽科夫、安年科夫、卡韦林、丘特切夫、涅克拉索夫、屠格涅夫、陀思妥耶夫斯基、冈察洛夫……其中的大多数都将在俄国文学史上找到自己的席位。

他们终生都将感激命运的安排:让自己的人生和伟大的别林斯基紧紧靠在一起。但他们更有理由仇恨命运:仅仅数年,他们就再也见不到这位圣徒了。

1848年5月，37岁的别林斯基永远告别了俄罗斯。

"彼得堡为数不多的朋友伴送他的遗体到沃尔科沃墓地。参加这个行列的还有三四个不明身份者（第三厅派来监视的特务）……大家作了祈祷，将他的身体放下墓穴……随后，朋友们按基督教习俗默默地将一把把泥土撒向棺木，这时墓穴已开始渗出水来……"

13年后，另一位更年轻的天才评论家的死，把人们再次领到了别林斯基的墓前。

"他刚刚给自己开出一条独立的行动之路，死神就骤然打断了他——没有让他把话说完……"这墓伴竟是26岁的杜勃罗留波夫。

巴纳耶夫在《杜勃罗留波夫葬礼随想》的篇尾说道：

"一切有头脑的人注定要遭受那些可怕的痛苦和磨难。一切有才能的俄国人不知怎么都活不长……"

他不幸说出了这本书里最沉重的一句话。也是整场阅读中最折磨我的那个念头。

（本文为同名原文节选）

（2000年）

> 今天挂着"最高限速 60 公里"标记的那棵树，
> 　　　　　就是我兄弟的殉难处。
> 　　　　　　　　　　——海因里希·伯尔

关于语言可以杀人
——读《伯尔文论》

人类在回顾 20 世纪自身遭遇的时候，最惨痛的莫过于战争和恶性政治了。它硬硬从我们身边掳走了数亿条鲜活的生命：为什么当某个早晨醒来，突然发觉没有了父母、姐妹或兄弟的体温⋯⋯

那空荡的床铺的寒冷，那噼啪的骨柴的焚烧，那可怖的空位和记忆断裂之声——数十年后，它依然那么清晰、残酷。"就在这里——就在这个站台上，一个年轻的国家常以她应有的庄严姿态为外国贵宾举行盛大欢迎式，我也经常从这个站台用返程票回家去——而他，我的兄弟就是从这儿被运往集中营的。"更由于那些陆续降生的孩子，在成长中的某个时刻，他们会迷惑地睁大眼睛：为什么我没有祖父、祖母或叔伯⋯⋯是啊，那些该有的家庭成员哪里去啦？

在华沙、在奥斯维辛、在柏林、在布拉格、在华盛顿、在莫斯科、在中国南京的江边……每一个走进"某某墓地"或"某某屠杀纪念馆"的人，都会被那些亡灵的阴森压迫得挺不起胸来。他们究竟是怎么消失的？那些年轻的瞳孔是怎么噙含恐惧、惊骇、眷恋和绝望即骤然被放扩了的？又是按照谁的命令被执行的？

谁回答了这些问题？

它必须被回答。即使要等到下世纪的语言。

其实，除了枪弹、刀刺、爆炸、毒气室、焚烧炉、刑具、绞架……这些工具杀人的事实外，还有一种非物质的、从而更大规模和威力的情状：语言可以杀人！有时甚至就干脆表现为那几个常在耳边说三道四的词：比如"祖国""自由""保卫""人民幸福""民族利益"……（谁有能力和胆魄怀疑这些硕大的词呢？）有了这些天生就高尚和巍峨的盾牌，杀人放火的事就不必躲进黑夜，尽可当着阳光的面来干，亦不必惶恐和难为情什么了。

我们从不怀疑，语言是和文明一起的，有了它人类始祖才得以直起身，但善良者一度以为，它仅仅是帮我们表白爱情或讨论真理，而决不会被用以杀人——俨然雅典人曾深信自己的法庭只是为了维护道义。可悲的是，这个法庭所干的最有名的事竟是处死了自己的赤子，这个人即使活到今天也是最伟大的，伟大的苏格拉底。他冠绝天下的口才像一尾可怜的甲虫在五百张嘴（"五百人陪审团"）织就的蛛网前败下阵来。他只是"一个"，而对方却有那么多，那么多的舌头和唾液，罪名被指控得像广场那么大：

毒化青年与危害社会。

"在我们这个世界，语言是个多么具有两面性的东西。话一出口或刚刚落笔，便会摇身一变，给说出或写下它的人带来难当的重责……它负载着沉重的历史遗产……每个词的后面都有一个世界。每个和语言打交道的人，无论写一篇报道，还是一首诗，都应知道，自己是在驱动一个又一个世界，释放一种具有双重性的东西：一些人为之欣慰的，另一些人却受到致命的伤害。"（伯尔）

蒙田说：强劲的想象产生事实。

换个说法：强劲的语言锻造事实。20世纪涌现过几代骗子演说家，他们不仅是语言大师，也更具撒旦的魔法，在对语言进行窥视并使其"神奇地腐烂和发光"方面，堪称另类天才。比如希特勒与他的宣传部长戈培尔、斯大林及其簧舌日丹诺夫……他们在蛊惑、谩骂、诋毁、教唆、表忠、指誓、构陷、编织谎言、煽动仇恨、指鹿为马方面显示的"才华"真是令人难忘。在纪录片《噩梦年代》中，当看到鲁道夫那因咆哮、兴奋和歇斯底里而膨胀痉挛的脸时，当看到"元首"臂下那排山倒海、激情难捺的游行阅兵之盛大场景（有人称为"癫狂的人肉欢宴"）时，不知你会对语言的魔力作何想？你会不会突然对"人民""领袖""伟大""紧跟"这些巍峨之语感到晕眩、惶悚？你能说那巨浪托举着的——仅仅是"极少数"而非广大的德意志民众吗？

伯尔认为，战争中最大的敌人并非盟军而是日耳曼人自己。在《语言作为自由的堡垒》中，他谈到纯洁的语言一旦遭恶性政治玷污所致的后果:"'出言可以杀人'这句话,早已由虚拟变成了现实:语言确实可以杀人!而杀人与否,关键在于良心,在于人们是否把语言引导到可以杀人的地步……"在德国,它被用来预谋战争,煽动战争,并最终引爆了战争。"语言一旦被丧尽良心的煽动者、权术十足的人和机会主义者所利用,便可置千百万人于死地。舆论机器可以像机枪喷射子弹一样喷射语言,每分钟高达四百、六百、八百之数。任何一类公民都可能因语言而遭毁灭。我只需提一个词:犹太人。到了明天,就可能是另外一些词:无神论者,基督徒或共产党人,持不同政见者……在我们的政治语汇中,有些词如同施了魔法,咒语般附在我们的孩子身上。"

在德国,实施高分贝轰炸的正是这样一组啸厉的词和口号:生存空间——罪恶的犹太——争取日耳曼人的全球胜利——该对法国来一次总结算了……

语言足以把卑污之身装饰成一棵闪闪发光的圣诞树:刺刀被打制成勋章;血衫被裁成绶带;残暴被说成"快乐的英勇";当炮灰被称作"祖国的需要"……先是杀人,后是被杀——这被誉为"幸福的献身"。"旗帜下的愚蠢激情,礼炮持续不断的轰鸣,悼念队伍淡而无味的英雄主义。"几百万日耳曼青年在交响乐、进行曲和夹道欢呼中被蒙上褐色制服——那一刹,多少心灵披覆上了肮脏的尸布,多少青春和热忱就这样廉价地、一文不名地典当给了"第三帝国"。正像伯尔描述的那样,在德意志,每天都上演着"感人"情景：一边是慈祥的母亲把枪放在满脸憧憬的少年肩上："把一切献给元首！"一边是阵亡通知书像打野食的黑鸦尖啸着趑回："他效忠了！"这是生命的凯歌还是丧钟？

这个民族需要什么样的保卫？难道仅剩下广场喇叭里声嘶力竭的那种"生死存亡"和"爱国主义"？难道只有一个叫鲁道夫的疯子有权对此阐释？遗憾的是，几近全体的日耳曼人都没有对这权力提出质疑。他们太笃信元首那斩钉截铁、充满真理气质的嗓音了：我们——最神圣的雅利安人——为保卫这神圣——必须不顾一切地……就这样一个以全体名义开头的句式，让几乎所有的德国人都享受了一次史无前例的高潮快感——饿极了的虚荣心得到了精心饲养。尝过此快感就像沾上毒瘾一样可怕，渐渐，他对那送白粉者有了依依不舍的眷恋和感恩，谁予以劝阻反被视若死敌。德意志的灾难正是从人民内心的自恋开始，从接受精神贿赂——受宠若惊的那一刻开始的。

据说希特勒曾梦想当艺术家，连其中学老师都赞之音乐和绘画天赋。不幸的是，他爱上了"语言"这一行，从其开始"写作"的那天起，德国的噩梦就上路了。《我的奋斗》——犹如一匹癫痫的野兽在抽搐发作中的闷吼和喘息，它浑身燥热，毛孔散发毒素，渴望着践踏和杀戮快感……它窜荡到哪里，仇恨就流布到哪里，书里面的每一个字都变作螯针，被派出去杀人了。据史家统计，"《我的奋斗》：其每一个字，使125人丧生。每一页，使4700人丧生。平均每一章，使120万人丧生……"（诺曼·卡曾斯）

"最蛊惑人心的和最机灵的政府总是用我们表达人民的意志,来掩饰自己把握人民意志和培养这一意志的企图……使人民相信,政府正引导他们沿着最正确的道路走向幸福。"(高尔基《不合时宜的思想》)

德意志正是被有毒的"民族""国家"语饵喂瞎了双目。其醒悟和忏悔差不多要等到丧失了一代人之后,那是以一记无声的语言为标志的——50年后,在华沙,新任德国总理勃兰特代表自己的民族朝六百万犹太亡灵深深跪了下去……至此,人们似乎才真正意识到,那个不可一世的"第三帝国"彻底入棺了。但那座帝国留下的深重的语言遗产呢?却像废墟上的白色塑污一样,分解得极为缓慢,时至今日,在世界的许多角落,纳粹画像、徽章、军歌、臂符、仪式……不仍充当着某种精神致幻剂吗?这正是伯尔们担忧的。

语言可以杀人,口号可以杀人,演讲可以杀人,这在任何恶性政治滥觞的岁月都能找到依据。在30年代的苏联,只需稍稍提示一个词:"托洛茨基分子",立马便有人头叩地。络绎相继的还有"布哈林集团""季诺维也夫—加米涅夫集团""图哈切夫斯基集团"……这些见血封喉的毒矢究竟射杀了多少无辜?它们是怎么被造出来的?莫非情势真严重到了某种程度而逼现实必须如此发言吗?还是伯尔,他在《法兰克福讲座》中道破天机:"一般说来,夺权和保权的词汇,自以为是的词汇,不是形成于对手之身，而是预先在对付敌人的想象中便形成了。"说到底，是政治需要这些词时，它们才开始脱茧而出的，剩下的便是机灵的走卒们——教唆更多的民众高举这些砍刀一样的词（犹如暴动前临时发放长矛），到人群中去把"对应物"一一拎出来……

语言的犯罪导致行为的犯罪，这在俄国早就不奇怪了。高尔基记得很清楚，1917年，"水兵热烈兹尼亚科夫将他的领袖们的讲话换成一个普通群众的憨厚语言。他说：'为了俄国人民的幸福，可以杀死一百万人'！"（高尔基《不合时宜的思想》）一百万！什么样的"幸福"配得上这个数？它的饭量实在惊人！"人民幸福"，竟成了罗马神话里那个需活人献牲的食神——"专吃自己的孩子"！

俄国水兵热烈兹尼亚科夫和千千万万德国人一样——由于丧失了自己的语言，不得不沉醉于别人传授的语言——愈陷愈深并最终给这种日益缺氧的语境所窒息。这类语境从来就不适于"居住"，只适于"斗争"及一切自杀行为。

他们曾被许诺给一种伟大的生活，可那伟大却无情地欺骗并嘲笑了他们。

(1999 年)

> 当一些作家还在为自己及作品尚活于世而庆幸的时候,奥威尔为了他的最后一部小说咯血而死,以至我只能把妒忌换成尊敬和怀念。
>
> ——温斯顿《论奥威尔》

一本真正的书让人"害怕"
——读乔治·奥威尔《1984》

和《动物庄园》那种灰色寓言相比,《1984》呈现的却是黑色的阴郁。阴郁,是因为它逼近内核的程度——就像一个人探入地窖,一级级默数着梯子,随着湿度增加、呼吸急促,你知道已离窖藏多么近。

阅读时,我进入得非常快,就像一个小偷在熟门熟道的夜宅里穿行,熟悉的阶梯、拐角、扶手……这感觉令我吃惊。想起了主人公在阁楼上偷读禁书时的感受:"其实,它并未给自己带来什么新的东西……这作者的头脑与自己相同……他深深觉得,好的书本是把你已知道的东西再告诉你。"

我甚至生出一记想法:一本真正的书是让人"害怕"的。

孤独：伟大的冒险

在专制社会里，如果有一种方式可使人接触到"自由"的话，那就只剩下它了：孤独。

在"大洋国"，党不许"孤独"。

一个人在单独状态下容易恢复生命的真实，容易胡思乱想，变得敏感、多思和自怜……所以，"孤独"就成了党的大敌。党一再鼓吹集体生活和公共行为的意义，号召"个"投身于火热的大家庭，成为党密切注视下的一分子。

"原则上党员没有空闲时间，除了睡觉外，不能单独待着……做一些含有孤独意味的事，甚至独自散步，都是危险的。一个党员从生到死，甚至当只有他一个人的时候，也无法确定自己是孤独的。"

不论工作或休息，其表情、举止，都要受到"电幕"（类似摄像头）和思想警察的监控。党不仅需要表面的忠诚、客观的服从，还要本能的"正确"，即情绪心理的"正确"。"任何细微的奇想，任何习惯的改变，只要可被解释为一种'内在斗争'的流露，无不被探知。"

权力欲望无边无际，它垂涎的是人之全部。犹如一个男性占有狂，不仅勒索女人的每一个部位，还要霸占爱，还要你必须爱他……恐怖的是，他竟然能做到！他残忍、有力，他会发明各种手段，摧毁人的神经，编纂人的记忆，修改人的情感密码……进而铸造出一个"新人"——一个爱他、愿把一切献给他的人。

主人公温斯顿最早的叛党行为竟是写日记——按"大洋国"

法律，写日记要被判死刑。因为日记是孤独的私生子，是想隐瞒什么的表现。

"孤独"，是令一切统治者都深感不安的。与"圆周式—绕轴转"的集体生活相反，孤独属于一种脱众的"离心"，是对"向心运动"的背叛。

在大一统的专制社会里，一幅"个人"的肖像多么难寻，"个人"的处境又多么凶险而动荡不安。于是，拼命从集体大本营里逃跑、争取一份可怜的私生活，竟成了反抗体制监狱最惊心动魄的举动，有"精神暴动"之嫌。

对人的控制，总表现为对人性的控制。情欲、交流、友谊、财产……在权力眼里，这些人性都是与自己争夺群众的东西。所以，权力总处心积虑地强调集体概念之崇高，最大限度地消灭隐蔽事物，号召一切都向党和领袖敞开。连幸福的涵义都改了：忠诚就是幸福，牺牲就是幸福，无私就是幸福。

这种极权价值观，似乎租用了卢梭《社会契约论》中的"积极自由"和"人民主权理论"："每个结合者及其自身的一切权利都转让给了整个集体""我们每个人都以其自身及全部力量置于公意的指导下，并且我们在共同体中接纳每个成员作为全体之不可分割的一部分。"

邦雅曼·贡斯当驳斥了这种自欺欺人的"人民主权"。在他看来，卢梭忘了一个基本原理：任何主权都必须交由具体个人行使，无论主权概念多么抽象，一旦开始操作，主权者（人民）根本无法行使其权，只有授权于自己的代理人（比如政党）。他说："在所有时代，所有国家，不论是人民的捍卫者还是压迫者，都

精神明亮的人 / 320

是不与人民协商而以人民的名义行事。"

从法国大革命到斯大林的极权演示，似乎都在为贡斯当的预见喝彩，往卢梭脸上抹黑。

"老大哥"在看着你

自由，就是能自由地说二加二等于四。
——主人公

"大洋国"最显著的统治，就是对个人的思想监控。所有迹象都显示："老大哥"（领袖）在看着你。

到处都有"老大哥"的能量，头像、声音、语录、意味深长的微笑……在钱币邮票徽章烟盒上，在同事对视的眼神中，在思想警察路灯般的阴影里。人时刻要保持忠诚于党的严谨状态，即使回到家，那状态仍分分秒秒咬住你。

"他捡起那本儿童历史教科书，注视着'老大哥'头像。那双具有催眠力的眼睛，仿佛有股巨大的力量，贯穿你的脑壳，恐吓你忘掉一切……最后，党将会宣布二加二不是四，而是五。你必须相信这是真的。"

大洋党发明了一种控心术："双重思想"，即要求党员学会一种自欺欺人的思维诀窍，比如明明清楚没有民主，却强迫自己坚信党是民主的捍卫者，比如明明目睹各种丑行，却要鼓励自己往好处想……奇怪的是，这种催眠式的心术竟屡屡奏效，慢慢，人们学会了熟视无睹,并最终肯定了曾怀疑过的东西。

有点像温水煮蛙的原理,有点像我们的"大智若愚":智慧地学会愚蠢,让灵魂休眠,充耳不闻,闭目塞听。所以,当主人公听一个叫赛姆的同事高谈阔论后,顿生不祥预感:他突然有一种自信,赛姆总有一天会被蒸发掉……

还有一个教人自律的新名词——"犯罪停止":当头脑中出现一个不应有的闪念时,应采取一种断然呵斥、让意念刹车的办法。小说最后,在"仁爱部"(刑讯部),阶下囚的温斯顿试着练习"犯罪停止":

他提出几个问题,"党说地球是扁的","党说冰重于水",他训练自己不去理会那些足以辩驳这两个命题的理由,学会漠视最浅显的逻辑上的错误。

这是一种让人正常地适应"不正常"的攻心术,一种从容地指鹿为马的灵魂巫法。

贡斯当在《古代人的自由和现代人的自由》中说:古代专制"靠沉默的手段统治,并且它留给了人们沉默的权利"。而现代专制的可怕在于:它"强迫人们说话,它一直追查到人的思想最隐秘的栖身之处,迫使他对自己的良心撒谎,从而剥夺了被压迫者最后这一点安慰"。类似的处境,托克维尔在《论美国的民主》中也提到:"昔日的君主只靠物质力量进行压制,而今天的共和国则靠精神力量,连人们的意志它都想征服。在独夫统治下,专制以粗暴打击身体的办法压制灵魂,但灵魂却能逃脱打向它的拳头,使自己更加高尚。在民主共和国,它让身体任其自由,改而压制灵魂。"

托克维尔毕竟生早了，他是针对 19 世纪初的美国说的，他若等来斯大林时代，就会对此言有所改了。事实上，现代专制并不打算放过暴力这种古老而速效的方式。

意识形态

谁控制过去，谁就能控制未来。谁控制现在，谁就能控制过去。
——"大洋党"的口号

温斯顿在"真理部"工作，职责是伪造或虚构党需要的"党史"，像蜘蛛一样，在党过去和现在的言论网上缝缝补补，以便让"过去发生的事"更好地为"今天"服务。

奥威尔的小说情节并非杜撰，而是参照了 20 世纪 30 年代苏联一些骇人听闻的事件。比如 1934 年至 1936 年，一些大人物病逝：政治局委员古比雪夫、国家政治保安总局局长明仁斯基、作家高尔基等，当时政府曾宣布他们病故，可到了 1937 年，他们被说成了遭谋杀，三位医生被诬为凶手，并挖出一个"深藏多年的反革命集团"来。

不顾旧史、捏造新史的事屡见不鲜。布哈林曾是列宁在遗嘱中特别赞扬的人，但法庭上，他却被控为列宁身边最凶恶的敌人、早在 1918 年就企图暗杀列宁……更令人惊愕的是，第三次莫斯科审判开庭时，被告席上竟出现了一张让人难以置信的面孔：内务部首领雅果达！仅仅一年前，他还亲临地下室对季诺维也夫、加米涅夫等人实施监斩，现在竟成了对方的同案犯。一个以镇压"托派"闻名的刀斧手，居然是托洛茨基的亲腹。一个把持了反间谍机关15年的人，居然被指控为"外国间谍"。

确实应了"大洋党"的口号："谁控制现在，谁就能控制过去。"

除了"创造历史"，"真理部"的另一职能是"生产现在"——

"电幕上每天都发送'人民生活幸福'的场景：'同志们！有个光荣的消息！我们生产上又打了一个大胜仗……'今天上午，各地都举行了盛大游行，标语上写着感谢'老大哥'的英明领导，赐给我们幸福生活……现在我来报告一些最新的数字，粮食……"

这些粮食是"真理部"刚刚生产出来的。按温斯顿的说法：总之，除了疾病、犯罪以外，其他任何东西都增加了，每样东西都呼呼地突飞猛进。

这不禁让人想起那些真实历史，一面是粮食每秒都在呼呼"发射"、报纸天天为粮多"发愁"，一面是哀鸿遍野，成千上万的种粮人活活饿死。

不仅新闻是生产出来的，连小说、诗歌等文艺作品，也由"真理部"按计划来生产。

教育目标

历史上首次出现了这种可能，群众的意见全体一致。
——《1984》

"家庭简直是思想警察的延伸，使每个人日夜提心吊胆，深恐他最亲密的人将之揭发。"

比如那俩尖叫着"我们要去看绞刑"的邻居孩子。他们从小喜欢暴力、崇尚战争，天天盼着能杀敌人抓间谍，甚至幻想着有朝一日有"大义灭亲"的机会……他们简直就像机器定做出来的孩子，没有亲生父母，只有一位共同的爷爷："老大哥"。

"这个时代的儿童，几乎都是令人害怕的。《时报》每周总要刊登一些关于窃听父母谈话、向思想警察告密的小家伙（一般称为'儿童英雄'）的事迹。"

在培养下一代方面，"大洋党"下足了功夫。

据温斯顿的情人朱丽叶说，在大洋国，16岁以上的姑娘每月例行一次"性座谈会"，向之灌输"性"的丑恶和危害，青少年还组织起了"反性团"。

还有一项被视为百年大计的国家重点攻关项目："新语言工程"。温斯顿的朋友赛姆在"研究部"，是个出色的"新语言"专家，他说："你难道不明白新语言的目的是在缩小思想的范围？最后我们将使思想罪永远不会发生，因为将来不会再有表达有罪思想的字眼……我们的字一年比一年少，意识范畴也逐渐变小。等文字改造成功，革命也就成功了。"

他没说错，当"自由""人权"概念被取消之时，也就没有"保障自由""天赋人权"等念头了。削弱了表达的丰富性和可能性，也就限制了思想的体积和深度。语言资源的贫乏，必然导致意识资源，尤其理性资源的枯竭，这无异于给大脑做了整形。

"将来不会有思想存在,正统的思想就是不思想——不需要思想。正统即是无意识。"

改造文化、编纂话语、简化文字、限定概念、规范大脑——乃权力者统摄人心的共用策略。

被仇视的私人生活

人民的私人生活便宣告结束。

——《1984》

主人公的妻子凯瑟琳,是"性严格主义"教育下的"新女性":"她脑袋里除了党的标语口号外,就什么也没有了……抱着她犹如抱着一个木偶,甚至觉得她正用尽气力推开他。"

丈夫提议分居,却遭到妻子拒绝。

"她说他们必须生一个孩子……只要没什么妨碍,那事每周总要例行一次。她常在当天提醒他,说晚上必须履行一项工作,称之'我们对党应负的义务'。"

用丈夫的话说,妻子的身体"已被党的力量永远催眠了"。

婚姻不是因为情爱,同床不是为了性悦。刑讯室里,思想警察头子奥布林明白无误地告诉主人公——

"我们已切断了父母和子女的联系,男人与女人的联系。而将来,婴儿出世时就离开母亲,像母鸡生下的蛋被取走一样。我们将废除性高潮,神经专家正在研究这问题……人性是我们造的,人性就是党!"

在大洋党看来,爱是比性更危险,所以格外重视党员婚姻:"必须先得到一个特殊委员会批准——若男女双方给人一种在身体上相互吸引的印象,申请一定会被拒绝。唯一被公认的结婚目的,是为党生儿育女。"

党严禁婚外恋,更不许离婚。因为离婚是因为不爱,而离婚的目的则是寻爱。对男女间可能形成的任何难控制的关系,党都严加防范。

朱丽叶对"性严格主义",另有一番独特理解——

她认为,党之所以禁欲,是因为人们若缺乏性的发泄,能量受阻,就易于性情冲动,头脑热烈却空洞,易于发生歇斯底里症,进而转为对领袖的狂热。

"发泄性欲消耗了体力,事后你会感到愉快和满足,就不愿再管其他事了。但党要人们随时精力充沛,游行、喊口号都是变相的性发泄罢了。"

灭绝享受和快感、删除人性与本能,人之体能和激情就只剩下了一条通道:献给"老大哥"。只有一种高潮:政治性高潮。比如每天的"两分钟仇恨"仪式上,面对电幕上"人民之敌"戈斯登的头像,大家在座位上不停地暴跳如雷,尖叫、怒骂,连身体都跟着痉挛……

消灭差异,消灭性趣,消灭诱惑,消灭香水口红裙子……用和男人一样的制服把女人包裹起来。有时,大家几乎怀疑起了活着的真实性、性别的真实性。

"你喜不喜欢活着？摸摸这儿吧，这就是我的手，这就是我的大腿和胸脯，都是活着的。你不喜欢这些吗？"当温斯顿紧紧贴住朱丽叶，触到她饱满的乳房时，"一股青春热力透过他们的制服，注入他的体内。"

用偷情的片刻欢愉来打破生存的死寂，靠肉体的彼此取暖来冲淡荒谬与冷漠。生命，终于燃起了一线可怜的私性，一缕罕见的亮度……

情欲：最后的疯狂

"如果不跟我这样的人来往，你会多活五十年。"
——男人对女人说

对温斯顿这样的叛逆来说，任何有违"党纪"的念头和行为，都会激起内心的亢奋。一天，当他偷偷打开朱丽叶的小纸条时，激动得几乎颤栗，上面写着："我爱你！"

激动并非因为收到了爱，而是收到了另一个叛逆存在的信号。这心情就像他在日记里不经意写下"打倒老大哥"，既害怕又欣喜若狂。

这快感某种意义上也是"性高潮"。在一个生命极度被折弯的地方，权力和反抗——扭曲和反扭曲、压制和反压制都会陷入病态。比如俩人偷偷约会时，朱丽叶——一个表面上极正统的女孩子，竟用最下流的话咒骂党，并疯狂地掏出黑市买来的劣质香水、口红、胸罩……甚至出现了这样的对话——

"你以前干过这种事吗？"

"当然啦，几百次呢——啊，至少有几十次吧。"

"和党员吗？"

"是的，都是和党员们。"

他的心快要跳出来了。她已干过几十次，他希望她已干过几百次啊。谁知道？也许党的内部已经腐烂了，所谓的自制、坚强和艰苦朴素，恐怕就是一种掩饰罪恶的虚伪。他甚至希望能使他们身上传染上梅毒和麻风呢……

"听着，正因为你和好多人发生过关系，我才加倍地爱你。"

"我应该使你满足，亲爱的。我的骨头正在腐烂呢。"

显然，朱丽叶与党员滥交，是一种精神造反，是对党管辖下的肉体的一种虐待，既自我满足，又自我惩罚。温斯顿，则从中窥到了党的丑陋和堕落，因此而兴奋。

不难看出，革命理想主义与现实虚无主义仅是一张纸的两面。性高潮退后的虚脱，乌托邦失血后的苍白，其实没什么两样。

偷情之后，便是灵魂的结局、人性的结局、生命的结局。

温斯顿和朱丽叶信誓旦旦的爱情终于被出卖了，被自个儿。

在令人恐怖的刑罚前，男人痛苦地大叫："去对付朱丽叶吧！怎么对付她我都不在乎。把她面孔撕去，把她撕成骷髅……"

就在不久前，他们还自以为：即使酷刑之下自己会招供，但这只是招供,并不能让他们彼此背叛。"招供不是出卖,你无论说什么做什么并不重要,重要的是我们的感情,如果他们使你不再爱我了,这才是真正的出卖。"

斯大林曾对手下人说过:谁都可以被收买,只是卖价不同罢了。

生命被蒸发

以前的暴政不过是今天的一半,效率也有天壤之别。
——《1984》

"总是在夜里,一只有力的手摇动你的肩,灯光直刺你的眼睛……你就这样销声匿迹,名字在户籍册上消失,你的存在被否定、被遗忘。"

在苏联,布哈林、图哈切夫斯基元帅、加米涅夫……也是这样被从睡梦中摇醒,随即蒸发。

思想警察头子奥布林曾亲口对温斯顿说:"出卖、逮捕、酷刑、处决、失踪……将无休无止。这将是一个恐怖的世界,也是一个胜利的世界。"至于恐怖的理由,其解释是:"一个人如何用权力来控制别人?对,让他受苦。服从并不够,除非给他苦吃。权力就是加诸痛苦和耻辱,就是把人的思想撕成碎片,再用自己的方法使他组合成新的思想……"

布哈林出门前向妻子口授了一封绝命书——

"我命在旦夕，我面临的不是无产阶级的刀斧。我感到在地狱机器前无能为力，它用的是中世纪的方法，这些'创造奇迹'的机关能把任何一个中央委员、任何一个党员干掉，把他们指为叛徒、恐怖分子和间谍……"

随着"社会主义建设越深入，敌人就越多"，仅1933年到1937年，苏联党员和预备党员的数量即由350万降到200万；139名中央委员和候补委员，被逮捕和处决的有98人；红军的5位元帅被整肃掉3个……在原内务部官员奥尔洛夫的回忆录中，有这样一段描述——

"深夜，雅果达巡视审讯室，推门看到了这样一幕：疲惫的审讯员躺在椅子里哀叹，'今天我审问你，明天你审问我，难道生命就这么一文不值？'而被审讯者绕到他身旁，像父亲那样拍他的肩头，安慰他……"

就像温斯顿默默写下"二加二等于五"，那些曾浴血奋战的老布尔什维克们，面对疯狂的专政手段，在一番抵抗后，无不垂下高傲的头颅——

"我不仅是反革命机器上的一只螺丝钉，而且还是反革命领导人之一……斯大林同志，他是全世界的希望，是新世界的缔造者……"（布哈林法庭陈词）

路易斯·博洛尔在《政治的罪恶》中指出："政治会败坏人的良知，政治必须对下列危害极大的格言给人类带来的恶果负责，它们是：'强权大于公理''目的证明手段正确''公共安全是最高的法律'。"

大洋国那些无处不在的党标语——"战争即和平""自由即奴役""无知即力量"——即属此类格言。事实上，当我们读完小说便会看清"老大哥"的统治秘诀：贫穷是保障！斗争是法宝！恐怖是关键！

该结束了

生活究竟是个什么样子？我是谁？世上是否真的有过我？人是怎么一回事？

在你不知道的时刻，死神会降临。

故事最后，我们的主人公，温斯顿——一个曾想着要弄清真相、认真生活的人，和那些生命即将结束的党内老人一样，只能在酒吧里消磨最后的天数。此时，他又听到那支神秘的歌了——

"在栗子树下面，你出卖了我，我出卖了你……"

一行浊泪从眼眶淌下来。

子弹就在明天。他知道。

公元1950年，曾被子弹射穿喉咙的奥威尔大量吐血而死。年仅47岁。

此时，距"1984"还有34年。他曾让自己的主人公说过——

"如果你感到做人应该像做人，即使这样想不会有什么结果，但你已把他们给打败了。"

这样的话永远不会死。

(2000年12月)

杀人的世界观与方法论

——读陀思妥耶夫斯基《罪与罚》

杀人者置疑

1865年9月，作者在给《俄国导报》主编卡特科夫的信中，这样解释创作中的小说《罪与罚》："这是一次犯罪心理学报告。一大学生被校方开除，生活极度贫困，他拿定主意要杀死一个放债的老太婆，抢走她的钱，然后一辈子做好人，坚定履行他对社会的人道义务……但杀人后，一种与人类隔离的感情使其万分痛苦，上帝的真理、人间的法则起了作用，于是去自首。"

撇开主人公命运不论，小说对人类文明的忧虑、对杀人理论的质疑可谓振聋发聩，尤其经历了20世纪之后（它才是杀人如麻的世纪，其杀人理论比以往更完善、更动听，更披覆高贵的圣衣）。

小说借主人公的犯罪动机和自辩，提出了一系列哲学、伦理、法律及历史学命题：（1）杀人是否有罪？（2）杀对社会无益或有害的人是否有罪？（3）人是否有权为一个远大目标或造福人类的想法而杀人？（4）历史上的"伟人"无不双手沾满鲜血，但同样受到了命运的加冕、后世的膜拜，他们究竟是英雄还是罪人?(5)普通百姓,一旦杀了人,哪怕误杀也要受惩,而"伟人"的大规模杀人不仅现实中不被指控,在历史的诉讼中也总轻易被豁免,为什么?

正像主人公愤愤不平的:"我真不明白,为什么用枪杀、用炮轰,正儿八经地摆开阵势,却是令人肃然起敬的杀人方式?"

这种激烈而愤怒的口吻,让我想起了一些大人物的语言,比如卢梭《社会契约论》和《论人类不平等的起源和基础》中的语言,扬·斯特拉宾斯基这样评价:那是"一种原告站在法庭上的内心独白,一种控诉性的语言……确信个人无辜,天真无邪,总是与一个不可动摇的信念联系在一起:他人在犯罪!"

应该说,在质疑方面,主人公是敏锐的、优秀的,他列举的"伟人"劣迹基本属实。不幸的是,他在诘问后选择了效仿,倒向了历史上占便宜的一方。

"现在我知道,谁智力强,谁就是统治者。谁胆大包天、蔑视万物,谁就是立法者……权力只给予敢去弯腰去取的人。"

一番痛苦的思考后,他的结论是:要敢于做大人物才会想才敢做的事!只要摆脱了谋私的嫌疑,进入"大事业"的行列,犯罪也就不再是犯罪。

十足的杀人底气

正像主人公惊异发现的那样,这世上确有"平凡"和"特殊"

两类犯罪情状——大人物的犯罪和小人物的犯罪；历史涵义的犯罪和生计层面的犯罪；波澜壮阔的集体犯罪和狗苟蝇营的个人犯罪——心理基础不同，自我感受不同，社会评价不同，遭遇和后果也大相径庭。

小人物的犯罪心理比较简单，也相对脆弱，往往有一种生存失败的无力感，多为挣扎类人群，带有理想受挫后——对社会阴暗面不正常反弹的痕迹：自感已被世界遗弃，也就不打算承担守法责任；自觉从未得到过社会道义的援助，也就有理由否定其存在。但同时，犯罪人毕竟清楚行为的性质，虽然预支了犯罪理由，但犯罪感的阴霾始终萦绕，他是焦虑、虚怯和惊惶的，且无信仰支撑，所以一触即溃，轻易认输。

大人物的犯罪情状就不同了。请看下面——

"请不要被世上即要开始的喧嚣所迷惑！谎言总有一天不攻自破，真理将再次战胜荒谬，我们会清清白白地——像过去所信仰和努力的一样——立于世界之林。亲爱的孩子，我交给你今后道路上的座右铭——也是生活对我的教诲，这就是：时时忠诚！忠于自己！忠于人民！忠于祖国！"

谁会相信这段慷慨陈词竟出自纳粹党魁之口？乍一看，它与"林觉民遗书""伏契克遗书""茨威格遗书"有何二致？那气魄、定力和视死如归的豪迈皆那么相似。然而，这确是戈培尔夫妇服毒前写给长子的诀别信。

这种荒谬的自信和狂妄源于何处？唯有的解释是：信仰。一个超级精神罪犯的信仰。该信仰力量之强、之顽固，毁灭性之大，乃至人类付出了上亿条生命和几十年废墟。显然，在这位纳粹信徒眼里，法西斯战斧乃天地间最正义的砥柱，最伟大的旗帜。

主人公虽是小人物，但沉溺的心理角色却是拿破仑。其犯罪的深层原因尚不在于生计和私利，更多是为信仰所驱，属一种理性犯罪，不仅卸掉了道德包袱，反有主持正义、替天行道之豪迈："我想成为拿破仑，所以才杀人……杀掉一个害人虫，杀掉一个本就死有余辜的老太婆算什么？"他确信已识透了世间弊病和社会游戏，且不甘成为堕落时代的殉葬品，他要主动出击，反抗宿命。

主人公的底气还源于一股"自崇高"的拯世情怀。小说亦有交代：他疾恶如仇，有过不少扶危济弱之举，比如同学病故后赡养其父，比如从失火的房子里奋力救出孩子，比如为死于马蹄下的路人办丧事……小说有一情景，他突然跪地吻妓女索尼娅的脚："我不是向你跪拜，我是向人类的一切痛苦跪拜……"

这是一个双重性格的青年：既有底层的苦难体验和悲悯之心，又暗含强烈的权力戾气和支配欲望。正是这双重性，保障了其杀人底气的充沛："恶"得到了"善"的夜色掩护。比如，他对自己杀人时的慌乱不满，并这样自慰："我不过杀了一个虱子，一个讨厌的、有害的虱子……我不是出于个人欲望，而是为了一个崇高目的。我从所有虱子中挑出最不中用的一个，杀死了它，取走我执行第一步骤所需的钱，不多拿也不少拿，剩下的按死者遗嘱捐给修道院。"

正应了那句话：高尚是高尚者的墓志铭，卑鄙是卑鄙者的通行证。

杀人者的底气就是这样来的。

恐怖的"美德"

人是否有权为一个远大目标或"造福人类"而杀人？

稍稍浏览一下那些"伟人"传记便发现，他们的青年时代，和小说主人公有着多么相似的使徒气质和拯世心理：同样的愤世嫉俗、磨刀霍霍；同样的拒绝平庸、激烈尖锐；同样的"舍我其谁"和"我不下地狱谁下地狱"；同样的献身于"人类整体"之豪迈……

任一种"主义"，都自以为掌握了绝对真理，破解了人类历史的方程和密码，都自觉为公意代表、良知化身，心理上早就有了道德优越和不容商榷的霸道……于是在行动上，也总试图用自己的原则和尺度占领世界，以自己的标准改造或消灭别的标准。

自以为正确——这就是"主义"的力量。

他们坚韧，也可能残忍。他们不计私利，也蔑视他者利益。他们不惧牺牲，也不吝惜大众的牺牲。像戈培尔，连恨之入骨的人也认定"他不是利己主义者，更非胆小鬼"，他不仅自己陪帝国殉葬，还要求亲属献身，妻子也认为儿女"根本不值得活在继元首和国家社会主义之后的世界上"。

再比如"红色罗宾汉"——切·格瓦拉。他在《人与社会主义在古巴》中道："和平年代的任务就是要把战场的革命激情灌输到日常生活中去，使整个社会变成一所军营！"他断定"新人"就在游击队员中间，唯战争才能让人恢复纯洁关系，消除利己本能。"我们的自由随着不断的牺牲而膨胀，这种自由每天的营养物质就是鲜血。"他憎恶一切物质享受，个人生活更俭朴到极点……最终，他受不了"和平"的折磨，潜入南美丛林打游击去了。"红色罗宾汉"虽已去多年，但其亡魂仍在风靡流浪，前几年袭击日本驻秘鲁使馆劫持人质的阿马鲁游击队，就自称"格瓦拉"信徒。

　　精神暴力——尤其政治的"主义"暴力，我们常把它简单地想象成荒诞与虚妄，而忽视了其"令人鼓舞"的诱惑和"真理"式的闪光。比如今天，我们毫不怀疑希特勒的疯狂，但谁还记得他竟不是凭枪杆子——而是踩着老百姓的选票扶梯一步步登基的呢？谁还记得纳粹党竟是"德国社会主义工人党"呢？当年又有几个德国人指控过其荒谬？所以，后世的清醒不等于当代的迷狂，现世所有的明智，都享用了时间的利息。

　　任何人都无权让别人归属自己的"真理"，理由很简单：人皆有信或不信之自由。遗憾的是，连开创《人权宣言》的法国精英们，也用鲜血对付起了新生的"自由"婴儿。罗伯斯庇尔在杀人演讲中频率最高的三个词是："美德""主权""人民"。其名言是："没有恐怖的美德，是软弱的；没有美德的恐怖，是有害的。"

存不存在恐怖的美德和美德的恐怖？或者说，杀人的正义和正义的杀人？

坦率地说，我们很难消化这样的"复合"概念。恐怖是一种粗野的反生命力量，美德是一种温煦的支持生命的品质。而在所有美德中，崇尚自由应首屈一指，何以设想一种剥夺自由的美德呢？何以设想一种消灭异己的正义呢？

将教旨情结引入政治领域和制度操作，对一切现象和人都提出自己的道德诉求，正是法国雅各宾派杀人无悔的渊薮。若认为自己的意志就是法律，若认为暴力也算得上美德，那只会出现一种景象：血，无辜者的血！恐怖，循环的恐怖乃至无穷！

小说结尾，在西伯利亚服刑时，主人公病中做了个梦，梦见一场瘟疫带来的世界末日："染病者自以为绝顶聪明和只有他才坚持真理，认为自己的道德和信仰不可动摇，也是前所未有……一座座城市里，整天警钟长鸣，大家被召集一起，谁在召集、为何召集，却无人知晓……人们三五成群，啸聚一起商量着什么，并发誓永不分离——但立刻，他们又在做与刚才许诺完全不同的事，互相指责，大打出手。熊熊大火，饿殍遍野，一切人和一切东西都在毁灭……"

与其说沉疴之梦，不如说是陀氏留给 20 世纪最伟大和残酷的预言。半世纪后，这场梦魇毫厘不差地在地球上演了。包括主人公的祖国。

两种杀人后果

对日常小人物的犯罪,设一张审判桌就成了。

而像一个国家杀死另一国家、一个主义杀死另一主义、一个信仰杀死另一信仰、一个阶级杀死另一阶级、无神论杀死有神论或有神论杀死无神论……这等庞大的历史公案,辨识与审理起来就难得多。

同样夺人性命,但操作方式和杀人名义不同、凶手的权能和暴力解说词不同,结果也就不一样了。

先说日常小人物——

现实中不乏这样的例子:当一个人身陷逆境,被某种恶势力(比如地痞流氓、官匪恶霸)逼得走投无路又告发无门时,怎么办?若孤注一掷自行了断,比如将对方杀死,那就成了法律之敌;而忍耐下去,只能沦为恶的牺牲品……若逢革命年代,倒可以像当年"打土豪、分田地"一样以泄恶气,但和平年代则不同了。现实的法律(即使它本质上是清洁的)往往很难及时介入,只能被动地静待、旁观,对恶的惩处往往要等对方充分发育和膨胀——并有了严重的受害者之后,它才生效。

也就是说,即使较好的法律也只具惩罚功能,并不能完整、彻底担负起维护公正的职责。甚至有时候,它还在某种意义上姑息、纵容了恶细胞的嚣张与扩散……司法办案中常见如此尴尬:明知谁在胡作非为、谁是害群之马,但若没有确凿证据,或其行为外露部分尚构不成严重犯罪,就拿他没辙(甚至恨他们的人,包括警察,潜意识里也盼之做出更出格的事来——以便法律登场)。迪伦马特的小说《法官和他的刽子手》描述的即这种尴尬,法官最后只得暗设圈套,靠罪犯来消灭罪犯。

至于法律自身的缺陷和执法不公,就更雪上加霜了。一个人,何以保障不受恶的威胁和敲诈?不成为社会阴暗面的牺牲品?莫非只有像主人公所说"不做牺牲品,就做刽子手"?

曾看过一部法国影片《警官的诺言》:一批警界内部的激进派,痛感法律无能,便暗中组织起来,以诛灭方式对贩毒、贪污、黑帮等犯罪集团进行袭击……按他们的话说,这是在为人类清除垃圾,乃终极正义的需要。最后事情败露,他们或自杀,或被同事所逮捕。

每个人都有权捍卫自以为的道德理念,都有权对世界公开自己的爱憎和价值判断,而一旦将个人审判的结论付诸暴力实践,执行对那些对立面的肉体制裁,则又会受到现有法律的制裁。

伦理和法理的悖论、情感与理性的矛盾、自由和秩序的抵牾、程序正义与终极正义的冲突,也是折磨现代社会的一组精神难题。

和个人惩凶反遭法绳的例子不同,历史上确有一种几乎不受惩戒的杀人现象:战争杀人,或集体方式的革命铲恶。

看看我们小时候读的"农民起义""无产者暴动""青年革命家"的故事,哪个不是怀着深仇大恨,在月黑风高之夜,杀了财主豪绅，投奔了"革命"？一部《水浒》全是这种人生道路，可他们全被后世视为了枭雄。说是被逼上梁山，可哪个时代的落魄杀人者不这样？杀人者几乎都可被追问：为何不求助法律而鲁莽行事呢？所以，除非造反成功（届时你已拥有法律的解释权），一旦落败锒铛，该判刑还要判，该偿命还要偿……

试想，像主人公杀死高利贷老太婆这事，若赶上俄国1917年那样的时局，会是怎样情形呢？还用得着惶惶然吗？岂非镇压资产阶级、消灭投机奸商大功一件？哪场斗争不鼓励"合法"杀人呢？战场上，两个素昧平生、无冤无仇之人，只要军服颜色不一样，即抡起刀片砍向对方脑袋——连眼皮都不眨，这就是战场逻辑和斗争哲学。再比如在德国，若一个日耳曼人对一个犹太人有敌意，正常社会，他并不敢对其有所伤害，但换一个特殊背景，比如1938年"帝国水晶之夜"，该日耳曼人即可轻易伤害或杀死他的犹太邻居，完全不用负法律责任。

纯粹为个人杀人，还是为集体或主义杀人——不仅社会评价不一样，自我评价和心理感受也大不同。

为个人杀人，多少会感到恐惧，甚至情感矛盾和道德负罪，而一旦转化为替集体杀人、替政权或国家杀人，情势则完全不同了，不仅道德阴影一扫而光，而且理直气壮，颇有英雄主义的自豪感和成就感。一旦信仰成了行为的盾牌，个人的有限行为便被放扩成集团和民族在场的无限行为，崇高感、神圣感、使命感油然而生，也轻易能和"伟大""光荣""不朽"联在一起。

综观历史上的"革命者",大多经历了:起初为个人杀人——继而替集体杀人——最后标榜杀人之履历。比如恺撒、拿破仑……乃至陈胜吴广、洪秀全……无不在自己的时代和族群赢得了殊荣。说到底,皆为胜利带来的利润,"革命"成功了,"杀人"也就成功了。

所以,大人物杀人是否有罪,并不在于行为本身,而在于权力大小、权力所匹配的话语权和解释权。关键在于能否将个体杀人——依附和挂靠于某种集体或团队杀人——这一"大"的行为集合和政治笼罩中。

此即"历史英雄"和"杀人犯"的区别。我们的主人公显然清楚其中的奥妙和猫腻,但还是不幸成了杀人犯。

不管政治主义者怎么说,我本人的一个观点是:

真正的英雄须是彻底的人道主义者和生命支持者。是圣雄甘地,是反抗加尔文的卡斯特利奥,是马丁·路德·金……而非恺撒和李自成之流。

杀与被杀,都是我的恐惧。

(2000年)

> 将每个人都驱进纯粹物质生存的单人掩体……被提供了一种自由地选择哪一种型号的洗衣机和电冰箱的自由……生活陷入了一种生物学的蔬菜的水平。
>
> ——瓦茨拉夫·哈维尔

等待黑暗，等待光明
——关于伊凡·克里玛《我快乐的早晨》及其他

布拉格不快乐

与其称"我快乐的早晨"，不如说它真正的主题是：布拉格为何不快乐？

1968年，以苏军为首的华沙条约国部队突然袭击，入侵捷克斯洛伐克，"布拉格之春"夭折，推行改革的总书记杜布切克下台。尔后，在苏联坦克的授意下，傀儡政权搜捕改革派和异己分子，推行使一切"正常化"的措施……于是，逃亡的逃亡，入狱的入狱，缄默的缄默，"早春"痕迹被打扫得干干净净。

1975年4月，剧作家哈维尔发表致总统胡萨克的公开信，披露"安定"下的政治和道德危机，以及全民族付出的良心代价。

"现在真正相信官方宣传和尽心支持政府的人比任何时候都

少,而虚伪之徒却稳步上升,以至每个公民都不得不口是心非……无望导致冷漠,冷漠导致顺从,顺从导致把一切都变成例行公事。"

在《无权势者的力量》中,哈维尔指出:"在这个制度下,生活中渗透了虚伪和谎言,官僚统治的政府叫作人民政府,剥夺人的知情权叫作政令公开……没有言论自由成了自由的最大表现,闹剧式的选举成了民主的最高形式,扼杀独立思考成了最科学的世界观……因为该政权成了自己谎言的俘虏,所以它必须对一切作伪。它伪造过去,它伪造现在,它伪造将来……"

正像哈姆雷特"活着,还是死去",被剥夺了自由的布拉格,它的知识分子们也时刻面临"挺住,还是倒下"这一痛苦和矛盾……从遭遇上说,布拉格更像知识分子生存史上的一座"孤岛",政治和精神铁丝网下的一块"圈地"。

布拉格精神

"布拉格充满了悖谬。"克里玛说。

悖谬并非偶然,是从它的身世中长出来的。

地理上的布拉格,是一粒蝌蚪般的标点,但它捐献的作家和艺术家却不乏世界级,其作品所传递的精神也是世界性的(比如卡夫卡的"内心危机"和"人性异化",昆德拉的"选择"与"悖谬",哈维尔的"责任"和"公民义务"——无不是20世纪最重要的精神命题),这大概因其生长史即有"世界性"吧:近三百年里,这座迷人的城市屡遭侵犯,反复地沦陷和被攻占,而它只有被动地承受与消化。族群、疆界、语言、信仰、政体、习俗——反反复复被君临者扯向四面八方,就像一个人无时不在忍受"车裂"刑罚。挫败感、萧条感、无力感、荒诞感、悲剧感……由此而生。

尤其20世纪,世界性的政治震荡、标志性的精神事件无一不拂及它:世界大战、奥匈帝国解体、东西阵营对峙,纳粹枪刺和"老大哥"的履带,"早春"政治改革及夭折,民权运动("七七宪章"),"天鹅绒革命"……它似乎成了全球政治的晴雨表,既是急先锋,又是大后方,既为战士,又充炮灰,既当受害者,又做见证人。而大国的每次胜利,配给它的无非一杯傀儡的冷羹和羞辱……同样,对20世纪或更长远的人类历程来说,它的反抗和依附、觉醒和昏迷、骁勇和病弱、心路徘徊和成长故事——无不具有标本意义和启示性。

布拉格,多舛的家世注定了它的"悖谬"。就像一个早熟的儿童,过多地承受命运的诡谲,使它过早地走向忧郁和复杂,过早地懂得害怕、保全和伪装……也使它比别的孩子更早地埋下反击命运的种子(比如1968年的"布拉格之春"和1989年的"天鹅绒革命")。

同俄罗斯民族性格中的自信与矜持相比,捷克人似乎对一切都是低调、谦卑、优柔的。如果说俄罗斯历史以尖锐、凝重的抗争而醒目,那捷克生态则以沉默、抗压的"钝"著称。卑微的身世使之有了一种自嘲习惯和诙谐能力,就像《好兵帅克》中的人物一样。

1994年，伊凡·克里玛出版了《布拉格精神》。其中说——

"不同于周围国家，布拉格的特色是它从不夸张，市中心你不会发现一幢高层建筑或凯旋门……上世纪末，布拉格人甚至还仿造了一座埃菲尔铁塔，但比原件整整缩小了五倍，看上去就像是'对伟大的一个幽默'。"

这种生存，是惯于驮着盾牌的蠕动性生存：缓慢，但有别于畏缩；沉默，却不等于服输。有一种生物，表面上匍匐，底下却牢牢站着；外壳迟钝，内里却灵敏；容易捉到，却难驯服；凸起，又绝非张显——这就是海龟。仅仅用"忍辱负重"并不能勾勒其生存性情，虽其一生都不会爆出激烈的动作或声响，但依然有着令人敬畏的尊严。布拉格即这样一个"龟类"气质的场，那种由长期屈辱史锻造出来的抗压性、防御性，足以令任何一个入侵者感到恐慌——即使你骑在了上面，也不会舒服，总有说不出的寒意和危机感。

它永远不会有恐龙般的侵略步履和磅礴的笼罩感，但却最大限度代表着小人物真实而厚重的生存。

你是怎么熬过来的

如何度过被占领下的日子？

多年后，苏联帝国体系终结，在加拿大一所大学课堂上，有人就当年的"布拉格之春"询问一位捷克流亡者的女儿，局外人想知道，这 20 年的光阴大多数捷克人是怎样过来的。那位平日里嘻嘻哈哈的女生沉默了一阵，之后突然失声痛哭……

于任何一名捷克人而言，从"布拉格之春"到"天鹅绒革命"，都是一段难以启齿、苦不堪言的岁月。既悲愤屈辱，又暧昧难表；既理直气壮，又隐隐底气不足……

"你是怎么熬过来的？"若仅仅吐露个人，倒也简单，比如控诉侵略者淫威，称颂你所熟悉的抵抗者，倾诉有家难返的悲怆……而要替答自己的同胞，就是一桩令人窒息的事了：她能解释一个民族 20 年的积郁和内伤吗？她能对同胞的整体行为作居高临下的评价吗？她有权替千百万人说出那不堪承受之轻或之重吗？

集体的事实，从来就是庞杂、混乱、暧昧的。语言的简陋——与历史真相的根叶枝蔓、与灵魂深坑里的嘈杂纷攘——实难匹配：一个积弱经年的民族，一个反复被占领的城市，上万个日日夜夜里，该怎么做？能怎么做？白天是什么？晚上是什么？心里想着什么？实际做了什么……谁说了算？不仅反对占领，更要反对绝望；除了对付他杀，更要对付自杀；不仅提防出卖与告密，更要提防内心的变节和投降；除了向被捕的身影献上敬意，更要承认凡人的平庸与自私，对默默无闻的生活予以理解和同情……

一个人能对"集体"侃侃而谈吗？真实吗？

任何自炫都显得虚伪，任何镇定都显得做作，任何评价都显得困难而多余。真实的心一定是喑哑的，或者哭泣。哭泣是令人尊敬的。

精神明亮的人 / 348

至此，亦不难理解——为何昆德拉老用"不能承受之轻""为了告别的聚会"这类矛盾重重的题目了。叙述的艰难，来自事实的荒诞与正反的折磨。

我为什么不离开祖国

昆德拉的业绩和声誉与流亡是分不开的。相反，另一些"同质"者如哈维尔、克里玛却选择了留守。我无意把他们作人格高下或精神贡献上的比较，而只想描述生存向度的差别，尤其想说明后者选择的是一条多么光荣的荆棘路——而在世界的很多地方，后一类型总被历史和同胞屡屡忽视。

你是怎么熬过来的？

既是一道同贫困、饥饿、监视打交道的生存课题，更是一记人格、尊严、履历——面对拷问的精神质疑，因为它还有一层潜台词：那时，你在干什么？正像"文革"结束后，每个知识分子都面临的尴尬：除了受苦，你还干了什么……

是啊，当一架伟大的历史航班终于降落，除了庆贺，它的受益者有责任扪心自问：我究竟以怎样的方式参与了那部历史？在漫长的等待中，自己扮演了何种角色？是加速它到来的助推器、还是只是个乞食的寄生虫？是囚徒还是狱吏？抑或既是囚徒又是狱吏？

世上没有免费的午餐，没有自天而降的馅饼，我们不能绕开：

一个人是怎么穿越阴霾重重的历史，被新时针邀请到餐桌旁的？

有良心的捷克人不应忘记：直到1989年"天鹅绒革命"，哈维尔一直在坐牢，克里玛一直在失业，而更多默默无闻的人在忍受贫困和监控，他们为每一束声音、每一幅标语、每一篇文章、每一个举动……付出结实的代价。当岁月开始向流亡者报以鲜花和掌声时（他们的著作等身有目共睹），我忍不住要提醒：亲爱的布拉格——包括俄罗斯和同类遭遇的民族，请不要忽略身边的赤子——此刻就站在你们中间、甚至干脆就是你的同事或邻居。

获得新生的民族似乎更热衷把过剩的敬仰和感激——赠予远隔重洋的流亡英雄们，犹如父母对失散儿女的补偿，总觉欠他们太多……却有意无意忽略着眼皮底下的人——甚至连流亡者都尊敬的人。别忘了，正是他们，和你一样赤脚扎根于母土，以最大的坚韧和牺牲，以坐牢、被控和一天也不得安稳的生活，消耗并瓦解着统治者的底气，吸引着对方最大的害怕和仇视……

如果已备好了一个荣誉仪式的话，我想，在那份被大声念到的名单上，这些人最有资格名列前茅。虽然他们并非为此而去。

伊凡·克里玛，1931年生于布拉格，10岁进纳粹集中营。大学毕业后，从事写作与编辑，投身政治改革和人权运动。苏军入侵后，他曾到美国密歇根州大学做访问学者，一年后谢绝挽留回国，随即失业。他当过救护员、送信员、勘测员，有20年光景，其作品完全遭禁。可以说，克里玛与哈维尔、昆德拉一道，构成了捷克的另一种文学史：地下—流亡—文学史。

《我快乐的早晨》里有一章叫《星期二早晨——一个伤感的

故事》，叙述了"我"与早年情人重逢又离别的情形。最后，当女人问"为什么不离开这儿"时，主人公有一段内心答复——

"我可以重复向她解释：因为这是我的祖国，因为这儿有我的朋友，我需要他们正如他们需要我一样。因为这儿的人和我讲的是同一种语言，因为我愿意继续写下去……对国外那种自由生活，因为我没有参与创造它，所以也不能让我感到满足和幸福……我还可以对她说：我喜欢在布拉格大街的鹅卵石上漫步，那街名让我想起这座城市的古老历史……"

"因为我没有参与创造它"——这是最触动我的一句话，也是同类提问最让我信服的回答。

让他们做爱好了

布拉格的清晨，连空气中也飘着情欲的奶酪味——

"从裂缝中望去，我看见一个低矮的工作台的末端，台上有两双脚正蹬来蹬去。其中一双显然是女的，脚趾染成深红色……

她已脱去白色外套，只穿一件衬衣和一条蓝裙子。伊万先生，她柔声问，'你还想……吗？'靠近大木箱，我看见，里面一切已准备好了：毛毯和两个枕头。"

这是《我快乐的早晨》中的情形，分别上演在"星期二"和"星期三"。

和昆德拉咀嚼理性不同，克里玛描画的是一幅被占领下的市民生活的浮世绘，是大众的布拉格，是被失业、投机、轻浮和无所事事折磨着的布拉格，是贪恋生活本身的布拉格。

政治与情欲（重与轻，亏与盈），就像万花筒中两片最大的叶子，一直是捷克当代文学的魂眼。不难理解：一个人必须抓住点实际易行的东西（比如肉欲），才能将时间和生存维持下去，以情欲对抗政治、以私人生活填充专制下的精神空场和灵魂虚位——不失为消极中的积极、虚无中的实在、无意义中的意义。

"只要熬过来，不幸的经历总是值得的。"克里玛说。

他完全有资格这样说。要知道，他所有的儿时伙伴都留在了纳粹毒气室里，除了他，没有谁再记得他的童年。活着，是生命最大的宣言，尤其对市民哲学来说，更是人生的最高利益和企图——这往往是精英们"生不如死"的价值观所无法原谅的。

情欲，堪称最原始最天然的资源——不分时间地点——最难自控和被控——远离政治而又随身携带的资源。即使尊严和力量都被剥夺了，即使社会意义、公共价值都丧失了，无论多大的屈辱和苦难，至少还剩下一种乐趣、一件值得做的事：做爱！不失时机、尽可能地做爱！这是最难禁止、最无法忽略和背叛，也是专制社会剩下的最后一隙自由。它不需被批准、不需请示和等待答复。

联想奥威尔《1984》，在做爱这点上，布拉格比"大洋国"幸运得多。

身体在燃烧，高潮在燃烧。沦陷的屈辱、权力的淫威，终未能削弱布拉格做爱的热情和能力。克里玛丝毫没有对同胞的行径表现出厌恶，相反，他塑造的"我"也是"做爱"的同伙，在一个"星期三"的早晨，"我"甚至和一个浑身腥味的女鱼贩随时随地来点什么……

借小说中一位老头的话说："让他们性交吧，只要他们喜欢！他们喧闹，可又有什么关系呢？这好像也没有影响到别人啊。"

积极的庸俗

在一片处处暗示着被剥夺和被占领、遍布愁容和叹息的坟场上，"庸俗"——突然升跃为一道彩虹，散发出醒目的美学之光。

"生活正是这样，它只能让你在两种苦难、两种虚无和两种绝望之间进行选择。你所能做的，只是从两者间选出你认为容易忍受的、比较吸引人的、使你至少保持一点自尊的。"克里玛这样解释同胞的生活。

在崇高的激情和龌龊的助纣之间，他们涌向了"中间道路"：一刻也不耽误的"日子"！任何政治性事务都不能阻止他们去寻欢作乐，去经营那一如既往、雷打不动的私生活。以放纵应对荒诞，以欢愉调节沉重，以正常鄙视乖张，以挥汗如雨的肌肤之能填充四下的恐惧和虚无，以庸俗对抗政治标榜的严肃与正经……嘲笑了自个，也嘲笑了对手。他们以私人行为证明自己并不注重政府之注重，并不在乎权威之在乎……他们向"关心"自己的统治者炫耀：我在你之外很远很远。

这与"商女不知亡国恨"不搭界。

爱与做爱都是生活的最低保障，也是生命最小单位的自由。不重视不维系这种自由，就谈不上人道。不支持该自由、不反映该生活的文学，也就称不上保卫生活的文学。

其实，情欲的温暖——在很多国家和时代的"地下文学"和"地下生活"里，都明显匮乏。有血有肉、独立于政治之外的生活，一向亏得可怜。人所有的动作，包括抗争和妥协、崇高和卑鄙，几乎都围绕政治来进行——只有失败的公共广场而没有温暖的私欲世界，只有灰色苦难而没有愉悦的闪亮，只有无休止的集体运动而没有私性轨道……从这个意义上说，是政治胜利了，因为它制造的旋涡已将时代所有的人和事都挟裹其中，少有人能摆脱政治设计的游戏规则——连"反体制"也不得不成了另一种"政治"，没有独立于政治之外的东西！

于是爱和欲，便成了生存逆境中唯一可燃的柴薪。愈是政治无孔不入的年代，她就愈发的珍贵，她的价值与形象就愈发瑰丽和耀眼。

《我快乐的早晨》中，有一位老头，当他得知有人去向警察告密别人偷情时，忍不住大骂起来，"声音因愤怒而发抖"——

"叫警察去了？……警察！我们是人，一条狗都不会像这样对待另一条狗！"

从这一点看，布拉格是值得庆贺的。

其深入人心的庸俗，不失为积极的庸俗。

很多时候，保卫隐私即保卫人的价值和意义，反抗暴政即从死守眼里的秘密做起。

(2001年)

> 记住一些词，记住一些人和书的名字……会有助于生活。
> 谨以此文，纪念那些"透过眼前的浓雾而看到了远方"的人。
>
> ——题记

"然而我认识他，这多么好啊"

——读爱伦堡《人·岁月·生活》

清晨，在闪着鸟啼的薄雾中散步，当脚底明显地踩着软泥——这大地最鲜嫩的皮肤，她沾着露珠，像受惊的伤口微微发颤，你的心猛然揪紧，你会想起：下面，埋葬着诗人。

说话、欢笑、做梦、哭泣、歌唱、相爱……大地上一切被赋予了音乐性的元素，一切红蓝闪电般的激情移动，一切高亢而优美的伸长，皆和诗的灵魂有关。

只要一想到：我们正梦着他们的梦，主张着他们的主张，忧伤着他们的忧伤……只要一想到：我们正踩在他们曾踩过的地方，在他们尸骨的髓气和光焰之上，在昨天他们用不幸搭起的希望之上……

就忍不住去俯吻那泥土：你好，寂静的兄弟。

"1922年,在特罗顿诺大街我的公寓里,来了个陌生人,他用腼腆而高傲的声音说:我叫杜维姆。当时我还没读过他的诗,但内心立刻感到一阵激动:站在我面前的是个诗人。大家知道,世上写诗的人很多,诗人却极少,同诗人的会晤使你震惊……"

"他爱树木。我记得他的一首诗:他想在树林里认出将来替他做棺材的那棵……我瞧见树木时,心里便想起尤里安·杜维姆的那棵树。他比我小3岁,却已去世多年。然而我认识他,这多么好啊!"

这是读《人·岁月·生活》最先翻开的部分。待全部读完才发现:自己之所以深深接纳并爱上这部黑皮书,正源于它对"死"最温情、最恻隐和周致的"爱抚",那种巨大的宁静之忱、笃厚的情谊、哀婉的凝注——就像一位修女对弥留者的送终。这是个完全值得托付后事的人!他的真挚慷慨,他的忠诚宽厚,一点不吝惜赞美,一点不羞于对逝者的崇拜……

对于"死",这不是一个旁观者,他全身心地投入——仿佛水落在了水中。

那悲凉哽咽的文字,那浩瀚凛冽的哀容,若伏尔加冰河下的旋涡,若西伯利亚旷野惨白的月光——唯俄罗斯诗人的心中才缔结出如此磐重的冰凌。

"伊·埃·巴别尔——我的朋友,我常像怀念自己的老师那样想起他。"

我以为,一个人对死的态度往往折射出他对生的全部看法,亦是对其人格最大的检验。我受不了那种对逝者表现出的轻淡和不恭，那种冷漠的从容，那种缺乏恸意的解说，还有无意间泄露的庆幸——我觉得这是卑鄙，是情感犯罪和信仰舞弊。这样的人太多了，连一些才华和业绩堪称大师者，在涉及对同辈人的描述时，也不免染上"文人相轻""同辈互薄"的恶习。这一点，苦难沥就的俄罗斯人相反，他们像对待圣物一样珍惜、感激命运所赐的那一点点友情磷火，将之纳藏于心、捧捂于胸，在寒酷长夜和流亡驿途中层层包裹、程程递传……

"马尔基什于1949年1月27日被捕，死于1952年8月12日。我同所有见过他的人一样，怀着近于迷信的柔情回忆他……我很难习惯这样的想法：诗人已被杀害。"

诗人皆是被杀害的。他们皆死于一场轰轰烈烈的恋爱——与自己时代之间的恋爱，情书上满是"自由""公正""幸福""爱情"等鲜花般的字眼。他们爱得太纯真，全然不顾后果。阿·茨维塔耶娃说："我爱上了生活中的一切事物，然而是以分别，而不是以相会，以决裂，而不是以结合去爱的。"结果他们全输了，天真输给了阴险，温情输给了粗野，自由输给了牢房……他们被歹徒套上绞绳，蒙上黑布，吊在了祖国蔚蓝的天穹下。

时代躯体上最柔软、最优美的薄翼，被世俗与政治的手术刀给锯掉了。犹如最公益的蝴蝶或蜻蜓，被按上肮脏图钉，嵌在祖国那急需裱饰的污墙上。

而在上帝那儿，一个杀害诗人的环境是有罪的。

"每当想起叶赛宁，我总忘不了：他是个诗人。"善良的爱伦堡永远不知道，叶赛宁并非自缢身亡，而是被政府密探活活打断了气。安德烈·别雷的话或许可作所有诗人的墓志铭——

他用思想衡量时代

却不善于度过一生

不善于缓解灵魂和外部的紧张关系，不善于克制隐瞒和安分守己，不善于卖笑奉承和插科打诨，不领唱太平亦不加入颂诗班的合唱……不合时宜，是诗人短命的症结。在一个丛林法则的肉腥年代，漫长的年轮只属于适应笼养和套锁的宠物：蜜嘴的鹦鹉和杂耍的猴子。

降生，受难，露天地战斗，然后不依不饶地死去——诗人的全部。

"一些人熟悉草木，一些人熟悉鱼类，而我却熟悉了各种离别。

他仁慈而优美地躺在棺木里……仿佛所有人都将由于这样一个短暂而可怕的念头而心头衰竭：再也看不到纳齐姆了。"

当身边的友人——这生命的小树林——一棵接一棵地被雷击倒，那兀自立着的一棵该有多么寒冷和孤单。面对旷野上拱起的大片墓群，这个继续生存的"余数"，心中的坟茔又何等凄清。

"当我重读茨维塔耶娃的诗时，我会突然忘记诗歌而陷入回忆，想起许多友人的命运，想起我自己的命运——人，岁月，生活……"

那些死去的脉影，那些曾多么紧密和相似的灵魂……作为幸存者，你必须担起留守往事和记忆的责任——共同活过的经历，一下子全遗落给了你。死去的灵魂需要活在你身上，它们成了你的构件，你的肺腑和器官。

我想起一位朋友的话：有的人活着，就已成了纪念碑。爱伦堡，即这样一座纪念碑：胸腔嵌满杀害亲人的弹片，血液里收养遇难者的血液，脊柱的每一毫米，都铭刻着一缕遗嘱。

"最后一次见面是1958年春在布拉格机场上。我突然看见了奈兹瓦尔——他刚从意大利来。像往常那样，他对我说：意大利太美了！然后他抱住我，指着心脏：我的情况不妙。不久，他去世了。"

爱伦堡对这位朋友最深的印象是："我从未见到一个人像他这样顽强地抵御着刨子和推子的进攻以及岁月的校正。"

我常有这样的体会：个人对生命的整体印象，对自我信息的确认，非得借助他人的存在故事作参照不可；一个人的精神位置，也要通过与另者的灵魂联系才得以识别。换言之，我们要在别人的眼睛里找见自己，借对方的生命移动体察自己的行走……可有一天，那些坐标系、那些最亲密的镜子突然碎了，接下来会怎样？失去伙伴的生命将陷入怎样的恐慌与混乱？

那一刹，生存仿佛瘫痪了，你会觉得自个也碎掉了，灵魂一片空寂，如水银泻了一地……你无法短期内捡回自己。即使重新上路，很多重要的无形的东西也已离去，一些光影已永远失踪，生命之书被删减了许多页码。

平常岁月里，当我们身体犹健时，死显得那样模糊而遥远，唯那些与自己特别近、甚至最亲密者的猝然离去——比如友人、亲人、恋人，才会极真实地唤醒我们体内沉睡的痛感和惊悚，感觉到死对生构成的严峻威胁，甚至才恍然大悟：人是会死的！无一例外、无力阻挡、无法填补的死！也正是从这些突变和剧痛中，我们才第一次逼真地看清了自己的死。

最亲近者的死，总让活着的人震惊。它可以使孩子瞬间长大，让青年一夜间坠入中年……懂得了死也就懂得了生最深的寓意。对迈入中年门槛的人来说，最大的精神打击莫过于目睹同辈人络绎离去的情形，而这是一种每天都在暗暗添加着的危险。

在书里，爱伦堡忆述了数十位朋辈的死。短短20年间，疾病、贫困、战争、迫害……无情洗劫了这些金子般的生命，在作者眼皮底下。

一个人，要为整座时代的头脑送葬。共同的使命、相似的精神——使他们完整得像一个人，像同一乳母的孩子。他曾拥抱并祝福他们——希望对方活得比自己更长久更精彩，而现在，只剩下了自己……

半世纪过去了，抚摸这些披黑纱的文字，我依然能觉出爱伦堡平静叙述的背后——那由于克制而愈发颤抖的情形，那巨大的隐忍，那湍急的水流怎样突然"关闸"，简促得令人惊愕。他实在无法多写。

"临走的时候，我说：马琳娜，咱们还要再见面谈谈。不，此后我们没有再见。茨维塔耶娃在撤退到叶拉布加市后便自杀了。"

关于另一个朋友，他回忆道——

"在罗特的长篇小说里，阳光、空气都很充足。然而在他的现实生活中，鲜血、懦怯、背信弃义……实在太多了。"

"德国师团在布拉格街上行进。重病的约瑟夫·罗特被人从咖啡馆送了医院。他才45岁，但他不能再活下去了。手稿和一根旧手杖被分赠给朋友了。"

初读这些段落，我为其利落得近乎笔直的句型感到冷，但又迅速看清了：正是这种匕首般的简短、陡转和跳跃——给人以惊心动魄的震撼。血光似的一闪，不见了。没有浓烟，没有呛人的腥。

悲怆，即殷红的心上开出的一粒白色纸花。

这是一个坚强而遭创内伤的人唯一能做的。他懂得死的尊严，懂得诗人之死应是干净、迅速和美的。他不愿看到被挣扎所损害的面孔。

尽管诗人还不想死，还挣扎着想"恋爱"，还准备着各式各样的赴约，但权力已以最粗野和下流的方式掳掠了他的"祖国爱人"，且不允许情敌存在了——

"彼得堡啊，我还不想死

你有我的电话号码……

我但愿，有头脑的躯体

变成街衢和国土

这躯体虽被烧焦，但有脊柱……"

此时的曼德尔施塔姆好像已听到了囚车的马达声，这些诗明显地露出诀别之意。时隔不长,他在海参崴牢房里被冻僵了。

"考特贝尔附近有一座山,轮廓很像马克思的侧影。沃洛申就葬在那里。1932年秋,马琳娜·茨维塔耶娃写道:

他来到这样的时代:'按我们的心愿唱吧

——否则我们就把你消灭!'

他来到五光十色的时代,却只有孤独:

'我想独自躺下……

亘古的寂静

十字架是一株孤寂的苦艾……

诗人被葬于最高的地方'"

"否则就把你消灭!"这正是爱伦堡的伙伴——及散落在世界各地的同宗种子们的命运。仅斯大林时期,俄国即有两千多名作家、艺术家遭清洗或流放。《人·岁月·生活》覆盖的仅是极小的一个边角,更庞大的墓葬群只能到索尔仁尼琴的"古拉格"或更冷僻的地方去找了。

歌德75岁那年曾对艾克曼说:"我极占便宜的是,我出生在一个世界大事逐日相接的时代。"无疑,对于一个书写者,见证一个深刻而惊险的时代,确属幸事,那将极大地丰富个体经验,扩充其思想体积和精神资源。但坦率地说,我本人厌恶这种"收藏家"心态,因为这种藏富是以世界的混乱、生活的惨变和人的巨大牺牲为代价,这种独家发言人的资格要靠自身的保存及同辈人的消亡为前提——艺术的嘴巴吸吮死者的血,我受不了这份野心。

没有比人和生更宝贵和神圣的了。同时，我们已看到，并非只有大时代大悲剧才孕育精神业绩，艺术家不仅熟览历史，更要精通良心，精通灵魂密码与人格定律，以巨大的细心潜读生命奥秘和共同遭遇……《荷马史诗》的魅力不在它托举的事件之显赫、构架之磅礴，而在于悲剧的神性眼光和穿透时间的美，在于元素的细密与浩瀚。

托马斯·曼在《我的时代》中嘲笑了歌德："我们可以看见，矜夸你自己一生所经历的事实在是非常冒险的事。"可敬的是，作为陪伴俄罗斯最负罪也最伟大生涯的爱伦堡，这部《人·岁月·生活》通体以"痛"和"苍凉"——而非吹嘘和庆幸的姿态完成的。虽然他有的是这便利。

孤独，隐忍，苍凉，长歌当哭……

一个懂得生、体恤死的人。

一个温和而英勇的绅士。

一位把赞美和棉衣披给同伴的人。

1967年，在送走了那么多朋友后，他也为自己举行了一个小小的葬礼。

(1999 年)

后记

我在，我们很近

20 岁成了 40 岁，中间流经了多少事，路过了多少人？

可我总感觉，这跨度仅相当于一个白天和一个夜晚。生物钟恍惚，不能如实地体察光阴，会出现这样的矛盾：一个人童心未泯，而心灵之外的器官早已背叛了年少。这是个让人伤感的落差。

很少有事让人变成自己的历史学家，编个人文集算是一个。你要盘点一下精神身世，这些年都做了什么，路有多长，书有多厚，梦有多远……

我的写作始于 20 世纪 80 年代末、90 年代初，一个纸质阅读和钢笔写字的年代，精神也是手工的。写得慢，但不妨碍写得多，写得激情浩荡。从上世纪末被称为思想界"新青年",一晃十叶春秋,每个人都在移动,都在成长和脱落,青年已不敢再称,黑马也渐渐额白……

互联网来了,博客和信息共享时代来了,每个人都有成为作家的潜力和资质。精神资源的私有化年代一去不返,彰显言说勇气的岁月也差不多结束,很多人都比当年"新青年"更新锐,思考力也不逊色……我在想,哪些表达非我不可?一次写作怎样才成为必要、必须和非你莫属?

新的年代,灵魂出口丰富了,精神义务和生命职责也有了更多承担方式,写作不是唯一。我渐渐慢了下来,更多选择了阅读生活,也体会到了做读者的乐趣和幸福。

还有,我失去了最亲密、最隐蔽的读者:父亲。

我是不知不觉中失去的。现在,我还会出现幻觉:他还活着。他是医生,怎么会死呢?我——这个和父亲那么亲近和相似的人,活得好好的,他怎么会不在了呢?

我常常忘了父亲去世这件事。

把父亲独自留在山冈的那个傍晚,回城的车灯将路照得雪白,我心里低低地说,对不起,父亲……只有那一刻,我确信父亲不会出现在家里了。

老家的院里,两株石榴,一树红,一树白。那年夏,花开得汹涌异常。即要返京的那个下午,我站在院里,对妻子说:今年的花开得真好……我似乎忘了父亲的事,忘了这些花失去了最重要的照料者。往年这时候,给家里打电话,末了都忘不了问父亲一句:石榴花开了吗?

我不承认死是虚无。它不过是一种不作声罢了。

不知为何,父亲去世后,每出一本新书时,我都会强烈地想他。父亲从不当面看我的书。母亲告诉我,我离家的这些年,父亲每晚都看我的书。我知道,父亲是想知道这个从小就把自己关在屋里的儿子在想什么,走出了多远,然后用他60多年的风风雨雨判断儿子说话的风险……

北京是个能把所有人还原成正常人和普通人的地方,这对隐身、对平息内心的骚乱很有用。

有人问,一个作家介入新闻职业是什么感觉?

我想了想:就是每天醒来——觉得全世界都和你有关系。这感觉有时很好,多数时很糟。其实,自由,一个很重要的标志,就是能选择哪些事和自己有关或无关。但这行当不行,每天都要把自己献给全世界,时间长了,生命和精神便陷入了被动,我称之"被动性人生"。

这职业还有个毛病,就是:天天和全世界对话,唯独不和自己对话。

5年前,做深夜节目《社会记录》,我有个初衷:以生活共同体的名义——在与世界对话的同时确保和自己的对话。寻找每件事、每个人在当代生活中的位置,寻找命运和命运、人生和人生的相似关系，寻找有"精神事件"品质的新闻事件……我觉得，深夜是内心的掌灯时分，是灵魂纷纷出动的时候。相反，白天，灵魂在呼呼睡觉。一个深夜节目，若顾不上灵魂，就没了意义。

现在看来，该新闻观是有私心的，那就是我太担心在这种"被迫和全世界打交道"的职业中丢了灵魂。CCTV最大的弊病不是没有真相，而是没有灵魂。灵魂，恰恰是生命最大的真相。

包括职业水平最高的主持人也只忙于和全世界对话，从来不和自己对话。

一个人连自己的真相都顾不上、都搞不清，能指望他说出别的什么真相？

有灵魂的人，一定时时不忘和自己对话。这样才有机会、有能力与别人对话。现在，几乎没有好的对话节目，这是原因之一。

我一直不敢忘记文学的原因也在这。文学是灵魂的农事，自古就是。但我永远不会把文学当职业来做，好东西一定都是业余的，或者说你一定要把它留给业余。就像爱情是业余时间里的事，老婆孩子也是业余时间里的事。

这些年，一定还发生了很多事，我一时想不起来了。

谢谢我的朋友、本书的策划编辑孙铁女士，若没有她的厚爱和督促，我不会自觉编这样一本选集。

这几年，可能我写得实在少，便有朋友找来一些"民意"给我，你看你看，那么多人还焦急找你的书呢，更年轻的一代上来了,他们还喜欢、还需要你的东西,写,赶紧写……于是我惶恐,哦,是的,或许是的……其实,我已攒了上百个标题和写作片断,我想把它们写好,写得"手工"一点,"古代"一点,所以很慢,磨磨蹭蹭。

谢谢那些从未谋面的读者,你们的目光我收到了,你们在网络上留言,打听下落,传阅旧书,寻觅新作,责怪我为何不建一个博客……这样长的期待和追随,我受宠若惊。

被那么多抽屉和掌心收藏着,我非常温暖。我会不辜负。

还要谢谢李伦和《社会记录》的同事,他们参与了我近年最主要的日常生活。

与之一起,我见证了一个理想主义电视栏目的诞生和谢幕。我至今仍清晰记得那年秋天李伦夫妇在凌晨车站迎我的情景,他对着手机喊,你看见我了吗,瘦瘦的,旁边站一女孩……其实,我差不多已撞上他了。

是啊,许多年过去了,大家依然瘦着,一点没变。

和长久不变的人生活在一起,感觉很好。

(2008年10月26日凌晨于北京)

图书在版编目（CIP）数据

精神明亮的人：王开岭散文随笔自选集／王开岭著.—太原：书海出版社，2021.8（2023.1重印）

ISBN 978-7-5571-0080-3

Ⅰ.①精… Ⅱ.①王… Ⅲ.①散文集－中国－当代 Ⅳ.①I267

中国版本图书馆CIP数据核字（2021）第147500号

精神明亮的人：王开岭散文随笔自选集

著　　者：	王开岭
责任编辑：	崔人杰　孙宇欣
复　　审：	傅晓红
终　　审：	梁晋华
装帧设计：	张镤尹
出 版 者：	山西出版传媒集团·书海出版社
地　　址：	太原市建设南路21号
邮　　编：	030012
发行营销：	0351-4922220　4955996　4956039　4922127（传真）
天猫官网：	https://sxrmcbs.tmall.com　电话：0351-4922159
E － mail：	sxskcb@163.com　发行部
	sxskcb@126.com　总编室
网　　址：	www.sxskcb.com
经 销 者：	山西出版传媒集团·书海出版社
承 印 厂：	山西出版传媒集团·山西人民印刷有限责任公司
开　　本：	890mm×1240mm　1/32
印　　张：	12
字　　数：	251千字
印　　数：	30001—60000册
版　　次：	2021年8月　第1版
印　　次：	2023年1月　第2次印刷
书　　号：	ISBN 978-7-5571-0080-3
定　　价：	52.00元

如有印装质量问题请与本社联系调换